古典詩歌研究彙刊

第十二輯

龔鵬程 主編

第 13 冊

蘇軾詩畫理論之藝術精神研究

李百容 著

國家圖書館出版品預行編目資料

蘇軾詩畫理論之藝術精神研究／李百容 著 — 初版 — 新北市：
花木蘭文化出版社，2012〔民 101〕
目 2+240 面；17×24 公分
（古典詩歌研究彙刊 第十二輯；第 13 冊）
ISBN 978-986-254-909-4（精裝）
1.（宋）蘇軾 2. 詩評 3. 畫論

820.91 101014512

ISBN-978-986-254-909-4

9 789862 549094

古典詩歌研究彙刊
第十二輯 第十三冊

ISBN：978-986-254-909-4

蘇軾詩畫理論之藝術精神研究

作 者 李百容
主 編 龔鵬程
總 編 輯 杜潔祥
出 版 花木蘭文化出版社
發 行 所 花木蘭文化出版社
發 行 人 高小娟
聯絡地址 新北市永和區中正路五九五號七樓
電話：02-2923-1455／傳真：02-2923-1452
網 址 http://www.huamulan.tw 信箱 sut81518@gmail.com
印 刷 普羅文化出版廣告事業
初 版 2012 年 9 月
定 價 第十二輯 24 冊（精裝）新台幣 33,600 元

蘇軾詩畫理論之藝術精神研究

李百容　著

作者簡介

李百容，1967 年生，臺灣雲林縣人，淡江大學中國文學學系博士。現任台北市立建國高級中學國文科專任教師，淡江大學中國文學學系兼任助理教授。主要研究著力於中國古典詩畫關係的探究發櫫，代表著作有《蘇軾詩畫通論之藝術精神研究》、《杜甫題畫詩之審美觀研究》，及相關論題諸篇期刊論文……等等。

提　　要

這部論文主要在透過先秦以來「道」、「藝」關係的開展，作為觀察蘇軾「有道有藝」、「以一含萬」、「詩畫本一律」之藝術精神的詮釋理路，以抽離近代運用「詩畫界限」觀點，所可能產生與歷史語境偏離之本義的混淆。論文在結構上，以「緒論」為「本論」、「分論」之前導，「本論」則為論述主軸及核心所在，而「分論」則在深化及證成「本論」所立之核心藝術精神──蘇軾「有道有藝」、「道藝兩進」的思維，所呈現於「詩畫通論」之創作論、鑑賞論、以及「道」與「藝」之即體即用實踐的可能。經過「本論」、「分論」各三章的析論探討，確立開出以《東坡易傳》「本一」、「道一」之論「道」的「通學」本質，進而回歸蘇軾「以一含萬」、「詩畫本一律」之藝術精神本質，重返宋人「道」、「藝」辯證之時空背景，凸顯蘇軾於「道本藝末」之道學藝術觀的論述中，所開顯之特出「道」「藝」體用不二的「詩畫通論」。而「詩畫本一律，天工與清新」，在由論「道」而論「藝」──此一詮釋理路的梳理下，開展出有別於由藝術媒介「互位」、「換位」探討之新解，可作為當代理解蘇軾「詩畫本一律」提出之文化底蘊，並期能開啟當代與蘇軾「詩畫通論」的對話。

目

次

第 壹 篇

緒 論

- 論題界定
- 問題導出與詮釋視域的導入

第一章　論題界定

第一節　「詩畫通論」命題之成立

　　在今日藝術媒介載體分界的觀念中，詩與畫乃分屬不同表現符號，雖然我們若以巨型文化符號去涵蓋所有不同分類之藝術表現媒介，可以得到一個跨界討論詩與畫的平台，可是我們還是會產生一個主要的質疑：詩畫合論究竟有無利於詩或者畫個別之發展？亦或只是兩種符號不完善的結合？如德人萊莘〔註1〕所指：

> 由於畫和詩所用的符號有在空間中並列和在時間上先後承續的分別，它們就不能有完善的結合，不能從結合中產生綜合的效果，而只是一種藝術服從另一種藝術的結合。首先是畫服從詩的結合。……〔註2〕

其實類似的論點，晚明時期張岱即曾說過：

> 弟獨謂詩中有畫，畫中有詩，因摩詰一身兼此二妙，故連合言之。若以有詩句之畫作畫，畫不能佳；以有畫意之詩爲詩，詩必不妙。如李青蓮《靜夜思》詩：「舉頭望明月，

〔註1〕Lessing（1729～1781），德國人。其著有《拉奧孔——論畫與詩的界限》（《Laocoon：An Essay on the Limits of Painting and Poetry》），朱光潛將之譯爲《詩與畫的界限》一書，此著對當代詩畫關係的討論有其影響。

〔註2〕見朱光潛譯《詩與畫的界限》（台北：駱駝出版社，2001年），頁193。

低頭思故鄉。」有何可畫？王摩詰《山路》詩：「藍田白石
出，玉川紅葉稀。」尚可入畫，「山路原無雨，空翠濕人衣」，
則如何入畫？又《香積寺》詩：「泉聲絪危石，日色冷青松。」
松、泉聲、危石、日色、青松，皆可描摩；而「絪」字、「冷」
字，則決難畫出。〔註3〕（《瑯嬛文集・與包嚴介》）

張岱的意見，顯然並非中國詩畫關係發展中之主流論述，故自稱「獨
謂」，但此不代表他的意見沒有價值。萊莘對於畫附庸於詩的發展有
其批判，爲繪畫獨立之藝術表現價值發聲，亦爲向來主張詩畫合流的
論調掀起省思。此兩者非同時空及文化背景，卻共同指出：詩、畫其
實各有專擅，將之結合論述並付之實踐，事實上是有困難的，甚或影
響了彼此各自的專擅發展，而在實際技巧操作上亦力有未逮。可想而
知，「繪畫詩化」在張岱而言，是有技巧實踐的困難；在萊莘而言，
是阻礙繪畫正常發展的一個必須批判的現象，爲要獨立繪畫於文學之
外，倡立畫與詩有其界限，各不得逾越則爲其論述基調及核心主軸。

　　首先，張岱的論點畢竟爲同一文化意識下的分殊意見，我們可以
透過類似「氣韻生動」、「境生象外」……等等意境美學去作成對應的
解釋，如宗白華在〈中國藝術意境之誕生〉、〈中國詩畫中所表現的空

〔註3〕見張岱《瑯嬛文集》（台北：淡江書局，1956年），頁99。張岱（1597
～1679）此論比萊莘早一百多年，雖兩者論述目的不盡相同，但所
言皆在指出：詩畫合論有其瓶頸，亦有發展之局限。所引亦可見李
來源、林木編《中國古代畫論發展史實》（上海：上海人民美術社，
1997年），頁254。而王維〈過香積寺〉詩原爲：「不知香積寺，數
里入雲峯。古木無人徑，深山何處鐘。泉聲咽危石，日色冷青松。
薄暮空潭曲，安禪制毒龍。」見王維《類箋王右丞全集》（台北：臺
灣學生書局），頁418。可見張岱誤植「泉聲咽危石」之「咽」爲「絪」。
另明人李東陽亦指出：「夫形聲之在天下，皆出於自然。然亦有詩歌
以爲聲，藻繪以爲形者，其大用之朝廷國邦，固未暇論，而閭巷山
林之下，或不能無。若論其至，亦可以通鬼神、奪造化。降於後世，
乃流爲技藝之末，而造其妙者，猶以爲難。說者謂詩爲有聲之畫，
畫爲無聲之詩。二者蓋相爲用，而不兩能。若詩之爲聲，尤其重且
難者也。」見氏者〈書沈石田詩稿後〉，收於《懷麓堂集》卷十四，
清康熙刊本。筆者按：李氏所論，亦在詩與畫兩者雖相爲用，卻難
以兩能。

間意識〉〔註4〕等諸篇文章，即旨在說明中國詩畫關係的立基不在技巧的互通，而在哲學思想賦予詩與畫之創作主體的心靈深度，而後體現於詩與畫作品意境之上。然而，對於萊莘有系統地辯證畫與詩之界限，如果我們將之全盤移植，並將之作爲觀察中國詩畫關係發展的主要視角，無疑地蘇軾「詩畫本一律」的提出（甚或「士人畫」的提出），恐怕是一個有礙繪畫發展的錯誤見解。假設它是一個錯誤，宋元明清詩畫互涉發展的歷程中，難道只有少數如張岱等發出不同意見，而所有的詩畫創作者（尤其是文人畫家），難道皆只在集體無意識中故步自封，無法突破傳統窠臼，而這就是中國傳統詩畫不敵西方理論，而逐漸沒落的原因嗎？我們認爲如此的推論過於簡化問題，並且漠視中國藝術精神之核心價值，落入純粹以西方文化意識去理解的結果。〔註5〕他山之石固然可以攻錯，然需分辨其中理路脈絡，中國始得以「藝術精神」之獨立自覺。

　　由此，我們有必要回歸宋人之歷史語境，還原蘇軾「詩畫本一律」之論述主旨，透過蘇軾所謂：

　　　　物一理也，通其意，則無適而不可。〔註6〕（〈跋君謨飛白〉）

且其又於《東坡易傳》卷七，對於〈繫辭傳上〉所曰：「形而上者謂之『道』，形而下者謂之『器』。化而裁之謂之『變』，推而行之謂之『通』。」〔註7〕詮釋其爲：

　　　　「道」者，「器」之上達者也；「器」者，「道」之下見者也。
　　　　其本一也，化之者「道」也；裁之者「器」也；推而行之者，「一」之也。〔註8〕

〔註4〕上列二文見宗白華《美從何處尋》（台北：駱駝出版社，2001年），頁63～84；頁85～110。

〔註5〕此部分筆者另於「緒論」第二章第一節，亦即「當代詩畫關係詮釋的困境」詳論。

〔註6〕見孔凡禮點校《蘇軾文集》（北京：中華書局，2004年），頁2181。

〔註7〕見蘇軾著、龍吟注評《東坡易傳》（長春：吉林文史出版社，2002年），頁311。

〔註8〕同上注，頁311。

由此可見，蘇軾「本一」所指應是「道」、「器」之間，上達及下見互「通」的關鍵語。又參以「物一理也，通其意，則無適而不可」爲證，其於「道」與「藝」之相互辯證，似也「通」於「本一」。而蘇軾「以一含萬」（〈送錢塘僧思聰歸孤山敘〉）的觀點，更爲統合其「藝」雖各有分殊，然通於「本一」的總論。〔註9〕固然，《莊子》所曰：

> 聖有所生，王有所成，皆原於一。〔註10〕（〈天下〉）
>
> ……以道汎觀而萬物之應備。故通於天地者，德也；行於萬物者，道也；上治人者，事也；能有所藝者，技也。……
>
> 《記》曰：「通於一而萬事畢。无心得而鬼神服。」〔註11〕
>
> （〈天地〉）

對蘇軾「本一」、「以一含萬」有所啓發，然實則《論語》記載孔子所曰：

> 吾道一以貫之哉！〔註12〕（〈里仁〉）

以及貫通佛道「一性圓通一切性，一法遍含一切法，一月普現一切水，一切水月一月攝。」〔註13〕形成其儒道釋諸學會通於「一」，方始爲蘇軾論「道」論「藝」之基調。〔註14〕

〔註9〕互見第貳篇「本論」第三章第一節。

〔註10〕見郭慶藩《莊子集釋》（臺北：頂淵文化，2005年），頁1065。成玄英疏「原於一」曰：「原，本也。一，道。雖復降靈接物，遁迹和光，應物不離眞常，抱一而歸本者也。」（頁1066）又疏「太一」曰：太者廣大之名，一以不二爲稱。言大道曠蕩，無不制圍，括囊萬有，通而爲一，故謂之太一也。」（頁1094）筆者按：依成玄英所疏「一」及「太一」，皆通於「道」，此以佛學會通莊學，蘇軾似有所承。

〔註11〕同上注，頁404。注曰：「技者，萬物之末用也。」可見，道爲萬物之本體，而技爲用。故《莊子・天地》於此所述，實已蘊涵「道」、「藝」爲體用關係之啓蒙。

〔註12〕見王弼《論語釋疑》，收於王弼著、樓宇烈校釋《王弼集校釋》（北京：中華書局，1980年），頁622。王弼詮釋「一以貫之」曰：「貫，猶統也。夫事有歸，理有會。故得其歸，事雖殷大，可以一名舉；總其會，理雖博，可以至約窮也。譬猶以君御民，執一統眾之道也。」

〔註13〕語出永嘉玄覺〈證道歌〉，收於聖嚴法師編著《禪門修證指要》（台北：法鼓文化，1997年），頁53。

〔註14〕蘇軾會通儒道釋諸學之論「道」特質，可互見第貳篇「本論」第一章第二節。

　　今人姜耕玉於《藝術辯證法》書中，特立〈藝術形象創造：「一」的離異與合一、孕生與增值〉一章，論述「一」的形而上底蘊，及「萬取一收，以少總多」……等「道一」與藝術創造相關論題〔註15〕，他舉尤侗、沈宗騫之說爲證指出：

　　　　清代尤侗也說：「舉夫子之道一以貫之，悟之所以貞夫一也。
　　　　然老子曰：『道生一。』佛子曰：『萬法歸一。』一而三，三
　　　　而一者也。」佛老之道法賦予「一」以極大的包容性。「生
　　　　一」與「歸一」，是個別與整體的關係，也是特殊與一般的
　　　　關係。沈宗騫說：「一本萬殊，自一生萬，萬可復歸於一也。」
　　　　一分爲萬殊，萬殊總爲一；一所以貫乎萬，萬無不本於一。
　　　　一即含萬，也是包容與被包容的關係。〔註16〕

其實，不管是尤侗或沈宗騫，他們所述不外是接受及延伸蘇軾「本一」、「以一含萬」的藝術精神。只是，北宋蘇氏蜀學「道」論的沒落，導致蘇軾「詩畫本一律」之藝術論，指涉其「道一」觀念，亦一併被忽略；又「本一律」大多爲後人解爲：詩畫藝術可互爲「出位」、「換位」，故而在此「道一」與「藝」關係的歷史發展之脈絡追溯，蘇軾詩畫理論往往未能凸顯此一核心價值。

　　本文以「詩畫通論」爲命題，乃著眼於蘇軾詩畫理論「通」於「一」的立基點。此「一」內涵爲儒道釋諸學會通之「道一」，而此「通」並非意謂「等同」，亦非「藝術通感」〔註17〕，乃直指詩畫創作主體藝

〔註15〕見姜耕玉《藝術辯證法》（南京：江蘇教育出版社，2002 年），頁 106
　　　　～147。
〔註16〕同上注，頁 141。
〔註17〕詩畫關係之相通，可大致分由「藝術通感」及「藝術精神」同源二
　　　　處著眼，本論文「通」於「道一」之觀察則立基於後者，故未及「藝
　　　　術通感」者。而「通感」一詞（Synaesthesia）又稱聯覺，是錢鍾書
　　　　在 1962 年從西方「感官呼應論」引進，錢鍾書在〈通感〉一文說：
　　　　「在日常經驗裡、視覺、聽覺、觸覺、嗅覺、味覺往往可以彼此打
　　　　通或交通，眼、耳、舌、鼻、身，各個官能的領域可以不分界限；
　　　　顏色似乎會有溫度，聲音似乎會有形象、冷暖似乎會有重量，氣味
　　　　似乎會有體質。諸如此類在普通語言裡經常出現。諸如我們說『光
　　　　亮』，也說『響亮』，把形容光輝的『亮』字轉移到聲響上去，就彷

術精神之相通。考諸文獻,「道通於一」語出《莊子・齊物論》〔註18〕,
而蘇軾於黃州以前相契於莊學,黃州以後撰著《東坡易傳》時,又深
得王弼治易方法〔註19〕,王弼以莊學精神爲《老子》、《周易》、《論語》
作注,乃將《莊子》之「通」,與《周易》之「通」相互融會,進而
聯繫「道通於一」,作爲其會通儒道、孔老之核心精神。〔註20〕蘇軾
接受王弼此一「通」的概念,另會以華嚴學無礙圓通之法門,成其「道
一」觀念。因蘇軾進而以論「道」之「通」的精神,致用於「藝」的
評論,使其詩畫理論在藝術精神上亦以「通於一」爲核心,故「詩畫
通論」乃以蘇軾爲立論主體擴及相關文本,且此「通」須立基於主體
藝術精神之相通,方得以命題之成立。

　　透過詩與畫分屬不同表現符號,進而以「藝術換位」的思維探
討詩畫關係者,此系學術研究實有其成果價值。只是萊莘所指:「繪

　　　佛視覺和聽覺在這一點上無分彼此。又譬如『熱鬧』和『冷靜』那
　　　兩個成語也表示『熱』和『鬧』、『冷』和『靜』在感覺上有通同一
　　　氣之處,牢牢結合在一起。」另關於以「藝術通感」詮釋「詩畫融
　　　通」論題者,現有以「六根互用」之佛學觀點論述的,如周裕鍇〈詩
　　　中有畫:六根互用與出位之思——略論《楞嚴經》對宋人審美觀念
　　　的影響〉(四川大學學報:哲學社會科學版,2005 年第 4 期),頁 68
　　　～72。另以「藝術通感」爲題之專著有陳育德《靈心妙悟——藝術
　　　通感論》(合肥:安徽教育出版社,2005 年),其中對「六根互用」
　　　及詩畫互通亦有詳述,見頁 2～18;及頁 79～113。而拙著《杜甫題
　　　畫詩之審美研究》(臺灣師範大學國文研究所碩士論文,2003 年),
　　　亦於緒論中詩畫關係概論裡略有所及,見頁 6～8。

〔註18〕同注 10,頁 70。關於莊子「道通爲一」的觀點詮釋,可見王振復、
　　　　陳立群、張艷艷《中國美學範疇史》第一卷(太原:山西教育出版
　　　　社,2009 年),頁 103～105。

〔註19〕見林麗眞〈東坡易傳之思想及朱熹之評議〉,收於《宋代文學與思想》
　　　　(台北:臺灣學生書局,1989 年),頁 657。林氏分析蘇軾易學「一」
　　　　的内涵時指出:蘇軾接受王弼的「理一以治衆」的易學原則。另又
　　　　有以爲蘇軾乃是以郭象之莊學解易,見余敦康〈蘇軾的《東坡易
　　　　傳》〉,收於《國學研究》第三卷,(北京:北京大學出版社,1995 年),
　　　　頁 104～112。

〔註20〕見蔣麗梅〈王弼玄學中的莊學精神〉(中國哲學史,2009 年第 4 期),
　　　　頁 42 及頁 48～49。

畫運用在空間中的形狀和顏色。詩運用在時間中明確發出的聲音。」
〔註21〕也會如影隨形地，始終提示著詩與畫終究有其「界限」，不容
相妨其專擅。本文「詩畫通論」以蘇軾文本為立論核心，以主體藝術
精神之相通為立基點，旨在抽離西方詩畫關係發展之詮釋理路，回歸
北宋詩畫關係論述之歷史脈絡，揭櫫其內在深刻之文化蘊涵，還其本
來面目，此為本文命題之宗旨。因而本文界定「詩畫通論」之「藝術
精神」，乃以詩與畫在蘇軾「以一含萬」之「道」「藝」關係中進行觀
察，旨在說明「詩畫本一律」之詮釋，應回歸與蘇軾「道一」觀念相
對應之歷史語境。而參照文本除詩畫理論為主體之外，亦酌以文論、
書論……等為輔證，以深化蘇軾「以一含萬」、「有道有藝」觀點之一
體適用性。

第二節　「藝術精神」界義

　　在我們詮釋分析「蘇軾詩畫通論之藝術精神」前，有必要對所謂
「藝術精神」所指涉的意涵先行定義，以確立本文命題範疇及研究進
路交相聚焦的觀照視角所在。

　　若我們將蘇軾「詩畫通論」置於中國藝術精神之發展脈絡的洪流
之中，進而探究其歷史意義時，首先要問：「藝術」是什麼？先秦諸
子指的「藝」，內涵是什麼？而此一「藝」之內涵，即為今日吾人所
指之「藝術」嗎？考諸文獻，先秦諸子所指稱「藝」的意涵，和我們
今日已可知西方對「藝術」的定義實有很大的差異。〔註22〕事實上西
方「藝術」（Art）一詞，至今亦未嘗有一完整固定不變——放諸四海
皆準的定義，然理論多元，除包括「造形」之視覺性藝術之外，亦包

〔註21〕同注2，頁181。
〔註22〕此兩者之差異，前賢多有所述，見虞君質《藝術概論》（台北：大中
　　　　國圖書，1981年），頁31～45；另見徐復觀《中國藝術精神》（台北：
　　　　臺灣學生書局，1998年），頁48～51；又見顏崑陽《莊子藝術精神
　　　　析論》（台北：華正書局，2005年），頁40～47。此外，亦可互見「緒
　　　　論」第二章第二節〈先秦「道」「藝」關係之開展〉。

涵文藝及音樂……等等。〔註23〕今日吾人大多可以接受「藝術」之廣義說，指「凡涵有技巧與思慮之活動及其活動的產物，皆是藝術。」〔註24〕然中國古典文獻習用之「藝術」一詞，究竟與西方所謂「藝術」，在語源嬗變發展上有很大的不同，如唐人成玄英疏《莊子‧外篇》〈在宥〉：「說聖邪？是相於藝也；說知邪？是相於疵也。」〔註25〕其遣詞亦「藝術」含用，其疏云：「說聖迹，助世間之藝術；愛智計，益是非之疵病也。」〔註26〕可見唐人「藝術」一詞應與「奇術技藝」意義相近，和吾人今日所謂之「藝術」，在語境上有時空的距離。故而，我們將專爲本文應用「藝術精神」一詞，進行語義所指涉範疇之界定，以利論述理路脈絡之確立。而本文論題及內容所通用之「藝術」，本質上以先秦「藝」觀念爲源頭，意義上涵蓋先秦到六朝以後「藝」觀念之嬗變及其演義，內容上主要將詩、畫列入「藝」的範疇討論，亦博採西方「藝術」（Art）之意義，以輔助本文分析探討之必要。但爲要避免純粹僅以西方觀點探究蘇軾詩畫藝術，而產生歷史語境不相適應的文化傳統差異之誤讀〔註27〕，以及兼顧今日學術研究用語之通用

〔註23〕 顏崑陽對西方「藝術」一詞有明確之界義，見同上注《莊子藝術精神析論》前揭書，頁47～55。另見神林恆道、潮江宏三、島本浣主編，潘襎譯《藝術學手冊》（台北：藝術家出版社，1996年），頁20～27。又見 Herbert Read 著，梁錦鋆譯《藝術的意義》（台北：遠流出版社，2006年），頁28～83；及頁310～319。Herbert Read 於頁310～312 引用托爾斯泰及詩人華茲華斯的觀點，指出兩人關於藝術創作及寫詩理念，在理論上相互呼應。

〔註24〕 同注22，虞君質前揭書，頁31。

〔註25〕 同注10，《莊子集釋》，頁367。

〔註26〕 同上注，頁368。

〔註27〕 現代社會學之知名德國學者 Max Weber（韋伯），在其《中國的宗教：儒教與道教》（台北：遠流出版社，1996年）（簡惠美譯）書中，固然透過一個截然不同文化傳統背景下的社會學者，提供一旁觀冷靜的學術態度，以批判分析中國之學術思想，所影響之中國政治、經濟、社會、教育制度。然仔細推敲，與其說 Max Weber 挑戰中國文化傳統之固有思維，毋寧說其某些觀點頗多是以純粹西學角度所產生因「歷史語境不相適應的文化傳統差異」之誤讀。Max Weber 運用原罪及救贖的根源性思維，看待儒家的「禮」及道家的「隱逸」，

性，因而聚焦本論文觀察視角之主軸，界定「藝術精神」指涉「道」、「藝」體用關係以及創作主體修養論，分析如下：

顯然可見其對文本之歷史語境詮釋的不相適應，他在「儒教的生活取向」之「禮的中心概念」中說：「受過傳統習俗教育的人，會合宜且虔敬地參加古老的儀式典禮。他會根據他的身分習尚與『禮節』（Schicklichkeit）──儒教的根本概念──表現優雅而莊重地控制著自己所有的舉止、身形姿態與動作。典籍中常喜詳盡地描述孔夫子以如何完美無缺的恭謹典雅來行事；作為一個世上的人，他懂得依據身分等級與最為繁複的禮儀形式來揖讓進退所有參加典禮的人。……他只想透過自制而謹慎地掌握住此世的種種機運。他沒有從原罪或人的墮落中──這是他所不知的──被拯救出來的渴望。他希望被拯救的，沒有別的，或許只有無尊嚴可言的粗野不文。只有侵害到作為社會基本義務的恭順（Pietät）時，才構成儒教徒的『罪』」。（頁243～244）Max Weber 對《論語》孔子「仁」、「禮」關係的論述：「人而不仁，如禮何？」（〈八佾〉）毫無知悉，更遑論中國春秋時代根本沒有原罪及救贖的觀念，那是聖經的根源思想，但不是《論語》的。另外 Max Weber 在「隱逸思想與老子」中指出：老莊之隱逸思想，其「救贖目標」，「首先是以長壽之術，其次是以巫術，為其取向的。長壽與巫術力量，是大師們、以及那些隨侍他們一起隱居的一小群弟子的目標。」（頁273）又在「道與神秘主義」中說：「我們不可或忘的是：長壽，如前文所說的，乃是隱逸者所致力的目標之一。」（頁273）Max Weber 將老子與莊子視為是神秘主義者，他們之所以隱逸，「是因為他們的救贖追求而拒絕擔任官職」（頁272），因為他們「只有從『塵世』中抽身出來，才會有餘暇與氣力來思索，以及捕捉神秘的感覺。」（頁272）首先，我們顯而易見地，Max Weber 因為對文本的掌握不確切，將老莊之「道」和追求長生不死的道教混為一談。再者，以神秘主義套入老莊之隱逸及其「道」的作法，恰當性實啟人質疑。另外，列文森在其《儒教中國及其現代命運》書中，延續 Max Weber 的說法，批判明清文人畫是不完整技術的顯示，並僅是文人之文化點綴。分明地，上述兩者以西方文化為中心的視角，觀照出的面向及社會表象，固然有足以為吾人借鏡的地方，但其於中國文化「精神」的部分，恐怕「誤讀」的成分不少。因此筆者認為當今中國人文學術研究，固然挪借西方科學方法論有其必要，但在人文精神及主體性，必須要回到文本之文化歷史語境，還原中國主體精神。而中國主體精神與「道」論有密切關聯，Max Weber 對儒道兩家之基本「道」的精神理解有誤，原因來自其論點立基非來自文本，故回歸文本的詮釋，實有重大的意義。

　　「精」、「神」以至「精神」合用，始自道家。〔註28〕「精神」
一詞按顏崑陽考諸《莊子》文本，得其意指大約可分為二，一者指人
之主觀心靈及其作用；另一則指宇宙萬有形上實體之顯相。〔註29〕顏
氏進一步解釋前者說：

> 若就心靈之體而言，則與血肉之體相對成義，這是通俗一
> 般所理解的精神義。若就心靈之用而言，則指一切心意活
> 動歷程，與生理作用相對為義，這是心理學所認定的精神
> 義。當然就主體之人而言，這兩者實有體用上之密切關係。
> 〔註30〕

於此，其點出凡一主體之人而言，心靈之「用」實乃出自其「體」，
故一般所謂「精神」，實則亦由「體」致其「用」。此一解釋，當通適
於所有人之主體精神，而這也意謂：凡主體之精神活動，雖歸於「體」，
而「用」則可能各有分殊。顏氏又解釋「精神」另一義說：

> 主觀的人之精神在無明狀態時，與客觀性的物之精神相對
> 為二。通過修養而至於終極時，則二者便合為一。這種「一」
> 的精神是主觀而非主觀，是客觀而非客觀，其實已超主客
> 而為絕對唯一的實體，因此可稱之為「實體性精神」，即道
> 之顯相也。〔註31〕

顏氏於此所指「實體性精神」，即道之顯相。其實際所指乃莊子之
「道」，其所謂「一」，亦莊子「道通於一」之義，此實則乃其考諸《莊
子》文本，而歸之《莊子》「精神」本義。若我們立於此《莊子》「精
神」本義，而擴及「道」之於各家各派的顯相，是否可行？從「分」
而論：儒道釋之「道」各有所宗，其從者亦各有所依；從「一」而論：
人之主體終究歸於宇宙精神本體之「一」，而「道」論之分殊乃人心
識活動之對立，究「實體性精神」而言，「一」超主客而為絕對，既
抽離人心識活動之對立，便無矛盾衝突之存在。故吾人以為：顏氏前

〔註28〕同注22，顏崑陽前揭書，頁77～79。
〔註29〕同上注，頁79～80。
〔註30〕同上注，頁80。
〔註31〕同上注，頁82～83。

述「精神」乃指宇宙萬有形上實體之顯相，和蘇軾會通儒道釋之「道
一」觀念，其本體「精神」義可謂「道通於一」。而此文亦援藉熊十
力於《體用論》所界定「體」、「用」、「體用不二」之定義，他在立論
之前定調說：

> 宇宙實體，簡稱體。實體變動遂成宇宙萬象，是爲實體之
> 功用，簡稱用。此中宇宙萬象一詞，爲物質和精神種種現
> 象之通稱。體用之義，創發於《變經》。……《易經》古稱
> 《變經》，以其闡明變化之道故。
>
> 實體變動而成功用，只有就功用上領會實體的性質。……
> 功用有精神質力等性質，此即是實體的性質。何以故？實
> 體是功用的自身故。
>
> 聖人所觀之有，乃宇宙人生天然本有之眞際。聖人直親合於
> 全體大用，全體，謂宇宙實體。大用，謂實體變成大用。萬
> 物本來皆與宇宙同體同用，唯聖人能與體用親合耳。〔註32〕

由於蘇軾詮釋《易傳》「精義入神以致用」，亦有「體用不二」出於「道
一」的觀念，並將之開顯於「道」「藝」關係的探討，因此基於「實
體是功用的自身故」，和蘇軾「有道有藝」說有相通之處，故而在理
解本文詮釋蘇軾「道藝體用不二」的觀點上，可以作爲理論之資藉與
基礎。而本文論述上，在詮釋蘇軾「道藝體用不二」（「道」「藝」相
即）的理路脈絡時，溯源其論「藝」契入莊學「以技進道」之體道精
神，其中所謂「道」、「藝」體用兩進、或以「藝」進「道」；以及陳
述「藝」落實於「道」的體現、或以「藝」顯「道」諸用語，皆相屬
於詮釋「道藝體用不二」之「藝術精神」的理論體系，即本於「一」
的精神，彼此在詮釋上作爲互相支援資藉之論證關係。

　　另外，徐復觀在《中國藝術精神》中指出：

> 人人皆有藝術精神；但藝術精神的自覺，既有各種層次之
> 不同；也可以只成爲人生中的享受，而不必一定落實爲藝

〔註32〕上引三條，見熊十力《體用論》（北京：中國人民大學出版社，2006
　　　年），頁6～9。熊氏以「體用不二」立宗，乃本於《易經》辯證，並
　　　接受《姚江學案》中曰：「即體即用，即用即體」之體用相即的論點。

術品的創造；因爲「表出」與「表現」，本是兩個階段的事。
〔註33〕
此與蘇軾所謂「有道有藝，有道而不藝，則物雖形於心，不形於手。」
〔註34〕（〈書李伯時山莊圖後〉）其實兩者上述於「道」、「藝」關係上，
理念上頗爲相似。只是徐氏論證孔子、莊子之於「藝術精神」的開展
頗爲精深，卻以禪宗終是「無念爲宗」，安放不下藝術〔註35〕，甚至
認爲如黃庭堅、董其昌等人的以禪論畫，終究也僅是「禪其名而莊其
實」。〔註36〕此系說法未能把握佛禪眞空妙有不落兩邊之「不二」核
心精神，落入禪宗以「空」、「寂」爲究竟境界的苦「空」執念；又忽
略「遊戲三昧」於藝術創作實踐之啓發意義〔註37〕，論述之偏執莊學
引人爭議。〔註38〕其實類似的爭論，蘇軾在〈送參寥師〉詩中，即曾
針對韓愈於〈送高閑上人序〉中所指：

> 往日張旭善草書，不治他伎。喜怒窘窮，憂悲愉佚，怨恨
> 思慕，酣醉無聊不平，有動於心，必於草書焉發之。觀於
> 物，見山水崖谷，鳥獸蟲魚，草木之花實，日月列星，風
> 雨水火，雷霆霹靂，歌舞戰鬪，天地事物之變，可喜可愕，
> 一寓於書。故旭之書，變動猶鬼神，不可端倪，以此終其
> 身而名後世。今閑之於草書，有旭之心哉？不得其心而逐
> 其跡，未見其能旭也。……今閑師浮屠氏，一死生，解外
> 膠，是其爲心，必泊然無所起；其於世，必淡然無所嗜，
> 泊與淡相遭，頹墮委靡，潰敗不可收拾。〔註39〕

〔註33〕見徐復觀《中國藝術精神》（臺北：臺灣學生書局，1998 年），頁 51。
〔註34〕見同注 6，《蘇軾文集》前揭書，頁 2211。
〔註35〕同注 33，頁 373。
〔註36〕同上注，頁 374，又頁 414～415。
〔註37〕「遊戲三昧」對創作實踐之啓發，見劉墨《禪學與藝境》（石家莊：河
　　　 北教育出版社，2002 年），頁 403～414。另亦見吳汝鈞《游戲三昧：
　　　 禪的實踐與終極關懷》（台北：臺灣學生書局，1993 年），頁 163～167。
〔註38〕認爲徐氏此說過於偏執莊學，可見林顯庭、張展源〈莊學、禪、與
　　　 藝術精神之關係——由徐復觀「禪開不出藝術」之說談起〉（中國文
　　　 化月刊，1994 年 12 月，182 期），頁 111～118。
〔註39〕引自王更生《韓愈散文研讀》（台北：文史哲出版社，1998 年），頁

有著頗為精彩的批駁，他說：

> 退之論草書，萬事未嘗屏。憂愁不平氣，一寓筆所騁。頗
> 怪浮屠人，視身如邱井。頹然寄淡泊，誰與發豪猛？細思
> 乃不然，真巧非幻影。欲令詩語妙，無厭空且靜。靜故了
> 群動，空故納萬境。閱世走人間，觀身臥雲嶺。鹹酸雜眾
> 好，中有至味永。詩法不相妨，此語當更請。〔註40〕

從上引可見，韓退之於「道」於「藝」排佛意識相當徹底，而蘇軾也
很明確的表達——於佛禪淡泊空靜的心靈境界中，安放得下藝術，不
但「詩法不相妨」，而且「中有至味永」。〔註41〕

　　本論題既立基於蘇軾詩畫理論之文本，故「藝術精神」指涉「道」
之內涵，則涵蓋儒道釋諸學之「道」論。並基於蘇軾諸學會通於「一」
的核心精神，論述上除非有其必要，不特別分殊其論所屬何學，以蘇
軾之「道」論實屬「通」學。此外，「精神」既指涉「道」，而規範以
詩畫體現創作主體之「精神」而言，故而本題所謂「藝術精神」，則
已涉及「道」、「藝」關係之本質。而除了儒家之「藝」具有教化致用
的功能外，佛老莊禪亦有透過「藝」以顯「道」者，故其用乃在顯其
體，因而本文「藝術精神」一詞，實則指涉「道」、「藝」之體用關係。

　　此外，崔光宙透過分析先秦儒道兩家「藝」與「道」互涉的精神，
指出：

> 中國藝術精神就是：中國人之道德修養與宇宙萬物相互融
> 合，以達美善合一境界的精神。國畫中的山水、花鳥無不
> 以此種精神涵蘊其中。就美感經驗來分析，此種精神來自
> 古代先哲獨特的自然觀。〔註42〕

166～167。

〔註40〕見王文誥《蘇文忠公詩編註集成》，嘉慶二十四年鐫，武林韻山堂藏
　　　　版，（臺灣學生書局），頁2369～2371。

〔註41〕詳論見劉衛林〈蘇軾詩法不相妨說初探〉（新亞學報，21 期，2001
　　　　年11 月），頁305～320。

〔註42〕見崔光宙〈先秦儒道兩家的藝術精神〉（國立編譯館館刊，第 12 卷
　　　　第 2 期，1983 年 12 月），頁52。

然後他舉先秦諸子對自然界「水」的觀照，來說明孔、孟、荀及老、莊之觀「水」〔註43〕，雖各有所述，然皆能反映出先秦諸子：

> ……由水之德性以顯心中之志，表胸中之德……。

以及：

> 將自身修養與宇宙萬物共此一德，以達物我合一之美感境界。〔註44〕

崔氏此說實已指明：中國「藝術精神」和主體修養論之必然關係，而美感境界實源自主體修養與宇宙萬物之相融合一。惟我們必須申明的是：先秦諸子所論「道」、「德」，並非所謂他律之「道德」，故不可謂此「藝術精神」之定義，乃「藝術」為「道德」之附庸，亦非「藝術」為「道德」服務，若作此解，即全然對先秦以降，「道」、「藝」關係之詮釋有理解的誤差，更遑論其間之體用關係。而落實於藝術理論，高友工於〈試論中國藝術精神〉所定義「精神」為：

> 「精神」一詞正是要著眼在中國藝術實踐中顯露的態度和取向，而且要提示出與很多其他文化發展出的純思維性的藝術理論有些根本的歧異。〔註45〕

〔註43〕同上注，頁52～53。作者引述孔子「仁者樂山，智者樂水」，以及「逝者如斯夫，不舍晝夜」之聯想；又引孟子「原泉混混，不舍晝夜，盈科而後進，放乎四海；有本者如是，是之取爾。」來說明儒家「水」德之觀照主體與自然物我合一的關係，亦是以「水」之意象作為「比德」對象的審美啟蒙。接著引老子「上善若水，水善利萬物而不爭」；「以其不爭，故天下莫能與之爭。」以及莊子所謂「水靜則明燭鬚眉，平中準，大匠取法焉。水靜猶明，而況精神！聖人之心靜乎，天地之鑒也，萬物之鏡也。」來說明以「水」喻「道」，以及人透過虛靜所可致之精神境界。最後引荀子揉合儒道兩家的觀點，開出指涉「德、義、道、勇、法、正、察、善化、志」等與「水」相應的觀察，荀子曰：「夫水，大徧與諸生而無為也，似德。其流也埤下裾拘，必循其理，似義。其洸洸乎不淈盡，似道。若有決行之，其應佚若聲響，其赴百仞之谷不懼，似勇。主量必平，似法。盈不求概，似正。淖約微達，似察。以出以入而就鮮絜，似善化。其萬折也必東，似志。是故君子見大水必觀焉。」

〔註44〕上引二條，同上注，頁53。

〔註45〕見高友工〈試論中國藝術精神（上）〉（九州學刊，2卷2期，1988年1月），頁1。

其中所謂「藝術實踐中顯露的態度和取向」，於中國事實上仍與創作主體對「道」論的認知密切相關，是藝術創作之價值取向，因而可爲本文「藝術精神」界義之輔助說明。

　　值得一提的是：蘇軾於上述先秦諸子觀「水」哲思實有承緒，其不僅延續以「水」喻「道」的傳統，更發展出一套由觀「水」而衍生出的藝術通論，如「常理」說、「隨物賦形」說……等等，足以印證其「有道有藝」說絕非信手拈來，乃有其深刻之思想底蘊；而「身與竹化」、「寓意於物」……諸論，又與創作主體修養論息息相關，此待後一一詳論。

第三節　文獻回顧與研究範圍界定

　　「蘇軾研究」目前已成爲一接受研究史的主題〔註46〕，可見以「蘇軾」爲主體研究的學術著作、評論，從北宋以來已有相當的質與量。爲確立本文立題之必要，故對當代「蘇軾研究」現況略作簡要說明，並對與本論題密切相關之前行研究，稍作回顧討論。並透過此文獻回顧，進行本論文研究範圍之界定，以明論題之主軸核心所在，以及深入探究的必要。

一、文獻回顧

　　當代「蘇軾研究」堪稱顯學，亦有不少學者爲其整理研究資料目錄〔註47〕，其搜集內容涵蓋蘇軾生平、經學思想、文學及其理論、繪

〔註46〕目前針對「蘇軾研究」及「蘇詩研究」進行接受研究者，從所得專書出版年之先後而論，首見王水照《蘇軾研究》（石家庄：河北教育出版社，1999年），〈影響篇〉，頁283～338。而曾棗莊《蘇軾研究史》（南京：江蘇教育出版社，2001年），則全面探討中國、韓國、日本、西方漢學界的「蘇軾研究」概況；另王友勝《蘇詩研究史稿》（修訂版）（北京：中華書局，2010年），則針對中國宋、金元、明、清對蘇詩的評點、研究及觀點，進行研究分析。

〔註47〕學者爲蘇軾研究資料編目者，臺灣方面有衣若芬〈臺港蘇軾研究論著目錄（1949～1999）〉（漢學研究通訊，總78期，2001年5月），

畫及其畫論、書藝及其書論……等等，堪稱從四面八方，由不同觀察視角不同詮釋理路脈絡，集體地全面性建構蘇軾豐富多變的面貌。由此現象不但可見出蘇軾之廣受歡迎，亦可見出其文學、經學、書畫既有其精到之處，亦有其不少爭議論點，因而頗具研究價值與樂趣。故「蘇學」﹝註48﹞能成其一門，其來有自，實本自蘇軾博通儒、道、釋……諸學，又專擅詩賦詞文、書畫……等藝術創作及理論，可謂「全能」作者。由於前行研究成果豐碩，不及一一備載，以下僅就與本論文相關密切之專著、博士論文、以及具開創性意義之期刊論文，概作分類回顧如下：

（一）以「詩畫關係」為論題核心者

當代學術研究之命題方向，與本論文最切相關者，為戴麗珠《蘇東坡詩畫合一之研究》﹝註49﹞，此乃戴氏依其碩士論文（1973 年）修訂而成。其論文就「東坡之時代家庭背景」、「東坡詩畫理論之淵源」、「詩畫合一探源」、「詩畫合一探義」、「東坡詩畫理論探述」、「詩畫合一理論之影響探析」六部分個別探討，其中「探源」部分著重討論詩畫合論之歷史發展源流，對於蘇軾會通儒道釋進而影響其詩畫理

頁 180～190。繼者有謝佩芬〈蘇軾研究論著目錄（1913～2003）〉，收於其著《蘇軾心靈圖像以「清」為主之文學觀研究》（台北：文津出版社，2005 年）附錄，頁 347～498。此外，亦可參見謝佩芬〈三蘇研究論著目錄（1913～2003）〉（上）及（下），分見（書目季刊，38 卷 4 期，2005 年 3 月），頁 43～128；（書目季刊，39 卷第 1 期，2005 年 6 月），頁 51～94。而大陸方面，中國人民大學中文系編《中國蘇軾研究》第一輯至四輯（北京：學苑出版社，2004 年、2005 年、2007 年、2008 年），一至三輯書末收有 2002 年、2003 年、2004 年蘇軾研究資料目錄，而三、四輯各收有 2001 至 2002 年，以及 2003 年至 2005 年之蘇軾研究論文分類提要，由此足見當代「蘇軾研究」，堪稱集體全面建構，其研究論文之概況回顧檢討，逐漸受到重視。

﹝註48﹞「蘇學」之稱，宋已有之，泛指三蘇經學，此處「蘇學」乃延續曾棗莊專指蘇軾之學，見氏者〈論蘇學——紀念蘇軾逝世九百周年〉，收於《宋代文學與宋代文化》（上海：上海人民出版社，2006 年），頁 141～163。

﹝註49﹞見戴麗珠《蘇東坡詩畫合一之研究》（台北：文津出版社，2007 年）。

論，雖稍論及但非其論述核心。戴氏於自序中所指：「東坡借王維而體悟所得之詩畫合一之論」，則在「詩畫合一探義」一章有所深論。然王維「詩中有畫」、「畫中有詩」，終究至北宋始由蘇軾提出，究竟是「東坡借王維而體悟」，亦或王維於詩畫發展史上之形象，乃由蘇軾評論而定位，似乎尚是一個可以深入探討的議題。〔註 50〕總體而言，戴氏所條縷分析東坡詩畫合一之研究，於文獻整理呈現有其成果，對於此一論題之基礎研究實有助益，有利於後續研究者，立基於其論述之上，開拓新的詮釋視域，發掘不同觀點之研究內容。

另外，衣若芬《蘇軾題畫文學研究》〔註 51〕，為其博士論文出版而成。此部論文雖非以詩畫關係為論述核心，但題畫文學乃中國文學與繪畫發展過程中，一個特殊文類的誕生，其中直接涉及蘇軾詩畫理論，故與本論文於文本運用與研究範圍，有相互重疊之處，亦相關密切。唯衣氏在研究方法及論述上，採歷史分期的方式，目的在呈現蘇軾一生題畫文學之發展變化之多樣面貌，由於旨在著力於其題畫文學演變的歷程，因而似乎不得兼顧蘇軾詩畫理論一貫之藝術精神，而此本非其研究之主要面向。究其全體，梳理龐大文獻而予以分期評析詮釋，耗費之心力可想而知，實利後續研究及頗具參考價值。

回顧上述研究文獻，以「藝術精神」指涉「道」之研究路徑，進而探究蘇軾詩畫「通」論者，實仍有發揭探究的研究空間。

（二）以「道藝關係」為研究面向者

此處所謂「道藝關係」採廣義解釋，囊括思想、哲學、儒道釋之關於「道」的詮釋，並聯繫與文藝的相互闡發，此面向的研究在蘇軾文藝理論的探究，目前有著豐碩的成果，其大抵又可約略分成三種論述類型：

〔註50〕相關研究，見楊娜《王維畫史形象研究——以蘇軾文人畫論為中心》（中央美術學院美術學博士論文，2008 年）。
〔註51〕見衣若芬《蘇軾題畫文學研究》（台北：文津出版社，1999 年）。

甲、蘇軾易學與文藝理論的並論

　　從目前流通的研究文獻中，以一九八○年曾棗莊〈從《毗陵易傳》看蘇軾的世界觀〉〔註52〕單篇論文，揭開《東坡易傳》的研究〔註53〕，而林麗真〈東坡易傳之特質〉等三篇論文的發表〔註54〕，亦多著重在哲學思想的探討，一直到日人宇佐美 文理〈蘇東坡の繪畫論と『東坡易傳』〉的進一步聯繫蘇軾易學與畫論的探討〔註55〕，從「天真」、「象外」與詩畫關係等相關論題的論述，為蘇軾畫論的研究發現了一條新的詮釋路徑。爾後，統括研究蘇軾哲學、思想與文藝理論者，無不將東坡易學列入一併討論，即後文所列「儒道釋諸學與東坡文藝理論的統括並論」者，大多亦不例外。然上述前行研究雖或有蘇軾易學與詩畫理論的探討，但始終並未指出《東坡易傳》「道一觀念」，與「詩畫本一律」之可相聯繫之概念的相關討論，更未述及蘇軾詩畫理論「通於一」之藝術精神，與《東坡易傳》論「道」之關聯性。至二○○八年徐建芳《蘇軾與周易》〔註56〕博士論文的發表，即著力建構東坡易學與其作家修養論、文藝創作論、審美鑑賞論之間的「道藝關係」，其論述主旨在易學對東坡文藝理論的影響，由於其

〔註52〕見曾棗莊〈從《毗陵易傳》看蘇軾的世界觀〉，（四川大學學報叢刊，第 6 輯，1980 年），頁 59～66。

〔註53〕在 1980 年後，《東坡易傳》的研究可見諸：余敦康〈蘇軾的《東坡易傳》〉，收於《國學研究》第三卷，（北京：北京大學出版社，1995年），頁 103～153。後又有專書問世，如：金生楊《蘇氏易傳研究》（巴蜀書社，2002 年）。

〔註54〕林麗貞頗重視東坡之易學價值，分別見〈東坡易傳之特質〉，收於《鄭因百先生八十壽慶論文集》（上）（台北：臺灣商務印書館，1985 年）；另見〈東坡易傳中的「一」〉，收於《毛子水先生九王壽慶論文集》（台北：幼獅文化，1987 年）；又見〈東坡易傳之思想及朱熹之評議〉，收於《宋代文學與思想》（台北：臺灣學生書局，1989 年）。

〔註55〕見日人宇佐美 文理〈蘇東坡の繪畫論と『東坡易傳』〉（日本中國學會報，第 42 集，1990 年），頁 184～196。另日人已譯有《東坡易傳》日文版，見塘 耕次《蘇東坡の易》（東京：明德出版社，2010 年），書末亦聯繫文藝理論等相關概念。

〔註56〕見徐建芳《蘇軾與周易》（陝西師範大學中國古代文學博士論文，2008年）。

詮釋核心不在詩畫關係互通的理路釐清，對《東坡易傳》「本一」「道一」之論述，和「詩畫本一律」藝術精神之旨歸相通，並未著墨。因而本論文引借林麗眞所提《東坡易傳》歸於「一」的特質，而後設蘇軾「道一」觀念指涉「詩畫通論」之藝術精神，並建構此「道一」觀念和「詩畫本一律」之詮釋理路脈絡，在研究視角及運用文本的詮釋上，當亦可在現有研究基礎之上，收有補足其義之效。

　　乙、蘇軾佛老莊禪之學與文藝美學的並論

　　此部分又可細分二類，一爲蘇軾老莊思想與文藝美學並論者，如：楊存昌《道家思想與蘇軾美學》〔註57〕；另一則爲蘇軾佛禪思想與文藝並論者，如：陳中浙《蘇軾書畫藝術與佛教》〔註58〕，以及施淑婷《蘇軾文學與佛禪之關係——以蘇軾遷謫詩文爲核心》〔註59〕、吳明興《蘇軾佛教文學研究》〔註60〕，其分別以老莊、佛禪不同觀察視角，進行探討蘇軾文藝與之相對應的關係，有助於單一視角切入研究的完整性。然蘇軾會通諸學的學術性格及本質，在論述上往往老莊之中有佛禪，佛禪之中有老莊，連易學之詮釋亦會以佛老莊禪，故分別單一視角觀察可見其深度，而統合觀察則可見其廣度，各有長處。至於以「莊禪合流」之視角觀察者，可見諸蕭麗華〈從莊禪合流的角度看東坡詩的舟船意象〉單篇論文的探討。〔註61〕

　　丙、儒道釋諸學與東坡文藝理論的統括並論

　　此面向之研究，將蘇軾儒道釋會通思想論及文藝理論的，較早者

〔註57〕見楊存昌《道家思想與蘇軾美學》（濟南：濟南出版社，2003 年）。相關研究尚有：姜聲調《蘇軾的莊子學》（臺灣師範大學國文研究所博士論文，1999 年）。

〔註58〕見陳中浙《蘇軾書畫藝術與佛教》（北京：商務印書館，2004 年）。

〔註59〕見施淑婷《蘇軾文學與佛禪之關係——以蘇軾遷謫詩文爲核心》（臺灣師範大學國文學系博士論文，2008 年）。

〔註60〕見吳明興《蘇軾佛教文學研究》（佛光大學文學系博士論文，2009 年）。

〔註61〕見蕭麗華〈從莊禪合流的角度看東坡詩的舟船意象〉，收於張高評主編《宋代文學之會通與流變：近世文學國際學術研討會論文集》（台北：新文豐出版，2007 年）。

有王世德《儒道佛美學的融合——蘇軾文藝美學思想研究》〔註62〕，其後大多以儒、道、釋三家分別析論，如唐玲玲、周偉民《蘇軾思想研究》〔註63〕，亦論及蘇軾文藝思想；又如李慕如《東坡詩文思想之研究》〔註64〕、冷成金《蘇軾哲學觀與文藝觀》〔註65〕，大抵皆採統括並論的探討方式，目的在呈現蘇軾學思文藝之博之廣。另又有如張惠民、張進《士氣文心：蘇軾文化人格與文藝思想》〔註66〕，則以探究文化人格的面向，論述蘇軾「有道有藝」的人生樣貌。此外，亦有指出蘇氏之道成其說者，即王水照、朱剛《蘇軾評傳》〔註67〕，而在撰述上亦以「文藝美學思想」概括統合討論。上述研究成果豐碩，皆力求呈顯蘇軾全面性的分析，對蘇軾思想與詩畫理論之關聯，或多或少皆有所論及，然礙於篇幅及論述宗旨乃意在全視角的觀照，故於其中核心藝術精神之發蘗，仍有待深究。

除了上舉所列之外，和本論文有直接關係者，尚有以「文藝理論」、「文藝美學」……等等為題進行探究〔註68〕，亦有分別研究蘇軾詩學〔註69〕、以及文人畫論接受與發展的相關探討〔註70〕，各方面之

〔註62〕見王世德《儒道佛美學的融合——蘇軾文藝美學思想研究》（重慶：重慶出版社，1993年）。

〔註63〕見唐玲玲、周偉民《蘇軾思想研究》（台北：文史哲出版社，1996年）。

〔註64〕見李慕如《東坡詩文思想之研究》（臺灣師範大學國文研究所博士論文，1998年）。

〔註65〕見冷成金《蘇軾哲學觀與文藝觀》（北京：學苑出版社，2004年）。

〔註66〕見張惠民、張進《士氣文心：蘇軾文化人格與文藝思想》（北京：人民文學出版社，2004年）。

〔註67〕見王水照、朱剛《蘇軾評傳》（南京：南京大學出版社，2004年），頁476～527。相關研究又見朱剛《唐宋四大家的道論與文學》（北京：東方出版社，1997年），頁108～164。

〔註68〕相關研究頗豐，依出版年順序有：游信利《蘇東坡的文學理論》（台北：臺灣學生書局，1981年）；黃鳴奮《論蘇軾的文藝心理觀》（福建：海峽文藝出版社，1987年）；陶文鵬《蘇軾詩詞藝術論》（上海：上海古籍出版社，2001年）；崔在赫《蘇軾文藝理論研究》（政治大學中國文學研究所博士論文，2003年）；王啓鵬《蘇軾文藝美論》（廣州：中山大學出版社，2007年）……等等。

〔註69〕見江惜美《蘇軾詩學理論及其實踐》（東吳大學中國文學研究所博士

學術詮釋，可謂詳備博贍，值得後學參考。而立基於上述學術成果，透過「道」、「藝」關係的觀察視角，進而開拓詩畫關係的詮釋視野，透過蘇軾詩畫會通之理論，探究其中藝術精神之所在，誠能開顯蘇軾詩畫理論異於西方詩畫討論之研究價值。

　　綜此文獻回顧，蘇軾文藝理論與佛老莊禪互涉，自北宋以來素有評述，唯《東坡易傳》長期爲經學傳統權威詮釋所抑制〔註71〕，始終未爲易學發展學術流變史正視歸入討論。所幸近年，由於詮釋蘇軾「有道有藝」發拓新見之文本所需，《東坡易傳》終獲重視詮釋。吾人以爲，《東坡易傳》會通佛老莊禪之易學詮釋，以及此一詮釋與其文藝理論之關聯性，其後續學術研究發展，實値期待以及深入揭啓。

二、研究範圍界定

　　根據前述文獻回顧，透過蘇軾「有道有藝」之「道」、「藝」關係爲觀察面向，針對其詩畫理論互通之藝術精神進行探究，其所涉及之研究範圍及所需運用之文本，涵蓋如下：

（一）蘇軾「道」論與詩畫理論之互涉

　　所謂「道」論，於研究蘇軾而言，乃一後設用語。就蘇軾文本觀察，其終究無一建構「道」之系統化理論的企圖，然卻自成一異於北宋「道學」之特殊論「道」方式。而蘇軾此一殊特論「道」方式，乃來自其會通儒道釋諸學的學術特質，因而我們於此所稱蘇軾「道」論，即意指關涉蘇軾哲學思想、或以譬喻論「道」之詩、文、賦等等文本，所指涉蘇軾宇宙觀、世界觀、心靈原鄉……等精神價值意向，作爲我們探究蘇軾「詩畫通論」之藝術精神的本源。然由於本文宗旨不在全面俯瞰掃描蘇軾「道」論之綜相，乃擬以透過蘇軾「道」論之觀察理

論文，1991 年）。

〔註70〕相關研究如：壽勤澤《北宋蜀學與文人畫意識的興起》（浙江大學中國古典文獻學博士論文，2008 年）。

〔註71〕相關研究單篇論文頗多，關於朱熹批駁蘇軾經學可參見：涂美雲《朱熹論三蘇之學》（東吳大學中國文學研究所博士論文，2004 年）。

路，釐清蘇軾「詩畫本一律」，以及詩畫共通之創作論、鑑賞論和主體修養論之間，所形成相互的關聯，而爲求聚焦明確與論述脈絡之一貫，意在論及「道」、「藝」體用關係互涉縱深層面的呈現。因而蘇軾論「道」之廣博橫向層面的探討，除了前行研究已多有統括並論，無需贅述之外，論析主要著眼於蘇軾「道」與「藝」、「詩」與「畫」之「通於一」的精神本源，此爲本論文主要研究範圍。

（二）蘇軾文藝理論與詩畫理論之互通

由於蘇軾論文藝，其根本乃「以一含萬」之概念，因而其論詩、文、書、畫之核心精神，雖或有辯證分殊，但亦多有相通之處，因此本文命題雖以「詩畫通論」爲基調，但凡文論、書論或其他相涉之文藝理論，若可置入同一論述理路脈絡同時考察者，大抵一併視爲論證之文本，以深化此論題之例證。此外，以蘇軾爲主體之題畫詩而至論畫之文、賦，或論詩而至論詩之文、賦，最直接者乃論詩、畫關係之詩、文、賦，凡可觀察詩與畫交流互涉發展，並呈顯蘇軾「詩畫通論」之藝術精神者，自亦列入重要考察文本，以通盤統整其中核心之所在。

（三）蘇軾詩畫理論之傳承溯源

不管從詩畫關係、或道藝關係之歷史發展而言，蘇軾所提出「詩畫本一律」、「有道有藝」、「以一含萬」的說法，皆有其詩畫美學之思想底蘊，亦有其所意欲表達之藝術精神核心。當我們想透過蘇軾論詩論畫之文本，循「道藝關係」的觀察視角，進而探究其會通精神，不可避免地必要向先秦道藝關係溯源，尤其是儒道釋諸學契入論藝範疇的發展，其間蘇軾承先啟後的定位，並且觀照其所接受傳承，而開顯道藝體用不二的端倪，蘇軾所承緒於先秦、六朝、唐人者，大抵爲本論文主要之研究範圍。至於蘇軾論詩與畫，好以論「道」用語相比附，如「得之於象外」、「意造本無法」、「天機之所合」……等，吾人追溯其論詩畫藝術之用語，與儒道釋論「道」用語的相契合，乃作爲

其以藝顯現主體「體道」精神之語境、語源的根據，故而納入本文詮釋分析之研究範圍，以確立詩畫藝術精神互通之論述的一體性。

第二章 問題的導出與詮釋視域的導入

第一節 問題的導出——當代詩畫關係詮釋的困境

　　符號學的提出，為藝術媒介意欲傳達表現創作主體之情感，提供了一條詮釋新視域。而關於詩與畫之交流，符號疆界互涉似乎也適用於其中，古添洪便曾以「藝詩瞬間」來說明「空間藝術」、「時間藝術」有其互為上蓋、互為抗拒與交融的可能。〔註1〕他引用克爾格所說：「空間藝術現在作為時間藝術的模擬對象，並成為後者的喻況，雖然後者在其時間之流中要抓住前者。空間藝術把時間藝術的時間之流凍結，雖然後者要把前者從空間的禁錮裡解放開來。」〔註2〕來說明萊辛《拉奧孔》所指詩與畫乃時空二藝術對立的立場，於西方並非全然沒有相左的意見。並以此證明「藝詩瞬間」——用以詮釋「題畫詩」之恰當性，開啟「題畫詩」涵攝時空二藝術互為辯證之新解。〔註3〕然此種

〔註1〕見古添洪〈論「藝詩」(ekphrastic poetry) 的詩學基礎及其中英傳統——以中國題畫詩及英詩中以空間藝術為原型的詩篇為典範〉，收於《框架內外：藝術、文類與符號疆界》(台北：立緒文化，1999年)，頁88～89。
〔註2〕同上注，頁90。
〔註3〕同上注，頁88～120。

詮釋方法僅適用於部分題畫詩，不盡然可以之全面觀照中國詩畫關係。事實上，萊辛《拉奧孔》並未對中國詩畫關係有任何批判，萊辛所提出者和中國自六朝以來所顯現之詩與畫交流的討論，其實是不同文化時空背景下，兩種不同理路的論述語境。我們可以挪用「時間藝術」、「空間藝術」之定義詮釋詩與畫，而使詮釋內容之深度、廣度更爲豐富，但我們似乎要清楚一個終極的問題：若以萊辛詩與畫之獨立自爲自在而各有界限之主旨，來分析中國傳統詩畫關係之會通，陷入弔詭的矛盾，恐怕是詮釋上二元對立之必然。因此，以詩畫疆界混淆來看待蘇軾「詩畫本一律」的提出，在論述上產生糾葛，也是可能的結果。此中矛盾，我們若能由正本清源進行梳理，大抵得以釐清。

而事實上，形成當代理解中國自六朝以至有清之詩畫關係，存在一道與當代詩與畫之創作實踐與理論的鴻溝，其一是清末民初知識分子因政治腐敗、科學落後，所引發全面系統性傳統思維的解構運動，他們的立意是革命改造，層面則擴及至文學、繪畫……等藝術創作形式及理論等等，而引進西學是這系統性解構運動中，一個重要的革新思維來源。這個風潮由清末而民初五四運動以至今日，批判中國傳統詩歌與繪畫之創作形式與理論，移植西方理論以取代所謂「舊思維」，而解構「舊思維」以建構「新思維」則成爲其必要手段。引進西學有助於擴展視野，這一點無庸置疑，也不必反對。然爲要全面結構性地建立「新思維」，針對傳統文化之根源否定而後解構，恐怕未蒙其利先蒙其害，不但在文學藝術創作意識上可能喪失主體精神，更可能淪落在形式與理論上，不斷地模仿西方與不斷實驗。我們要問的是：中國藝術精神的本質是什麼？中國詩歌與繪畫的未來發展與西方有何不同？而關於中國詩畫互涉交流中，重要的發展如：「寫意」、「文人畫」的審美範疇與歷史語境之模糊爭議，我們可以有什麼反思與詮釋？在當今詩與畫之藝術媒介獨立自爲自在之創作自覺下，中國歷代詩與畫於創作思維之互相資藉，難道沒有值得我們借鏡的核心價值嗎？這些都值得吾人深思及有待澄清。

　　劉千美在〈範疇與藝境：文人詩畫美學與藝術價值之反思〉一文中指出二十世紀「文人畫」審美評價之論爭，由清末民初康有爲（1858～1927）、陳獨秀（1879～1942）、呂澂（1896～1989）……等人發起批判「文人畫」的聲浪，而陳師曾（1876～1923）於 1921 年在《繪學雜誌》發表〈文人畫的價值〉一文，來爲「文人畫」之藝術價值辯護。〔註4〕劉氏對這段關於「文人畫」正反意見的論爭，亦有評論：

> 主張繪畫改革，以寫實爲典範，並追求繪畫不同於詩詞、書法範疇的獨立性，同時學習西方、講求寫實精神、走向現代、達成中西融合，……康有爲、陳獨秀、徐悲鴻筆下去古典之撻伐聲，不僅反應當時學界倡導新文化運動的主流之音，同時顯示在西方文化觀的影響下，新時代人對藝術觀點的改變，其中更隱含對藝術範疇概念內涵的重新省思，但重點不在於反省繪畫之所以成爲藝術的實存價值，而是考慮繪畫作爲社會文化活動的工具價值，尤其是作爲邁向現代社會的革命手段。〔註5〕

又說：

> 以美學而言，陳師曾的論述，代表著吳昌碩（1844～1927）、黃賓虹（1865～1955）、齊白石（1864～1957）、潘天壽（1898～1971）以降，對所承襲之古典文人畫的傳統繪畫思想價值的維護。其間除了涉及革新與傳統之爭，更是關於以「文人」一辭做爲一種範疇的恰當意義之爭，甚至涉及「文人」作爲藝術範疇其背後所隱含之「藝」的概念內涵的爭論……。〔註6〕

〔註4〕見劉千美〈範疇與藝境：文人詩畫美學與藝術價值之反思〉（哲學與文化，第卅五卷第七期，2008 年 7 月），頁 20～24。

〔註5〕同上注，頁 23。

〔註6〕同上注，頁 24。前述〈文人畫之價值〉一文，亦可見諸陳師曾著、徐書城點校《中國繪畫史》（北京：中國人民大學出版社，2004 年），頁 137～145。陳氏主張：「文人畫不求形似，正是畫之進步。」（頁 143）另又有〈中國畫是進步的〉一文，獨排眾議與時論抗衡。見前揭書，頁 169～172。

我們若回顧這一段論爭，康有為之繪畫新論，實是他組成「新學」的
一部分〔註7〕，是近代發動繪畫改革的前導，由於帶著革新的勁道，
批判蘇軾「士人畫」可謂最力，他在〈萬木草堂論畫〉中嚴詞指出：

> 中國近世之畫衰敗極矣，蓋由畫論之謬也。

然後透過《爾雅》、《說文》、《論語》、《歷代名畫記》……等對繪
畫存形之功能加以界義，而後接著說：

> ……非取神即可棄形，更非寫意可忘形也。偏覽百國作畫
> 皆同，故今歐美之畫與六朝唐宋之法同。

以下即直指「以禪入畫」、「畫貴士氣而攻界畫」、「逸品為正宗」、「重
寫意而棄形神」……等中國畫論為謬誤，陳述意見如醫者探人病源，
並給予治病藥方，所針砭為：

> 惟中國近世以禪入畫，自王維作《雪裡芭蕉》始，後人誤
> 尊之。蘇、米撥棄形似，倡為士氣。元、明大攻界畫為匠
> 筆而擯斥之。夫士大夫作畫安能專精體物，勢必自寫逸氣
> 以鳴高，故只寫山川，或間寫花竹。率皆簡率荒略，而以
> 氣韻自矜。此為別派則可，若專精體物，非匠人畢生專詣
> 為之，必不能精。中國既擯畫匠，此中國近世畫所以衰敗
> 也。……然則，專貴士氣為寫畫正宗，豈不謬哉？今特矯
> 正之：以形神為主而不取寫意，以著色界畫為正，而以墨
> 筆粗簡者為別派；士氣固可貴，而以院體為畫正法。庶救
> 五百年來偏謬之畫論，而中國之畫乃可醫而有進取也。

康有為於上述所論，明顯地指陳重士氣主寫意之繪畫思想，不應僭越
著色界畫而為正宗，畫匠之專精體物應為畫論之主流。並在此一原則
下，批判由蘇軾「士人畫」，以至元四家「文人畫」之繪畫史發展，
他接著說：

> 中國自宋前，畫皆象形，雖貴氣韻生動，而未嘗不極尚逼
> 真。院畫稱界畫，實為必然，無可議者。今歐人尤尚之。

〔註7〕見水天中〈中國畫革新論爭的回顧〉，收於顧森、李樹聲主編《百年
中國美術經典（第二卷）——中國傳統美術：1950～1996》（深圳：
海天出版社，1998年），頁70。

　　自東坡謬發高論，以禪品畫，謂作畫必須似見與兒童鄰，
則畫馬必須在牝牡驪黃之外。於是，元四家大癡、雲林、
叔明、仲圭出，以其高士逸筆，大發寫意之論，而攻院體，
尤攻界畫……，而以寫胸中邱壑爲尚。於是，明、清從之。
爾來論畫之書，皆爲寫意之說，擯呵寫形，界畫斥爲匠
體。……蓋中國畫學之衰，至今爲極矣，則不能不追源作
俑，以歸罪於元四家也。夫元四家皆高士，其畫超逸澹遠，
與禪之大鑒同。即歐人亦自有水粉畫、墨畫，亦以逸澹開
宗，特不尊爲正宗，則於畫法無害。吾於四家未嘗不好之
甚，則但以爲逸品，不奪唐、宋之正宗云爾。惟國人陷溺
甚深，則不得不大呼以救正之。〔註8〕

我們就康氏文本解讀，其審美價值之取向，受其引進西學以救國的核
心思想主導，著重於將歐美之畫與院畫（即其指爲界畫者）視爲同法
──「寫眞」（中）與「寫實」（西）的視爲繪畫正宗，故其精神旨在
與西方同步同調，因此大聲疾呼：「以形神爲主而不取寫意，以著色
界畫爲正，而以墨筆粗簡者爲別派；士氣固可貴，而以院體爲畫正法。」
故以此爲核心所牽動對「寫意」、「逸品」、「撥棄形似，倡爲士氣」等
相關美學範疇大加撻伐，凡與「寫形」、「寫眞」、「寫實」相違之畫論，
皆視爲偏謬。其所不容者乃視「寫意」、「寫胸中邱壑」、「逸品」爲正
宗、正法，並將此一系畫論之提倡者、實踐者及其成爲歷代典範者，
如蘇軾、米芾、元四家等等，進行源流之「正變」、「代變」的解構，
其中涵攝正宗、別派之爭，以及「寫意」歷史語境之刻意模糊，更牽
涉到繪畫獨立於文人業餘之專業創作意識的啓蒙，以達致其改造新中
國之目的。

　　康有爲的論畫觀點，在呂澂與陳獨秀以「美術革命」爲名之書信
往來中得到響應，陳獨秀在〈美術革命──答呂澂〉中指出：

―――――――――

〔註8〕上列所引康有爲〈萬木草堂論畫〉一文，乃康氏 1917 年於美國手書
　　　《萬木草堂藏畫目》之序言，收於顧森、李樹聲主編《百年中國美
　　　術經典（第一卷）──中國傳統美術：1896～1949》（深圳：海天出
　　　版社，1998 年），頁 1～2。

> 若想把中國畫改良，首先要革王畫的命。因為改良中國畫，
> 斷不能不採用洋畫寫實的精神。……自從學士派鄙薄院
> 畫，專重寫意，不尚肖物；這種風氣，一倡於元末的倪黃，
> 再倡於明代的文沈，到了清朝的三王更是變本加屬；人家
> 說王石谷的畫是中國畫的集大成，我說王石谷的畫是倪黃
> 文沈一派中國惡畫的總結束。〔註9〕

而畫家徐悲鴻（1895～1953）則基於畫學之獨立、畫藝之專業發展加入這場論戰，他在〈中國畫改良論〉開宗明義地說：

> 中國畫學之頹敗，至今日已極矣。……夫何故而使畫學如
> 此其頹壞耶。曰惟守舊，曰惟失其學術獨立之地位。

其中批評文人視繪畫為「末技」，使中國畫於物質之「盡術盡藝」的層面略遜西方，所以說：

> 則中國畫尚為文人之末技，智者不深求焉，其有足存之道
> 哉。

此直接點出中國繪畫向來不正視其專業，只重其趣而不重其技的流弊。與前述革命家不同的是，徐氏並非全面否定以激進抨擊「寫意」畫為幟，他指出：

> 凡寓意深遠，藝復卓絕者，高等人類視之均美。……古法
> 之佳者守之，垂絕者繼之，不佳者改之，未足者增之，西
> 方畫之可采入者融之。
>
> 中國畫在美術上，有價值乎？曰有。有故足存在。與西方
> 畫同其價值乎，曰：以物質之故略遜，然其趣異不必較。
> 凡趣何存，存在歷史。西方畫乃西方之文明物。中國畫乃
> 東方之文明物。

可見他認知到中國繪畫終究與西方不同，他接著說：

> 畫之目的，曰（惟妙惟肖）。妙屬於美，肖屬於藝。故作物
> 必須憑實寫，乃能惟肖。待心手相應之時，或無須憑實寫，
> 而下筆未嘗違背真實景象，易以渾和生動逸雅之神致，而
> 構成造化，偶然一現之新景象，乃至惟妙。……故學畫者，

〔註9〕見同上注，顧森、李樹聲主編前揭書，頁4。

> 宜摒棄抄襲古人之惡習，（非謂盡棄其法）——案現世已發
> 明之術，則以規模眞景物。形有不盡，色有不盡，態有不
> 盡，趣有不盡，均深究之。〔註10〕

相較於康有爲、陳獨秀之對「士人畫」、「文人畫」典範的解構，徐悲
鴻認爲守舊抄襲、以及不專業的創作態度，是中國畫於清末沒落不振
的主因。與康、陳二者最大不同的是，徐氏對繪畫於「意」及「體性」
的表現〔註11〕，並未如康氏用「簡率荒略，而以氣韻自矜」、「墨筆粗
簡」等等用語來混淆「寫意」之歷史語義〔註12〕，他對「寓意深遠」
的畫作仍採肯定，對中國畫的價值有其「乃東方之文明物」的認同，
更對所謂「寫實」不採盲從的態度，其所稱「惟肖」來自「寫實」之
技法；而「惟妙」則需「心手相應之時」，「而下筆未嘗違背眞實景象，
易以渾和生動逸雅之神致，而構成造化，偶然一現之新景象，乃至惟
妙。」實則所指「惟妙惟肖」，和「形神兼備」有其相通之處，尤以
「惟妙」實與蘇軾得物之「常理」並不相違。因此，我們認爲徐悲鴻
反對流派之因循抄襲，主張畫學之深入鑽研，不以守舊爲務，較康有
爲、陳獨秀之抨擊言論較具建設性，而且兼顧傳統與創新的互取其
「趣」。

　　清末民初這段關於「繪畫改革」的論爭，其觀點爲西方人研究中
國學時吸收，並大加延伸而論及政治，美國研究中國學之歷史學者約
瑟夫・列文森（Joseph R. Levenson,1920～1969）在論及明清文人理

〔註10〕上列所引徐悲鴻〈中國畫改良論〉，見同上注前揭書，頁5。

〔註11〕同上注，頁5～6。徐悲鴻反對的是因循流派而抄襲古人，對繪畫「體
性」表現有其正面的肯面，他於文中說：「人類於思想，雖無所不至，
然亦各有其性之所述。故愛寫山水者，作物多山水。愛人物花鳥者，
即多人物花鳥。性高古者，則慕雄關峻嶺長河大海。性淡逸者，則
寫幽岩曲徑平樹遠山。性怪僻者，則好作鬼神奇鳥異獸醜石癲巧。
旣習寫則必有獨到。」可見，他認爲由「體性」所發之繪畫風格應
持正面評價，但因循古人用筆抄襲流派風格，則不足取也。

〔註12〕「寫意」一詞有其歷史語義的發展，拙著〈論「寫意」與「詩畫融
通」之關聯性〉（元培學報，第十二期，2005年12月），頁125～141
略有所論，可佐爲參考。

想，而以繪畫發展爲根據批評說：

> 明代的風格即是一種非職業化的風格，明代的文化即是非
> 職業化的崇拜。〔註13〕

又指蘇軾似乎是「第一個論證『文人畫』即正統或官僚風格畫的畫家」〔註14〕，並認爲明代接受此作爲「文人風格」的替代詞之一，然後繼續深論其「明代的文化即是非職業化的崇拜」之觀點說：

> ……「自然」的反面是「人爲」，後者具有一種挑剔的和職
> 業化的含義。
> 南宗審美觀所以能夠得到士大夫們的認同，並不是由於士
> 大夫們在哲學上對靈感的愛好超過了對傳統的愛好，而是
> 因爲他們在社會學上對優雅的士大夫風度的愛好超過了對
> 職業化的愛好。……深厚的士大夫文化最爲重要，而作爲
> 士大夫的一種消遣方式，繪畫只能屈居次要位置。〔註15〕

而後，又有美國專研中國繪畫史學者高居翰指出：「寫意」是晚期中國畫衰弱的原因之一，他界定「寫意」與「工筆」畫爲：

> 「寫意」的意思近似「描寫」（或勾勒）「意念」，並且是用
> 於以比較粗略、草逸的手法所作的畫。「工筆」則是最容易
> 定義的：它的意思是「精巧的筆法」，用來指那些以精細的、
> 技巧純熟的手法所作的畫。〔註16〕

並由此展開其「寫意」畫指涉文人業餘之創作、而「工筆」畫指涉職業畫家的創作之相關評論，進一步藉由繪畫經濟活動改變的觀察角度點出：明清以後，「寫意」畫粗簡之用筆方便大量生產，雖有利畫家經濟生活，卻也爲中國畫之沒落種下禍因。〔註17〕

　　綜上所述，除了前引徐悲鴻之外，清末民初自康有爲以來對「文

〔註13〕見約瑟夫・列文森著、鄭大華、任菁譯〈儒教中國及其現代命運〉（桂林：廣西師範大學出版社，2009年），頁14。

〔註14〕同上注，頁17。

〔註15〕上述兩條評論見同上注，頁21。

〔註16〕見高居翰原著，傅立華譯〈論「寫意」是晚期中國畫衰弱的一個原因〉（台北評論，第5期，1988年5月），頁314。

〔註17〕同上注，頁314～325。

人畫」、「寫意」之中西批判大約歸納思維如下：

　　一、文人業餘之繪畫創作，凌駕職業畫工之歷史評價，是不合理
　　　　的現象，應給予畫工畫專業的藝術價值。

　　二、自唐而宋，由「寫眞」至「寫意」的繪畫理論演變，不利中
　　　　國繪畫之發展。

　　三、「寫意」畫是文人業餘之消遣性創作，技巧不如職業畫家，
　　　　但因文人主導畫論而居正宗，此風可議。

　　四、「寫意」畫背後所代表文人涵養的部分，並非繪畫技巧養成
　　　　的必要條件，不足以列入鑑賞繪畫評價的標準。

　　如果上述推論與康有爲一系之繪畫新論相合，那麼消解「游於藝」
之儒家思想於繪畫發展的主流地位，應是康氏革新畫論之主要目的。
更由於其中具有強烈的繪畫獨立之創作意識，得到觀點的支持亦有其
必然之處。然而「寫意」畫自宋而清是「簡率荒略」、「粗略、草逸的
手法所作的畫」這樣的定義嗎？還是失去藝術精神之「寫意」畫的流
弊？「文人畫」是文人業餘之消遣性創作嗎？職業化等於創作專業化
及畫學獨立嗎？本文於此暫不以隻字片語回應如此系統性解構之整
體質疑。我們回顧這段論爭，旨在凸顯一個重要之人文詮釋的基本概
念：回歸文本、回歸歷史發展脈絡中去觀照語境、語義所可能涵攝的
底蘊。畢竟，系統性的解構需與之對應的，是系統性的中國主體藝術
精神全面認知的覺察，審美價值、理想可以位移代變，但歷史文化精
神的發展，也應該受到合理的理解及詮釋。

　　五四運動以後，中國全面西化的層面無所不及，與文學藝術之創
作形式及內容相涉之理論，亦以西學爲主導。現代詩的創作緊追西方
理論亦步亦趨，自《詩經》而六朝至唐以後，詩歌叶韻之節奏美，至
當代因語言隔閡而逐漸與我們疏遠，其變革程度與繪畫秉棄「寫意」
可謂不相上下。詩歌「言志」、「緣情」傳統，與繪畫「傳神」、「氣韻
生動」的互相交流，在宋以「寫意」爲前提下，兩者因同一審美理想
而相提並論，蘇軾在這個關鍵時代裡扮演關鍵性的角色。當代吾人詮

釋中國詩畫關係發展最大的困境，不在繪畫獨立於詩歌之自爲自在的獨立意識，而在於西化過程中茫茫尋找出路時，矮化了先秦以來中國人對「道」的追尋、及嚮慕自覺於「道」中的志願。儒道釋的「道」皆爲主體自覺之道，人、事、物於「道」中方始有意義的存在，它不是西方人所指的「道德」；而自先秦以來「藝」觀念的嬗變，與「道」之實現的相互辯證，也非西方人「藝術」之源起可相比較。清帝國的政治腐敗、科學落後，導致中國遭受到前所未有西方強權侵略割裂的危機，全面的政權機制與官僚文化之相牽連，確有必要進行檢討。然引進西學是進步的階段性手段，但相信絕不是終極目標，「中學爲體」不應淪爲一種口號。

在文學藝術百年變革之後，實也有必要再度省思，華人當代創作之主體藝術精神將何去何從？於此當下，導入先秦「道」、「藝」關係的詮釋視域，進而觀察蘇軾「詩畫通論」之藝術精神，似乎存有一種不可言喻的意義——回歸主體精神之人文詮釋意識的覺醒，可能是溯源文化母體所孕育之處的一條道路。

第二節　詮釋視域的導入——先秦「道」「藝」關係的開展

　　從先秦文獻探索「藝」字的意涵，較爲常見的意義爲種植〔註18〕、

〔註18〕《尚書‧酒誥》：「純其藝黍稷」，「藝」字作「種植」解。而《尚書‧禹貢》又記載曰：「蒙、羽其藝」、「岷嶓既藝」，此二「藝」字亦與種植有關，明人秦繼宗所撰《書經彙解四十六卷》（明萬曆刻本）即解前者爲：「藝者，剪其蓊鬱，與民種藝也。」收於四庫未收書輯刊編纂委員會編《四庫未收書輯刊》（北京出版社），貳輯‧肆冊，頁302。另《尚書‧金縢》記載曰：「予仁若考，能多材多藝，能事鬼神；乃元孫不若旦多材多藝，不能事鬼神」，此處「藝」當解爲「技藝」、「技能」。又《尚書‧立政》出現「藝人」一詞，但與「種植」、「技能」無關，似是征收賦稅的官職。此外，《尚書‧舜典》：「歸格于藝祖」，孔安國傳：「藝，文也」，可見漢人認爲文與藝相關。從上述得知，《尚書》中「藝」字即有多義解。另外，《孟子‧滕文公上》：

技能〔註19〕、文采。〔註20〕而先秦典籍至今流存下來的，儒、墨、法三家大多是以政治爲核心思想，旁涉社會、經濟、文化、教育等面向而開展出來「藝」的論述。不管論述者重視「藝」、或抑制、或反對「藝」的發展，都不免是立基於政教群體意識之角度去思考「藝」的存在。其中傳承周公制禮作樂的孔子，他擅長音樂並頗有心得，透過禮樂政教功能將「藝」從技能的層次提升到人格陶養的層次，肯定「藝」的發展與君子成德有相輔相成的作用，他說：

　　志於道，據於德，依於仁，游於藝。〔註21〕（〈述而〉）

《論語正義》解釋「游於藝」曰：「游謂閒暇無事於之游，然則游者，不迫遽之意。……鄭彼注云：藝，六藝。一曰五禮，二曰六樂，三曰五射，四曰五御，五曰六書，六曰九數。」〔註22〕由此可見，孔子認爲「藝」雖不如「道」、「德」、「仁」可志、可據、可依，但若能以從容不迫「游」的心情從事「藝」，可以調節過度嚴肅的生命節奏，達到身心和諧的境界，對人格養成有一定的助益。而此一「藝」的本質，

　　　　　「樹藝五穀」；《荀子・王制》：「闢樹藝」，《荀子・子道》：「耕耘樹藝」；《墨子》一書亦多處習用「耕稼樹藝」一詞；《管子》一書也多處出現「樹藝」一詞，而此一「藝」字皆可解爲「種植」義。

〔註19〕《管子・任法》：出現「奇術技藝之人」一詞，《商君書・農戰第三》多處習用「技藝」，《韓非子・顯學》亦用「技藝之士」一詞，上引「藝」字皆可作「技能」解。《商君書・農戰第三》云：「夫民之不可用也，見言談游士事君之可以尊身也，商賈之可以富家也，技藝之足以餬口也。民見此三者之便且利也，則必避農；避農則民輕其居，輕其居則必不爲上守戰也。」顯見其抑制商賈技藝重視農戰的思想。「技藝」於此因不利於國富兵強，而未受到重視，「技藝之士」受到某種程度的貶抑，似乎也與此有關。

〔註20〕先秦「藝」字解，前賢多有所述，見虞君質《藝術概論》（台北：大中國圖書，1981年），頁35；另見徐復觀《中國藝術精神》（台北：臺灣學生書局，1998年），頁48～49。又見顏崑陽《莊子藝術精神析論》（台北：華正書局，2005年），頁40～43。

〔註21〕見清・劉寶楠、劉恭冕撰《論語正義》（台北：世界書局，1992年），頁137。

〔註22〕同上注，《論語正義》，頁138。《正義》又曰：「禮樂不可斯須去身，故周公自稱多藝，夫子言藝能從政。」，頁138。

是和禮樂結合在一起的，所以孔子在子路問「成人」時回答說：

> 若臧武仲之知，公綽之不欲，卞莊子之勇，冉求之藝，文
> 之以禮樂，亦可以爲成人矣。〔註23〕（〈憲問〉）

《論語正義》引「說苑辨物篇」顏淵問孔子何謂「成人之行」，舉孔
子回答說：「成人之行，達乎情性之理，通乎物類之辨。知幽明之故，
睹游氣之源，若此而可謂成人。既知天道，行躬以仁義，飭躬以禮樂，
夫仁義禮樂，成人之行也。窮神知化，德之盛也，是成人爲成德之人，
最所難能。」來進一步說明：「是備禮樂乃可以成人，於是四子（臧
武仲、公綽、卞莊子、冉求）已出仕，未嘗學問，若能文以禮樂，是
以後進於禮樂者也。」〔註24〕這也就是說：冉求的「藝」若能從技能
的層次進而以禮樂再提升其境界，亦不失爲其涵養「成人」、「成德」
的可能。由此可清晰地見到自稱「吾不試，故藝」（〈子罕〉）的孔子，
運用禮樂聯繫「藝」並擴大其內涵，進而肯定「藝」可成德的修養功
夫。這種將「藝」與「道」、「德」產生相輔相成的教化思維，儘管並
非爲「藝」而「藝」之純粹動機，然經過孔子自覺地以禮樂，將「藝」
自技能提升至「成人」教育的內容，在春秋重視階級觀念的社會意識
裏，無疑地對「藝」的發展是一大助力。另外，他還提出詩、禮、樂
三位一體合論的觀點說：

> 興於詩，立於禮，成於樂。（〈泰伯〉）

這提供了後人通過禮樂之核心價值，將「藝」提升至「詩言志」之政
教效能的可能性，儘管先秦的「六藝」未涵蓋繪畫，但對詩與「藝」
的互通，則已保留了相向交流的空間。而成書於戰國的《周禮》〔註
25〕，延用了孔子「藝」的觀念，並以「藝」作爲教育及考評的內容
及依據。〔註26〕至於西漢將六經稱爲「六藝」，那是六種教學科目的

〔註23〕同上注，頁 307。
〔註24〕同上注，頁 307。
〔註25〕詳論見夏傳才《十三經概論》下冊（台北：萬卷樓，1996 年），頁
278～279。
〔註26〕《周禮・地官司徒》第二中的「十二教」則分別有「樹藝」及「學

意思〔註27〕，此可視爲是對儒家「藝」的觀念進一步的延伸。而劉歆「七略」體例、班固《漢書‧藝文志》之〈六藝略〉，內容包羅廣泛，堪稱中國「藝」的廣義。

　　由《禮記‧樂記》承《荀子‧樂論》所開展出的儒家樂教思想，可確知《墨子‧非樂》反「藝」的論點〔註28〕，未能阻絕孔子所重視樂此一「藝」的發展。而《莊子‧外篇》〈馬蹄〉、〈胠篋〉批判基於政治教化目的之一切「藝」的活動說：

　　　　及至聖人，蹩躠爲仁，踶跂爲義，而天下始疑矣；澶漫爲樂，摘僻爲禮，而天下始分矣。……道德不廢，安取仁義！性情不離，安用禮樂！五色不亂，熟爲文采！五聲不亂，熟應六律！夫殘樸以爲器，工匠之罪也；毀道德以爲仁義，聖人之過也。〔註29〕（〈馬蹄〉）

　　　　故曰：「魚不可脫於淵，國之利器不可以示人。」彼聖人者，天下之利器也，非所以明天下也。……擢亂六律，鑠絕竽瑟，塞瞽曠之耳，而天下始人含其聰矣；滅文章，散五采，膠離朱之目，而天下始人含其明矣；毀絕鉤繩而棄規矩，攦工倕之指，而天下始人有其巧矣。〔註30〕（〈胠篋〉）

從上列兩條引文，首先需先釐清的是《莊子》外篇應非莊子自作，思

藝」兩者，可見作者已將「藝」和種植義的「蓺」分開來，而「以鄉三物教萬民而賓興之」的「六藝」，則明指其爲「禮、樂、射、御、書、數。」另〈地官司徒〉第二中更多次將「德行道藝」合用，並在〈春官宗伯〉第三指出：「凡以神士者無數，以其藝爲之貴賤之等。」又在〈夏官司馬〉下指出：「凡國之政事，國子存遊倅，使之修德學道，春合諸學，秋合諸射，以考其藝而進退之。」可見其中已有以「藝」考評的觀念。而《周禮》所指的「道藝」，實際亦是指禮、樂、射、御、書、數六藝，王引之云：「道者術也，道藝即術藝，列子周穆王篇，魯之君子多術藝是也，道訓爲術，藝亦是術，故以道藝連文，道即藝也。」

〔註27〕同注25，夏傳才前揭書上冊，頁9～10。
〔註28〕見王大智《藝術與反藝術：先秦藝術思想的類型學研究》（台北：國立歷史博物館，2008年），頁47～55。
〔註29〕見清‧郭慶藩《莊子集解》（台北：頂淵文化，2005年），頁336。
〔註30〕同上注，前揭書，頁353。

想內容可作爲內篇的輔證或旁證，當視之爲「莊學」，但並不能代表莊子本人之思想〔註31〕；再者，就其文本看來，「莊學」所極力反對的，乃全然爲成就仁義禮樂之統治人民的「利器」，所人爲造作出來的「文」、「采」、「藝」。「莊學」不以儒家「藝」的觀念思考「藝」的存在，吾人卻不能以此作爲斷定莊子反對「藝」的證據。相反地，我們若根據內篇莊子「心齋」、「坐忘」體道精神的闡述，輔以「庖丁解牛」、「輪扁斲輪」、「梓慶削木爲鐻」，及宋元君以「解衣般礴」論「眞畫者」等寓言來佐證，莊子「以技進道」體現道的論述方式，實際上是開啓了相對於儒家「藝」觀念，另一條推展中國「藝」發展的進路。〔註32〕因此，我們認爲莊子在戰國並未提倡反「藝」言論。甚至，我們認爲莊子雖未以「藝」之實用助益「藝」的發展，但在儒家賦以政教效能之「藝」的倡導，莊子站在抽離實用目的之朗現「道」的主體價值，提供了六朝人另一對「藝」發展的重要思想資藉。可以這麼說：莊子認爲技藝的最高境界可以體現道，他闡述的重點是在「道」而不在「藝」，但他那種描述技藝透過涵養所提昇出來的美感境界，不僅令人嚮往「道」的生命情境，更啓蒙了後人以透過技藝來體現道的進路。無疑地，莊子將「藝」從儒家「成德」的政教效益釋放出來，隱然成爲中國「藝」此一巨流發展下，看似與儒家對峙而實則交互作用、互相辯證的另一主流，使先秦「藝」的內涵在詮釋上可以更加多元。

由上述討論，我們歸結先秦「藝」的內涵爲：本爲泛指一切技能的相關活動，然經過孔子以「六藝」涵蓋禮、樂、射、御、書、數六

〔註31〕見勞思光《新編中國哲學史》第一冊（台北：三民書局，1991年），頁254～255。勞思光指出：「莊子之書，雖不如道德經文之錯亂，內容亦甚雜。茲論莊周之學，即以內篇爲主要材料；外篇中發揮內篇理論者可爲輔證；至於發揮老子理論之材料，則可看作老莊思想關係之旁證。爲區別莊子本人思想及後繼者之思想，故用『莊學』一詞。凡內篇中之材料皆視爲莊子本人之思想；外雜篇之材料，則歸入『莊學』。」（頁255）

〔註32〕見同註20，徐復觀前揭書，頁48～56。另可見同註20，顏崑陽前揭書，頁1～9。

項技能，並作爲君子成德之養成內容，直接提升「藝」的位階，形成「藝」由技能，進而可與「道」、「德」相聯繫的理路，此乃孔子對先秦「藝」內涵的擴展。另外，莊子以「庖丁解牛」揭示「以技進道」的體道進程，啓蒙後代文人技不僅爲技，技亦可藉由養性凝神而朗現「道」，而後發展爲呈現「道」與「藝」有所關涉的工夫涵養論，此乃莊子以神技的生命境界論「道」，間接地開展了「藝」內涵和創作者主體精神互爲表裏的關係。由此可見，孔子和莊子，暫且不管其有意或無意，於先秦皆已奠定了「道」與「藝」之體用關係的基礎及歷史傳統，儘管兩者所指的「道」論述面向終究不同，但由「藝」通向「道」的進路是開啓了，這是西學未漸之時，文人論「藝」的思想依歸。儒家與道家的「道」皆出於主體，只是儒家終極價值取向群體意識，君子成德旨在淑世；而道家終極價值取向個體意識，旨在乘物遊心解其倒懸，保生全眞志在逍遙。而「藝」的內涵在「道」的主體精神多元詮釋的對應下，也提供了後人交互辯證融通的發展可能。

　　另外，值得一提的是：孔子論詩的觀點亦深刻地影響著詩歌發展，《論語》記錄子曰：

　　　詩三百，一言以蔽之，曰：思無邪。〔註33〕（〈爲政〉）

　　　小子何莫學夫詩？詩可以興，可以觀，可以羣，可以怨。

　　　邇之事父，遠之事君，多識於鳥獸草木之名。〔註34〕（〈陽貨〉）

《史記·孔子世家》云：「古者詩三千餘篇，及至孔子，去其重，取可施於禮義。上采契后稷，中述殷周之盛，至幽厲之缺。」〔註35〕又云：「三百五篇，孔子皆弦歌之，以求合韶武雅頌之音，禮樂自此可得而述，以備王道、成六藝。」〔註36〕我們根據司馬遷的敘述可以看出孔子整理《詩經》的歷程，並再次印證孔子詩禮樂三位一體的觀點。而詩、樂合論，早已始自《尚書·虞書》，其云：「詩言志，歌永言，

〔註33〕同注21，《論語正義》，頁21。
〔註34〕同上注，頁374。
〔註35〕見漢·司馬遷《史記三家注》（台北：文興書坊，1985年），頁770。
〔註36〕同上注，頁771。

聲依永，律和聲；八音克諧，無相奪倫，神人以和。」〔註37〕孔子承此一詩樂「和」的美學，足以產生人倫和諧的傳統，再以「禮」成其政教效能。而〈詩大序〉依此開展出更完整的理論，其云：「詩者，志之所之也，在心爲志，發言爲詩。情動於中而形於言……情發於聲，聲成文，謂之音。治世之音安以樂，其政和；亂世之音怨以怒，其政乖；亡國之音哀以思，其民困。……上以風化下，下以風刺上，主文而譎諫，言之者無罪，聞之者足以戒，故曰風。至於王道衰，禮義廢，政教失，國異政，家殊俗，而變風、變雅作矣。國史明乎得失之跡，傷人倫之廢，哀刑政之苛，吟詠情性，以風其上，達於事變而懷其舊俗者也。故變風發乎情，止乎禮義。發乎情，民之性也；止乎禮義，先王之澤也。」〔註38〕此一詩論既出，不僅強化了孔子詩禮樂三位一體的觀點，也同時詮釋了孔子所謂「詩無邪」〔註39〕，以及「詩可以興，可以觀，可以羣，可以怨。」

　　由以上所引孔子論詩及〈詩大序〉詩論，此一儒系詩學理論，所開拓出來的「詩言志」傳統〔註40〕，賦予詩人於政教社會發展極高的形象及地位。然而在先秦尚屬百工的繪畫，並未取得相對於詩歌的尊崇，畫師似乎仍在「能工巧匠」之列〔註41〕，魏晉以後，繪畫理論也

〔註37〕見《尚書注疏》卷三（台北：藝文印書館，十三經注疏本，1979），46。

〔註38〕見毛傳、鄭箋、孔穎達疏《毛詩注疏》（台北：藝文印書館，十三經注疏，嘉慶二十年重刊宋本），卷一，頁12～19。

〔註39〕所謂「詩無邪」，可釋其爲：「俗有淳漓，詞有正變，而原夫作者之初，則發於感發懲創之苦心，故曰思無邪也。」見同注4，《論語正義》，頁22。

〔註40〕詳論見拙著〈從「群體意識」與「個體意識」論文學史「詩言志」與「詩緣情」之對舉關係〉（新竹教育大學人文社會學報，第2卷第1期），頁6～22。

〔註41〕《周禮・考工記》記錄設色之工及畫繢之事。夏傳才概略地說「〈考工記〉的內容，前一部分是總論部分，論述了百工的重要，把它與王公、士大夫、商旅、農夫、婦功同列爲六職之一。它說：『爍金以爲刃，凝土以爲器，作車以行陸，作舟以行水，此皆聖人之所作也。』它認爲，這些都是智者、聖人的發明創作，不能因爲工匠世守其業

才逐漸成熟。儘管如此，《論語》仍有一段孔子和子夏討論詩義，而子夏由孔子以「繪事後素」作爲比喻，從中領悟到「禮後」的對話，錄云：

> 子夏問曰：「『巧笑倩兮，美目盼兮，素以爲絢兮。』何謂也？」子曰：「繪事後素。」曰：「禮後乎？」子曰：「起予者商也！始可與言詩已矣。」〔註42〕（〈八佾〉）

這段對話，雖然不能視爲孔子有詩畫合論的傾向，然孔子以「繪事後素」〔註43〕爲喻，解釋「巧笑倩兮，美目盼兮，素以爲絢兮」的詩義，則是以所謂「舉一隅而三隅反」之融會貫通的態度詮釋詩義。這種以繪事喻詩旨之詩畫並論的思維，在先秦可說是頗爲先進的。總而言之，從理論發展的角度觀察，先秦時期詩歌較繪畫爲早熟，詩作較畫

而輕視，如果沒有這些能工巧匠，也就沒有必需的器物。後一部分記載各種工匠，所記可分六大類：木工（輪、車、弓、兵器柄、建築木工、舟、木質農具、鐘磬架、飲器等）、銅工（削刀、兵器鋒刃、鐘、量器、劍等）、皮革工（甲、鼓、縫革等）、設色工（畫繢、染羽、練絲等）、刮磨工（製圭、璧、琮、璋、磬等玉器）、陶工（製各種陶器）。」見同註25，夏氏前揭書，頁283～284。筆者按：儘管〈考工記〉如此強調工匠的重要性，但工匠之地位不如詩人，在當時社會亦然。再者，先秦社會所謂「藝」，應有工藝、技藝、道藝……等等之別，而只要「藝」落在「匠」層次，皆不如具有思想性的藝術創造，這並不意味先秦沒有專業技術的「藝術」起源，而是中國文人不能僅僅滿足於「技」的追求，他們更強調「藝」和「道」的結合。由此一視角觀察，中國文人藉由「藝」表現自我主體「體道」精神，是其與西方「藝術」起源與理論發展最大的差異之處。而此一表現主體「體道」精神之創作意識，亦深刻地影響著中國「藝」的發展。

〔註42〕　同註21，《論語正義》，頁48～49。

〔註43〕　「繪事後素」，何晏集解引鄭玄說：「繪、畫文也。凡繪畫先布眾色，然後以素分布其間，以成其文。」朱子集註則說：「繪事、繪畫之事也；後素、後於素也。考工記曰：『繪畫之事後素功。』謂先以粉地爲質，而後施五采」朱註與鄭註解釋「後素」二字，意義正好相反。今學者多採鄭說，以與子夏所謂「禮後」的領悟相應。詳論見陳大齊《論語臆解》（台北：臺灣商務印書館，1996年），頁49～51。另見楊亮功等註譯《四書今註今譯》（台北：臺灣商務印書館，1984年），頁32～33。

作具思想性，詩畫在孔子「繪事後素」與詩旨並論之後，於六朝文獻始有普徧合論的記載。

　　東漢班固《漢書藝文志》之〈六藝略〉，其中之一即為〈詩賦略〉，也就是將詩賦視為「藝」來討論。而南朝宋劉義慶《世說新語·巧藝》一篇，則多所論畫，其中討論顧長康（愷之）最多。至此，「藝」此一內涵從儒家的「六藝」更擴大到書、畫、彈棊、建築、圍棊等等範疇，此可視為是從先秦至六朝，「藝」所涵蓋之廣泛的意義，而詩與畫皆已囊括於其中。巧妙的是，詩畫合論的觀點亦約於同期有所發展，顯見魏晉南北朝畫論的成熟，帶動了文人論畫的風潮。唐人張彥遠於《歷代名畫記·敘畫之源流》記載西晉陸機之詩畫合論曰：

> 丹青之興，比雅頌之述作，美大業之馨香。宣物莫大於言，
> 存形莫善於畫。〔註44〕

陸機認為丹青和雅頌皆為「美大業之馨香」，同時也點出詩畫藝術媒材之不同，以及「宣物」、「存形」之藝術功能的差異。另外，魏晉南北朝時人由於重新反省禮教的意義，連帶地不再著眼於「藝」的教化功能，轉而因人物品藻的風氣，高度重視個人「藝」之情性的發展，《世說新語·巧藝》一篇，當可以作為中國「藝」觀念此一轉變的證明〔註45〕，而此一「藝」的內涵，性質和今日所謂「藝術」較為相近。〔註46〕由此清晰可見先秦「藝」的觀念，從孔子政教實用效能到莊子、

〔註44〕見唐人張彥遠《歷代名畫記》（北京：人民美術出版社，2005 年），頁 3。

〔註45〕見寧稼雨《魏晉士人人格精神：「世說新語」的士人精神史研究》（天津：南開大學出版社，2003 年），頁 85。寧氏指出：「魏晉時期人們對『藝』的理解已經從儒家的社會要求轉變為對個人藝術能力和藝術修養的高度重視。從而反映出人物品藻活動對個人才情的注重。而《世說新語》設立《巧藝》一類，正是對這種觀念轉變的明確確認。後代類書從《太平御覽》到《淵鑒類函》將方術和藝術方面的內容分別設『方術』、『巧藝』二類。實際上是對《世說新語》這一確認的認可和繼承。」

〔註46〕同注 20，徐復觀前揭書，頁 49。另見同注 20，顏崑陽前揭書，頁 44。

莊學之反政教實用效能，在儒學、莊學交相辯證「藝」與「道」之關聯，六朝人承其緒更轉而開出一廣義「藝」的概念，提供了唐宋之詩論、畫論、詩畫合論系統性論述之可能發展進路。尤其徐幹於《中論・藝紀》指出：

　　　通乎群藝之情，實者可與論道。〔註47〕

則直接點明「道」「藝」之確切關聯。另外玄佛思想互應山水詩、山水畫之於六朝的風行，佛學的「道」和「藝」亦產生了巧妙的互動，因此六朝「道」的內涵實已涵蓋儒、道、釋三家。而儒道釋三家於唐至北宋，進行互相影響、滲透，以致互相融通化合，形成北宋三教合一的思想氛圍，因而有儒學振興之學術運動，即理學論「道」體系的建構。至於蘇軾所屬蘇氏蜀學一系，在當時會通諸學，有別於理學「道」本「藝」末辯證之學術氛圍，總承先秦以降、開啓宋元明清文人「道」「藝」體用的對話，此中其所形成的「詩畫通論之藝術精神」即爲本論文探究之所在。

〔註47〕見徐幹《中論》卷上〈藝紀〉第七，明程榮刊本。

第 貳 篇

本 論

蘇軾「道」論與詩畫通論之關聯

- 蘇軾「道」論概說
- 蘇軾水喻「道體」與「有道有藝」說探究
- 蘇軾「道一」觀念與「詩畫本一律」再探

第一章　蘇軾「道」論概說

　　「道」與「藝」兩者是體用相即，亦或是「道本藝末」的關係，在宋代理學家與文學家之間，似乎因著其思考基點不同，而有其各自的辯證發展。〔註1〕問題的核心除了論述者究竟以「道」或「藝」，作為其思考主體之差異外，更直接牽涉到論述者所詮釋之「道」指涉為何的問題。

　　張立文編撰《道》一書，然後說：

　　　　各家各派都按照自己的哲學觀點去解釋道，賦予道範疇
　　　　以本家本派的內涵。他們把本體、本原和規律、過程，
　　　　以及社會倫理道德規範、原則最終歸結為道，因此道的
　　　　內涵是最不確定的，又是最確定的。前者是從本家本派
　　　　對於別家別派而言，後者是從本家本派對本家本派而
　　　　言。〔註2〕

而早在《莊子‧雜篇》〈天下〉一文即曾指出：

　　　　天下大亂，聖賢不明；道德不一，天下多得一察焉以自
　　　　好。……是故內聖外王之道，闇而不明，鬱而不發。天下
　　　　之人，各為其所欲焉以自為方。悲夫！百家往而不反，必

<hr />

〔註1〕見陳昌明〈宋代美學中「道」與「藝」的辯證〉，收於《第一屆宋代
　　　　文學研討會論文集》（國立成功大學中文系所編，高雅：麗文文化，
　　　　1995年），頁401～405。
〔註2〕見張立文主編《道》（台北：漢興書局，1994年），頁397。

> 不合矣。後世之學者，不幸不見天地之純，古人之大體。
>
> 道術將爲天下裂。〔註3〕

其中「道術將爲天下裂」的說法，目的在於說明戰國諸子百家之學，大致乃爲基於當時實際政治運作，所應運而生的「道術」〔註4〕，和「內聖外王之道」〔註5〕有所不同。另一方面，也眞實地反映自東周以來，君權（含政權、統治權概念）的角逐，導致政治、社會、民生的動盪不安，所引發當時各種基於安定政治、社會之需求——關於「王道」的探討及不同見解，其中不乏純爲政治服務的論述，自然亦有反政治思維的產生。而「道」的論述範疇實則涵蓋自我與自我、自我與他人，以及自我與世界、宇宙之間關係的探討，從論述的詮釋取向觀察：「道」的體認、體悟，在論述者出於「群體意識」及「個體意識」之不同辯證下，其肇始便是多元的；有趣的是，他們對「道」的追尋，則是一致的。我們可以簡約地說：歷史的發展，與「道」本質的討論與時推移，交互辯證、對立分歧、融合統一，其實是討論歷程中的現象。時代的需求，成就「道」論之主流論述及內容，從今人的眼光看來，「道術將爲天下裂」，是戰國政治現實的反映，也是對「道」論之歷史發展合理的推論。因此，我們認爲：各時代關於「道」論之交互辯證的諸家學說，資料並存有其必要，而各家各派「道」論會通的現象，也值得我們注意，其中蘇軾「道」論爲有待發揭者。

〔註3〕見錢基伯《讀莊子天下篇疏記》（台北：臺灣商務印書館，2006 年），頁 26～40。另見譚戒甫著、杜學知校《莊子天下篇校釋》（台北：臺灣商務印書館，1985 年），頁 9～11。

〔註4〕見劉榮賢《莊子外雜篇研究》（台北：聯經出版，2004 年），頁 465～468。

〔註5〕同注3，錢基伯前揭書，頁 34 指出：「『內聖外王』，蓋莊生造設此語以闡「道」之量，而持以爲揚搉諸家之衡準者」；又譚戒甫前揭書，頁 10 指出：「內聖外王之道，即道術之全也。」

第一節　蘇軾「道」論的確立及學思歷程

一、蘇軾「道」論的確立

　　蘇轍在〈亡兄子瞻端明墓誌銘〉中述及其兄的學思歷程，即說：「（蘇軾）初好賈誼、陸贄書，論古今治亂，不爲空言。既而讀《莊子》，喟然嘆息曰：『吾昔有見於中，口未能言。今見《莊子》，得吾心矣！』乃出〈中庸論〉，其言微妙，皆古人所未喻。……後讀釋氏書，深悟實相，參之孔老，博辯無礙，浩然不見其涯也！」〔註6〕接著又說：

> 先君（指蘇洵）晚歲讀《易》，玩其爻象，得其剛柔遠近、喜怒逆順之情以觀其詞，皆迎刃而解。作《易傳》，未完，疾革，命公述其志。公泣受命，卒以成書，然後千載之微言煥然可知也。復作《論語說》，時發孔氏之秘。最後居海南，作《書傳》，推名上古之絕學，多先儒所未達。既成三書，撫之嘆曰：「今世要未能信，後有君子，當知我矣！」〔註7〕

蘇軾、蘇轍兩人既是情誼篤厚之同胞兄弟，亦是談古論今，互享哲學思想、文學藝術意見的推腹知己。因此，蘇轍上述有關蘇軾學思轉折及儒道釋三教會通詮解的學術特質，應是最爲可信的第一手資料。清人全祖望依此文獻爲線索，在《宋元學案》卷九十九，增補〈蘇氏蜀學略〉時，述及蘇軾生平以及經學學術成果，亦引之爲本。〔註8〕並在〈宋元儒學案序錄〉中指出：「蘇氏出于縱橫之學而亦雜于禪」〔註9〕，

〔註6〕見蘇轍《欒城後集》卷二十二，收於陳宏天、高秀芳點校《蘇轍集》（北京：中華書局，2004年），頁1126～1127。

〔註7〕同上注，頁1127。

〔註8〕見黃宗羲、黃百家、全祖望《增補宋元學案》，收於《四部備要》子部，中華書局據清道光道州何氏刻本校刊，冊六，卷九十九，頁8～9。

〔註9〕同上注，冊一卷首。全氏於卷九十九，頁9，評蘇軾之所以具「禪」思想，乃：「自爲舉子，至出入侍從，忠規讜論，挺挺大節。但爲小人擠排，不得安于朝廷，鬱悷無聊之甚，轉而逃入于禪，斯亦通人之蔽也。」筆者按：全氏此評以儒學居道統而言。

又於〈蘇氏蜀學略〉提出全氏對蘇軾文學及經學之評價，也述及蘇軾
和當時文人之相與，其云：

> 先生與弟轍夙承家學，自謂作文如行雲流水，初無定質，
> 但行于所當行，止于所不可不止。雖嬉笑怒罵之辭，皆可
> 書而誦之。其體渾涵，光芒雄視百代，有文章以來蓋亦鮮
> 矣！老泉作《易傳》未成，命述其志。先生成《易傳》，復
> 作《論語說》，後居海南作《書傳》。又有東坡集四十卷，
> 後集二十卷，奏議十五卷，內制十卷，外制三卷，和陶詩
> 四卷。一時文人如黃庭堅、晁補之、秦觀、張耒、陳師道，
> 舉世未之識，先生待之如朋儔，未嘗以師資自予也。〔註10〕

由前引資料對列可見：全氏全面肯定蘇軾文章「其體渾涵，光芒雄視
百代」，亦讚賞其「忠規讜論，挺挺大節」。然增補《東坡易傳》所論，
並同列南宋理學宗師朱熹之批駁意見〔註11〕，又以之為「學略」，而
非「學案」，對於蘇軾所自詡「今世要未能信，後有君子，當知我矣！」
固然能使有別於北宋濂、洛、關諸學，而別樹一格的蘇氏蜀學〔註12〕，
能在南宋朱熹視為「雜學」〔註13〕的批判聲浪中，尚能保留其學術思
想發言的空間，呈現出宋學發展中，諸家學派「道」論異同互相抗衡
多元的面貌。但畢竟對於蘇軾有意識地以佛老莊禪思想會通《易傳》
之詮釋，及其「道」論闡述之與程朱的差異，全氏似乎不能說是「知」
蘇軾。而早在北宋，蘇門四學士之一的秦觀在〈答傅彬老簡〉文中就
曾說過：

> 蘇氏之道，最深於性命自得之際；其次則器足以任重，識足
> 以致遠；至於議論文章，乃其與世周旋，至粗者也。閣下論
> 蘇氏，而其說止於文章，意欲尊蘇氏，適卑之耳！〔註14〕

〔註10〕同上注，冊六，卷九十九，頁9。
〔註11〕同上注，冊六，卷九十九，頁9～13。
〔註12〕同注2，張立文主編《道》，頁213～214。
〔註13〕見朱熹《雜學辨》，收於《景印文淵閣四庫全書》（台北：臺灣商務
　　　印書館），頁489～499。
〔註14〕見秦觀《淮海集》（台北：臺灣商務印書館，1968年），卷三十，頁
　　　197。

此即指出：「性命自得」才是蘇軾思想的核心，而世人所廣為流傳之議論文章，並不是了解及推崇蘇軾主要的依據。這也就是說：蘇學於「性命自得」之道的闡明，較其文章之成就，實有過之而無不及。秦觀點出欲尊蘇氏，則不能僅止於知其文章，必須探究重視「蘇氏之道」，方可以窺其究竟而得其要。由於本論文意欲探究蘇軾詩畫通論之藝術精神，而藝術精神實則指涉「道」，故蘇軾對「道」的闡說及論述，我們實有必要作一賅要的概說，以俾利後文進行其詩畫通論之藝術精神的探究。

從上引蘇轍及全祖望所述，蘇軾經學成就在完成《易傳》、《論語說》、《書傳》。而其中蘇軾藉以論述「道」者，除了黃州以前所作〈中庸論〉上中下三篇及〈日喻〉…等文之外，於《易傳‧繫辭傳》上下（卷七、卷八）著墨甚多。嚴格來說，蘇軾在其著作中論「道」，但並未著意架構「道」論。本文所謂蘇軾「道」論，乃以一後設觀察視角，為釐析其論「道」之發展歷程，及其會通諸學之特質，凸顯出其論述自成理路脈絡，構成與北宋「道學六先生」殊出的理論。而蘇軾言他人所未言以自立一說，開拓出人倫禮敬之外，「道」的審美體味，故雖其本意雖未著意架構「道」論，而實則已成一殊特之「道」論，故稱之以「道」論。而蘇軾「道」論除了其學術思想之成就，有待重新省思定位之外，其由「道」論之融通特質，所擴發出來之「有道有藝」、「由藝進道」的藝術創作進路，會通莊子「以技進道」之體道精神，匯合而成宋以後「以藝為道」、「以藝顯道」的藝術精神主流，其價值及意義不能說不大。由此，蘇軾「道」論的確立，實有其學術探討的必要。

二、蘇軾「道」論發展的學思歷程

（一）黃州以前：可「味」可「致」樂在「道」中

我們根據蘇轍所撰之〈亡兄子瞻端明墓誌銘〉，清晰地了解：蘇軾文章「古今治亂」之議論理路，與「好賈誼、陸贄」有密切關聯，

而其政治思想及態度，亦和其對兩者之評價息息相關。〔註15〕再者，蘇軾讀《莊子》一書與之心契，而後則有〈中庸論〉之闡述〈道〉的新觀點，這是蘇軾在北宋洛學「道」論〔註16〕之外，所提出的不同思維。〔註17〕蘇軾在〈中庸論〉上篇將孔子所說：「知之者，不如好之者，好之者，不如樂之者。」以及《禮記・中庸》所說：「自誠明謂之性，自明誠謂之教。誠則明矣，明則誠矣。」兩者進行聯繫詮釋，然後說：

> 夫誠者，何也？樂之之謂也。樂之則自信，故曰誠。夫明者，何也？知之之謂也。知之則達，故曰明。〔註18〕

又說：

> 孔子蓋長而好學，適周觀禮，問於老聃、師襄之徒，而後明於禮樂，五十而後讀《易》。蓋亦有晚而後知者。然其所先得於聖人者，是樂之而已。……故夫弟子之所爲從孔子遊者，非專以求聞其所未聞，蓋將以求樂其所有也。（〈中庸論〉上）

顯然，蘇軾認爲「樂」於「道」和「知」「道」，前者之主體精神境界更高。其並指明「樂」才是驅動主體趨向於「道」的內在力量，而以「認知」剖析「道」，則未必能作爲實踐的動力，因此蘇軾說：

> 樂之者爲主，是故有所不知，知之未嘗不行。知之者爲主，是故雖無所不知，而有所不能行。（〈中庸論〉上）

〔註15〕詳論見凌琴如《蘇軾思想探討》（台北：臺灣中華書局，1964 年），頁 14～23。

〔註16〕有關北宋洛學二程「道」論之思想，可參見同注 2 張立文主編《道》，頁 200～207。另亦可見陳來《宋明理學》（台北：洪葉文化，1994年），頁 55～97。再者洛學於北宋所形成之文學思想及理論或創作，詳論見陳忻《宋代洛學與文學研究》（北京：中國社會科學出版社，2009 年），全書闡述自二程以來以「德」爲本之洛學文學觀。

〔註17〕蜀、洛二學於北宋之相抗衡，不僅在學術上，亦在政治上。而本文重心並非在於辨明二者之優劣得失，而僅在略述蘇軾「道」論之時代背景。至於蜀學與洛學之異同，可參見胡昭儀、劉復生、粟品孝著《宋代蜀學研究》（四川：巴蜀書社，1997 年），頁 43～55。

〔註18〕本文下列所引蘇軾〈中庸論〉上篇諸條資料，皆見孔凡禮點校《蘇軾文集》（北京：中華書局，2004 年），卷二，頁 60～61。

接著，蘇軾在〈中庸論〉中篇繼續上篇「樂之」的主軸論「道」，篇
首即曰：

> 君子之欲誠也，莫若以明。夫聖人之道，自本而觀之，則
> 皆出於人情。不循其本，而逆觀之於其末，則以為聖人有
> 所勉強力行，而非人情之所樂者，夫如是，則雖欲誠之，
> 其道無由。故曰「莫若以明」。使吾心曉然，知其當然，而
> 求其樂。〔註19〕（〈中庸論〉中）

蘇軾〈中庸論〉在中篇補充上篇所說：「知之則達，故曰明。」其所
指的「明」是：「使吾心曉然，知其當然，而求其樂。」而非僅僅分
析認知「道」，即可以使人通達。並也同時指出：「聖人之道」，「本」
出於「人情」，故人之「樂於道」，即合乎「人情」，因而無需勉強，
人自在「道」中，此亦即「寓意於物」乃「樂得其道」的因由。然後
〈中庸論〉下篇，則分析「君子之中庸」與「小人之中庸」之別為：
「君子見危則能死，勉而不死，以求合於中庸。見利則能辭，勉而不
辭，以求合於中庸。小人貪利而苟免，而亦欲以中庸之名私自便也。」
〔註20〕（〈中庸論〉下）最後意猶未盡地說：

> 信矣中庸之難言也。君子之欲從事乎此，無循其迹而求其
> 味，則幾矣。《記》曰：「人莫不飲食也，鮮能知味也。」
> 〔註21〕

蘇轍點出其兄〈中庸論〉「其言微妙，皆古人所未喻」，指的應是蘇
軾上述「道」是「樂」在其中——主體內在驅動力量的趨使，其本
原自於「人情」〔註22〕，毋需假外在制約以成之。也就是說：蘇軾

〔註19〕同上注，頁 61。蘇軾於〈中庸論〉中篇指出：「此禮之所以為強人而
　　　　觀之於其末者之過也。盍亦反其本而思之？」（頁 62）可見蘇軾認為：
　　　　聖人之道，「本」出於人情，禮僅為「末」。

〔註20〕同上注，頁 63。蘇軾於〈中庸論〉之外，尚有多處論及真假中庸辨
　　　　明之文章，詳論可見冷成金《蘇軾哲學觀與文藝觀》（北京：學苑出
　　　　版社，2004 年），頁 186～189。

〔註21〕同上注，頁 64。

〔註22〕蘇軾在《東坡易傳》卷一指出：「情者，性之動也……性之與情，非
　　　　有善惡之別也」，其「道」自於「人情」，此「人情」即「非有善惡

認為「道」的實踐來自於體味到其中的「樂」，而形成一種「自覺」（亦或「自律」）的體現，而非來自藉由描述剖析「道」之「理」，所以才說君子欲從「中庸之道」，接近的方法只有：「無循其迹而求其味」。這種說法顯然是有意識地對北宋當時「道」學的論述，提出蘇軾獨立思考的見解。他在〈日喻〉一文藉「眇者識日」之寓言，旨在導出其所謂：

> 故世之言道者，或即其所見而名之，或莫之見而意之，皆求道之過也。然則道卒不可求歟？蘇子曰：「道可致而不可求。」何謂致？孫武曰：「善戰者致人，不致於人。」子夏曰：「百工居肆，以成其事，君子學以致其道。」莫之求而自至，斯以為致也歟！〔註23〕

蘇軾於此提出之「道可致不可求」、「君子學以致其道」以及「莫之求而自至，斯以為致」等等說法，可視為是與前述〈中庸論〉樂於「道」、和「無循其迹而求其味」同一理路下，對於實踐「道」的互相闡發。無疑地，從主儒詮釋「道」的理路脈絡來看，蘇軾「樂之」、「可致不可求」的「道」論，未必純粹，但若從以莊學會通儒學的角度觀察，其中則有耐人尋味之處。

　　王聖俞評選《蘇長公小品》認為〈日喻〉一文為：「妙道不可以告人，而可以行告人。以其不可以告人者告人，是真告人。」〔註24〕又說此文「絕妙，自《莊子》悟來」。〔註25〕而林紓則在《春覺齋論文‧忌虛枵》中評論蘇軾「莫之求而自至」的說法是：「過于聰明，不必得道之綱要；大概類《莊子》所言『同乎無知，其德不離；同乎無欲，是謂素樸』者，非聖人之道也。朱子言坡文雄健有餘，只下字

之別」的情。蘇軾此「情」本人性論與孟子心性論不同，是蘇軾「道」論與宋「道學」論者主要分歧所在。有關蘇軾「情」本人性論，詳見同註20，冷成金《蘇軾哲學觀與文藝觀》，頁 132～167。

〔註23〕同注21，卷六十四，頁 1981。

〔註24〕見曾棗莊、曾濤編《蘇文彙評》（台北：文史哲出版社，1998 年），頁 99。

〔註25〕同上注，頁 100。

亦有不貼實處。不貼實，正其聰明過人，故有此失。」〔註26〕林紓因
採朱熹論蘇文的觀點，而形成與王聖俞兩極的評價，但兩者卻都共同
點出〈日喻〉一文所論「道」的內涵，與莊學精神實有會通之處，而
兩者評價之揚與抑，亦取決於評論者自我對「道」的詮釋及立論的視
角，而形成迥異的態度。藉此可以確定的是：蘇軾對儒學與莊學交互
辯證於「道」論的成立，採取的是兼容兩者會通彼此的開放態度。蘇
軾在〈莊子祠堂記〉裏指出：認為莊子「作《漁父》、《盜跖》、《胠篋》，
以詆訾孔子之徒，以明老子之術。此知莊子之粗者。」〔註27〕然後接
著說：「余以為莊子蓋助孔子者，要不可以為法耳。楚公子微服出亡，
而門者難之。其僕操箠而罵曰：『隸也不力。』門者出之。事固有倒
行而逆施者。以僕為不愛公子，則不可；以為事公子之法，亦不可。
故莊子之言，皆實予，而文不予，陽擠而陰助之，其正言蓋無幾。」
〔註28〕

　　這種「陽擠而陰助之」的推論，在主張儒學為道統的學者看來，
難免有「不貼實」、「過于聰明」之嫌，其中主要的原因在於蘇軾實無
意亦反對，透過邏輯理論去建構及認知「道」。由此，我們大約可以
領略，蘇軾乃以融會貫通的態度「心領神會」各家「道」的詮釋，他
以「致」、「味」等類似主體心靈審美境界的用詞，取代理性思維「求」
道之分析架構，來細細品嚐人在「道」中的況味。這種論述，對於哲
學理路體系脈絡的建立，固然有以「意在言外」規避核心價值的釐清
與確立，然對蘇軾廣納各家各派學說而後獨立領會之餘，「道」確實

〔註26〕同上注，頁100。筆者按：林紓上述所引語出《莊子・外篇》〈馬蹄〉
　　　　一文，其所謂「非聖人之道」，指的是：蘇軾認為「道可致不可求」，
　　　　而僅能「莫之求而自至」，並非純儒之道論，其「道」論精神實來自
　　　　莊學。而〈馬蹄〉一文意在反對儒學主張以仁義禮樂治理天下，故
　　　　林紓認為蘇軾所論之「道」並非儒家聖人之道，且有以莊學混淆儒
　　　　學之「道」的傾向，故說蘇軾「過于聰明，不必得道之綱要」，又說
　　　　「正其聰明過人，故有此失。」
〔註27〕同注18，《蘇軾文集》，卷十一，頁347。
〔註28〕同上注，頁347。

有其無法言說的奧秘玄妙在其中。因此，他肯定「道」的存在，卻反對迂儒自以爲高明的「道」論，他在〈中庸論〉上篇開宗明義直接批評說：「甚矣，道之難明也。論其著者，鄙滯而不通；論其微者，汗漫而不可考。其弊始於昔之儒者，求爲聖人之道而無所得，於是務爲不可知之文，庶幾乎後世之以我爲深知之也。後之儒者，見其難知，而不知其空虛無有，以爲將有所深造乎道者，而自恥其不能，則從而和之日然。相欺以爲高，相習以爲深，而聖人之道，日以遠矣。」〔註29〕由此而明，蘇軾實際上反對的是：分明不知「道」，未必眞正體會「道」，卻勉強以語言文字架空「道」的論述。蘇軾批判這種「道」論，是一種自欺也是相欺的產物，非但不能明道，甚至離道日遠。〔註30〕蘇軾這種論調，必然引起政治及學術與之扞格不入者的不滿。而論辯是調和通變的開始，亦或是撻伐排擠的爭端，專研宋學「道」論者，有必要重新反省這一段學術思想的論爭。總之，「烏臺詩案」發生以前，蘇軾「道」論主要是以莊儒會通的理路，與北宋道學家進行交互辯證。

（二）黃州以後：自得自用窮不忘「道」

蘇軾早在仁宗嘉祐六年（1061 年），應制科考試所獻《進論》裡的〈賈誼論〉中即說：

> 古之人有高世之才，必有遺俗之累，是故非聰明睿哲不惑
> 之主，則不能全其用。……亦使人君得如賈生之臣，則知
> 其有狷介之操，一不見用，則憂傷病沮，不能復振；而爲
> 賈生者，亦謹其所發哉！〔註31〕

〔註29〕同上注，卷二，頁 60。

〔註30〕筆者按：〈中庸論〉上中下三篇，作於嘉祐五年（1060 年），是蘇軾應制科試所上二十五篇《進論》的部份內容。而〈日喻〉作於元豐元年（1078 年）知徐州時。〈日喻〉一文「眇者識日」及「南方沒人」兩則寓言，雖未直接批評，但諷刺「達者告之」的求道迷思，可視爲是〈中庸論〉觀點的延伸發展。

〔註31〕同注 18，《蘇軾文集》，卷四，頁 106。

蘇軾藉著賈誼之政治際遇，說明爲人君者當惜才愛才，要以聰明睿智
不惑的判斷，了解高世之才有其狷介的人格特質，以及可能因此招致
的遺俗之累，如此方能全其用。另一方面也爲人才不得見用時提出建
議：一要能自用其才；二要善處於窮；三要有所忍，以待其變。言猶
在耳，神宗元豐二年（1079 年），蘇軾即因「烏臺詩案」入獄。君權
制度之下，高世之才必有遺俗之累的政治魔咒終究應在其上，客觀環
境不能改變，主觀情境則操之在我。黃州以後的貶謫生涯，自用其才、
善處於窮、忍以待變，成了他在政治波濤詭譎起伏中的寫照。

　　蘇軾在〈黃州上文潞公書〉中曰：

　　　到黃州，無所用心，輒復覃思於《易》、《論語》，端居深念，
　　　若有所得，遂因先子之學，作易傳九卷。又自以意作《論
　　　語說》五卷。窮苦多難，壽命不可期。恐此書一旦復淪沒
　　　不傳，意欲寫數本留人間。念新以文字得罪，人必以爲凶
　　　衰不祥之書，莫肯收藏。又自非一代偉人，不足託以必傳
　　　者，莫若獻之明公。而易傳文多，未有力裝寫，獨致《論
　　　語說》五卷。公退閒暇，一爲讀之，就使無取，亦足見其
　　　窮不忘道，老而能學也。〔註32〕

又按蘇轍〈亡兄子瞻端明墓誌銘〉所稱：其兄謫居黃州之後，「讀釋
氏書，深悟實相，參之孔老，博辯無礙，茫然不見其涯也。」其間「杜
門深居，馳騁翰墨」，先後完成《易傳》、《論語說》、《書傳》。可見「窮
不忘道，老而能學」，是蘇軾面對政治變局不變的心志，亦是文人主
體精神強韌意志力的展現。他既評論賈誼自傷夭絕是不善處於窮者
也，又說：「賈生志大而量小，才有餘而識不足」（〈賈誼論〉），他在
個人遭逢政治厄窮更甚於賈誼境遇時，選擇的就不是「自傷」，而是
「自得」。此亦有賴於他自己對「道」之「味」之實踐，也可以說：
災難轉動蘇軾深入探討「性命自得」之道的齒輪，他由賈誼、陸贄般
投入政治議論的熱誠，轉向佛老莊禪之妙悟虛靜。而這種轉變，亦充

分地透過「道」論、詩畫理論，表現出蘇軾智慧的增長、以及對「道」、「藝」關係的體會。

宋代易學是一顯學，僅是北宋解易著作就有六十餘家〔註33〕，三蘇易學最終由蘇軾承父命，於黃州謫居以後會整稿成《易傳》。〔註34〕因此，由《東坡易傳》對「道」的闡述，應可循其見出蘇軾黃州以後思想視域之拓展、精神境界之提昇，更可見其「深悟實相，參之孔老，博辯無礙，浩然不見其涯」的「無礙」精神，實來自儒道釋會通後之活水湧現。依據劉瀚平〈宋易佛學關係考〉一文指出：宋易學與華嚴宗，以及禪宗門下之曹洞宗有相互資藉融通的事實〔註35〕，可見蘇軾以佛解易、援佛入易的思路並非是文人的神來之筆，乃是有跡可循，值得深入探究。至於以老莊會通易學，亦有所據。〔註36〕綜而言之，蘇軾在黃州以前所論「道」，著重於「道」之實踐的可能，而不在「道」之論述的建構，因而主張可「味」可「致」樂在「道」中，並主張「道」出於「人情」，故得以「樂」在其中，此階段蘇軾雖也接觸佛學，但

〔註33〕見劉瀚平〈宋易佛學關係考〉（國文學誌，第三期「宋代文化專號」，1999年6月），頁104。

〔註34〕據《四庫全書・東坡易傳・提要》曰：「此書實蘇氏父子兄弟合力爲之，題曰軾撰，要其成耳。」見《東坡易傳》，收於《景印文淵閣四庫全書》（台北：臺灣商務印書館），第九冊，頁1。

〔註35〕同注33，頁105～114。劉氏指出：華嚴宗實際創始人法藏（賢首）在論述「真如緣起」（即「法界緣起」）理論時，便採用《易》的思維方式，建立「一生二，二生四，四生八」的「生滅門」的結構，並將此結構按照「八合四，四合二，二合一」的模式，依次套進阿賴耶識「綜合生發圖」中。值得注意的是他得自《易・繫辭》「《易》有太極，是生兩儀，兩儀生四象，四象生八卦」啓發的表示法，直到其後三百年的邵雍才出現類似之先天八卦圖。（頁108）又接著指出：隨著華嚴在宋代興盛，邵雍與其它宋儒一樣，對於《新華嚴經論》十分重視和喜愛，於是陰取了「真如緣起」理論的構想，先畫出了八卦的順序，同時也根據李通玄「十方諸佛菩薩八方方位圖」推論了「後天八卦方位圖」。（頁110）

〔註36〕見余敦康〈蘇軾的《東坡易傳》〉，收於《國學研究》第三卷，（北京：北京大學出版社，1995年），頁104～107。余氏以爲：蘇軾乃是以郭象之莊學解易（頁106），另又見同文頁110～112。

論「道」著重以老莊會通儒學。黃州以後蘇軾歷經牢獄之災，轉向「性命自得」之道的探尋，佛禪思想實相的討論，深契蘇軾心靈，此階段其論「道」以原有孔老莊儒會通，而又參之於佛禪，並以儒道釋諸學會通的「通學」精神，於《東坡易傳》明確提出「道一」觀念，佐以諸篇散文為輔，在仕途多舛之時，自我實踐自得自用窮不忘「道」的理念。而由此也可見出：蘇軾論「道」之內涵，隨著人生歷練及時程，其會通諸學之本質不變，然統攝範疇則有所衍義。

順帶一提，《四庫全書‧子部‧雜學辨提要》指出：

> 宋朱子撰以斥當代諸儒之雜於佛老者也。乃蘇軾易傳十九條……，皆摘錄原文，各為駁正於下。〔註37〕

朱熹為建構道學體系之完成，批駁蘇軾易傳為「雜學」，以其相對純儒的立場，自然有其道理及駁斥之目的。〔註38〕然所謂「雜」相對於朱熹之所謂「純」，此中有學術理路脈絡之異亦可明矣！就諸學有其所宗的客觀視角而言，「雜學」之批判乃一立場相對的評論，而非絕對的定論，吾人當重新省思。至於朱熹對儒學之振興的貢獻，已是學術史的公論，並不因此而改變其理學宗師的地位。

要之，本文宗旨非在分析蘇軾「道」論之與宋「道學」的異同得失，我們著眼的是：擬欲透過此一概述，導引出蘇軾「道」論蘊涵主體心靈審美意味之藝術境界，其來自於儒道釋精神之會通，並以此核心思想貫通於其詩畫理論，而形成其「有道有藝」的論點，而此實為蘇軾與理學家之「道、藝」關係見解分歧的根本關鍵所在。此外，由於《東坡易傳》中以「以水喻道」，以及「道一」的萬物生成論，甚至「神」的概念……等哲學思維，皆或多或少與其詩畫文藝理論會通化和，而此為本論文論述主軸，故實宜於後另詳加深論，以探究其「道」、「藝」體用關聯之脈絡。

〔註37〕見《四庫全書‧子部‧雜學辨提要》，收於《景印文淵閣四庫全書》（臺北：臺灣商務印書館），第六九九冊，頁489。

〔註38〕見涂美雲《朱熹論三蘇之學》（台北：秀威出版，2005年）「第三章朱熹批判蘇學的心態背景與原因」，頁197～252。

第二節　蘇軾「道」論之「通學」特質

錢穆在《宋明理學概述》中提到蘇氏蜀學時說：

> 他們會合著莊、老、佛學和戰國策士乃及賈誼、陸贄，長
> 於就事論事，而卒無所指歸；長於和會融通，而卒無所宗
> 主。……他們在學術上，嚴格言之，似無準繩，而在當時
> 及後世之影響則甚大。好像僅恃聰明，憑常識。僅可稱之
> 曰俗學，而卻是俗學中之無上高明者。……非縱橫，非清
> 談，非禪學；而亦縱橫，亦清談，亦禪學。實不可以一格
> 繩，而自成為一格。這是宋學中所開一朵異樣的鮮花，稱
> 之曰蜀學。〔註39〕

錢氏於此點出了蘇氏蜀學最主要的特質，即「長於和會融通，而卒無
所宗主。」「實不可以一格繩，而自成為一格。」而蘇軾在〈思堂記〉
則說：

> 萬物並育而不相害，道並行而不相悖。〔註40〕

此說亦印證了蘇軾「道」論不思歸屬於一宗一派，卻又會通諸學的特
色。而事實上，蘇軾對各家各派「道」的指歸並不多作分別，嚴格地
說所謂蘇軾「道」論，亦是當代之後設理論。整體來說，「道」只是
一語言名相，亦只是符號代稱，對蘇軾而言，「道」此一符號可能指
稱的是：人之主體精神對應宇宙萬事萬物之紛乘變化，居於其間如水
一般，無所執、無所拘、無所惑，而達致「性命自得」與天地一理的
生活態度。因而，蘇軾的「道」，必與主體精神與情性相涉，乃人之
主體對應宇宙本體之合一關係。此亦即其契入莊學「以天合天」，而
提出「天機之所合」的思想底蘊。他未如道學家建構體系化之「道」
論，更未思考學術的歸位。因為，「道」可「味」可「致」，是一種實
踐而非哲學原則的提出，更非「眇者識日」之言說。因此，《四庫全
書・東坡易傳・提要》公允地讚譽蘇軾易學的長處為：

> 推闡理勢、言簡意明，往往是以達難顯之情，而深得曲闡

〔註39〕見錢穆《宋明理學概述》（台北：蘭臺出版社，2001年），頁22～23。
〔註40〕同注18，卷十一，頁363。

之旨。蓋大體近於王弼，而弼之説惟暢元風，軾之説多切
人事。其文詞博辨，足資啓發，又焉可一槩屏斥耶？〔註41〕

其中所謂「多切人事」，自然也可視爲是蘇軾「道」論的一個重要特
質，而這似乎是蘇軾所指「天地與人一理也」〔註42〕（《東坡易傳》
卷七）之認識，所形成諸學會通、天人合一論述的結果。

　　除了三教彼此會通之外，蘇軾的「道」也涵蓋了道教，其出世思
想亦有濃厚的道教色彩。〔註43〕蘇軾在〈眾妙堂記〉中說：「眉山道
士張易簡教小學，常百人，予幼時亦與焉。居天慶觀北極院，予蓋從
之三年。」〔註44〕又自述其謫居海南，夢見張道士與之於「道」體認
的對話，可以想見張易簡對其童蒙教育的啓發，潛在上驅動了蘇軾孩
幼時期，嚮往「道」的人生願景、及遠離塵俗回歸心靈原鄉的自由夢
想。此可由其往讀太平宮之道藏所作詩云：

士方其未得，惟以不得憂。既得又憂失，此心浩難收。譬
如倦行客，中路逢清流。塵埃雖未脱，暫憩得一漱。〔註45〕
（〈和子由聞子瞻將如終南太平宮谿堂讀書〉）
嗟余亦何幸，偶此琳宮居。盛以丹錦囊，冒以青霞裾。千
歲厭世去，此言乃蘧篨。〔註46〕（〈讀道藏〉）

大致地觀察到蘇軾對人間患得患失倒懸之苦的自覺，以及嚮慕「道集
由中虛」之眞人（至人）的生活。綜括言之，蘇軾所履「道」途，實
際上是由生活體會出來的，在其人生各個不同階段，因著主體心靈的
嚮往及需求，接觸納受各家各派對人生眞理的探求及依歸，而最終在
其身心上取得了統一。因此，他的「道」論無所宗主但互不矛盾，無
所指歸，卻自有指歸。也就是說：各家各派的「道」對蘇軾而言並不

〔註41〕同注34，頁2。
〔註42〕同上注，卷七，頁123。
〔註43〕詳論見鍾來因《蘇軾與道家道教》（台北：臺灣學生書局，1990年），
　　　　第二章〈蘇軾一生崇道概況〉，頁17～223。
〔註44〕同注18《蘇軾文集》，卷十一，頁361。
〔註45〕見王文誥輯註、孔凡禮點校《蘇軾詩集》（台北：莊嚴出版社，1990
　　　　年），卷四，頁179～180。
〔註46〕同上注，頁181～182。

互相衝突，衝突來自人們對自我指歸之人生眞理的定位，以及名相符號之定義的本位心理，所產生排擠互不相容的執取和分別。法國當代學人弗朗索瓦・于連，在《聖人無意——或哲學的他者》一書中指出大多哲學的爭辯，來自於將一開始提出的觀念當成不可動搖的原則，他說：

> 邏輯聯繫就像是一束線，如果你選擇了其中的一根，選擇這根而不是那根，想把它抽出來，取其一而棄其餘，那麼，你的思想便倒向了很多方面中的一個方面。因此，提出一個觀念，等於從一開始就喪失了你原曾想闡述的東西，不管你在這樣做的時候是多麼謹愼，多麼有條理。你注定了只能有一種特別的視角，不管你做出多大的努力想重新征服整體。從今往後，你再也擺脫不了這個偏見，你會永遠遭受最初的觀念產生的偏見的影響。〔註47〕

所以他認爲：聖人並不爲任何觀念所局囿，也不會固執於任何一種特別的觀點，他會適應事物的變化，而使自己的思維不致僵化於某個設準。〔註48〕這或許可以作爲：詮釋蘇軾「道並行而不悖」，及其「道」論會通諸學而不可以一格繩之恰當理解。進一步地，也可以重新來觀察：蘇軾爲何不以邏輯辯證之方式來架構其「道」論，是不願宗於一方而失去全部。

就因如此，蘇軾採以「一」應萬物之「變」，他在〈終始惟一時乃日新〉文中說：

> 《易》曰：「天下之動，正夫一者也。」……惟一者爲能安。天地惟能一，故萬物資生焉。日月惟能一，故天下資明焉。天一於覆，地一於載，日月一於照，聖人一於仁，非有二

〔註47〕見弗朗索瓦・于連著、閆素偉譯《聖人無意——或哲學的他者》（北京：商務印書館，2006年）頁8~9。作者認爲：哲學把一開始提出的觀念當成原則，其他的觀念都是由此而產生的，思想由此而組織成了體系。這個首先提出的觀念成了思想的突出點，有人爲它辯護，也有人駁斥它。從提出的這一偏見開始，可以形成一種學說，可以組成一個學派，一場無休止的爭論也就由此而開始了。（頁9）

〔註48〕同上注，頁7~22。

事也。晝夜之代謝，寒暑之往來，風雨之作止，未嘗一日
不變也。變而不失其常，晦而不失其明，殺而不害其生，
豈非所謂一者常存而不變故耶！聖人亦然。以一爲內，以
變爲外。或曰：聖人固多變也歟？不知其一也，惟能一故
能變。……物之無心者必一，水與鑑是也。水、鑑惟無心，
故應萬物之變。〔註49〕

可見蘇軾所謂「一」即是「天全」，涵蓋宇宙不變的本體，而所有世
界分殊變化萬千的現象，皆歸之於此「一」。故此「一」即是蘇軾所
指的「道」。因而其「一」會通諸學，即是立於此「一」涵蓋所有爲
天下裂的「道」，因而彼此相融而互不矛盾衝突。因而，與其立於「純
儒」之立場，指其會通諸學爲「雜學」，不如稱之爲「通學」，可能較
貼切其論「道」方式，且可避見「純」、「雜」之論「道」二元對立之
分離。而蘇軾亦以此「一」之「通學」特質去詮釋易學，《東坡易傳‧
繫辭傳上》卷七說：

天地一物也，陰陽一氣也。或爲象，或爲形，所在之不同。
故在云者，明其一也。……繇是觀之，世之所謂變化者，
未嘗不出於一，而兩於所在也。自兩以往，有不可勝計者
矣！故在天成象，在地成形，變化之始也。〔註50〕
是以聖人既明吉凶悔吝之象，又明剛柔變化，本出於一。
而相摩相盪，至於無窮之理。……夫出於一而至於无窮，
人之觀之，以爲有無窮之異；聖人觀之，則以爲進退晝夜
之間耳。見其今之進也，而以爲非向之退者，可乎？見其
今之明也，而以爲非向之晦者，可乎？聖人以進退觀變化，
以晝夜觀剛柔。二觀立，無往而不一者也。〔註51〕

由此可見蘇軾以萬物變化無窮本於「一」，並以進退晝夜爲例，說明
事物雖相反亦相成乃「無往而不一者」，呈現其諸學相異而統一之論
「道」特質。恰如蘇軾於〈祭龍井辯才文〉中說：

〔註49〕同注18《蘇軾文集》，卷六，頁168。
〔註50〕同注34，頁120。
〔註51〕同上注，頁122。

孔老異門，儒釋分宮，又於其間，禪律相攻。我見大海，

有北南東，江河雖殊，其至則同。〔註52〕

又於〈南華長老題名記〉中指出儒與釋乃「是二法者，相反而相爲用。」
〔註53〕更可印證蘇軾道「一」之海納百川，圓融會通無礙的精神。因
此重申《東坡易傳》之易學價值的林麗眞指出：東坡易傳實是一套「本
乎一」或「明乎一」的宇宙人生哲學。〔註54〕林氏更進一步分析蘇軾
易學「一」的內涵時說：

若就天道觀而言，即很巧妙地摻合了繫辭傳的「易有太極，
是生兩儀」的宇宙生成說，以及老子的「有物混成，先天
地生」的本體論，還有莊子的「天地與我並生，萬物與我
爲一」的齊物觀，以及王弼的「理一以治眾」的易學原則，
而且多少也還受到佛學「一攝一切，一切攝一」說的思想
啓迪。〔註55〕

此也明確地說明蘇軾會通諸學之道「一」的根據及特質。〔註56〕值得

〔註52〕同注18《蘇軾文集》，卷六十三，頁1961。

〔註53〕同上注，卷十二，頁393。

〔註54〕見林麗眞〈東坡易傳之思想及朱熹之評議〉，收於《宋代文學與思想》
（台北：臺灣學生書局，1989年），頁636。林氏指出：東坡論及宇
宙的本源本體，每說「道一」、「貞一」、「理一」，或「本一」。論及
宇宙的生化律則及終極歸宿，每說「通二爲一」、「推而行之者一」、
「世之所謂變化者，未嘗不出於一」，或「極則一矣」。而落實至人
生界，則強調「无心而一」、「至其一者无我」的修心工夫與生命境
界。（頁636）

〔註55〕同上注，頁657。林麗貞頗重視東坡之易學價值，另有兩篇專論，分
別見〈東坡易傳中的「一」〉，收於《毛子水先生九五壽慶論文集》（台
北：幼獅文化，1987年），頁363－392；〈東坡易傳之特質〉，收於
《鄭因百先生八十壽慶論文集》（上）（台北：臺灣商務印書館，1985
年），頁1～17。

〔註56〕另趙中偉〈東坡的柔道——解析《東坡易傳》的思維結構〉一文，
收於《千古風流——東坡逝世九百年紀念學術研討會論文集》（台
北：輔仁大學中文系出版，2000年11月），頁617～656，其論亦持
東坡易學根立於「一」之觀點。筆者按：林麗眞、趙中偉二者論蘇
軾「道」之「一」的內涵，多涉道家思想，至於蘇軾援佛入易者則
有待深入探究，推其原應與華嚴學、禪學相涉。

我們進一步注意的是，如前引〈終始惟一時乃日新〉文中所說：「物之無心者必一，水與鑑是也。水、鑑惟無心，故應萬物之變。」此中所謂「物之無心者必一」應是其道「一」之核心思想。《東坡易傳・繫辭傳上》卷七也說：

> 夫無心而一，一而信，則物莫不得盡其天理，以生以死。……
> 吾一有心於其間，則物有僥倖、夭枉，不盡其理者。〔註57〕
> 天下之理，未嘗不一，而一不可執。知其未嘗不一而莫之
> 執，則幾矣。〔註58〕

可見「無心而一」、「知其未嘗不一而莫之執」則接近「天理」之道，是蘇軾「本乎一」卻不執於「一」的融通精神所在。而所謂「無心」、「一不可執」，實則即是蘇軾援佛老入易的核心處。《東坡易傳》會通道家，學者多有所論〔註59〕，實則蘇軾以道「一」融通諸學，應和華嚴、禪學思想亦有密切關聯。

　　易學和佛學融通，就其現象觀察，既有「援《易》入佛」〔註60〕，亦有「援佛入《易》」。〔註61〕而佛學與易學交涉者，則涵蓋禪學、華嚴學……等等。完成華嚴宗的唐僧法藏（西元643—712年），其論述「眞如緣起」（即「法界緣起」）理論時，所建立「一生二，二生四，四生八」的「生滅門」構圖，和《易經・繫辭》所云：「《易》有太極，是生兩儀，兩儀生四象，四象生八卦」的思維，兩者皆同有由「一」分殊諸種現象的世界觀。〔註62〕因此，認爲蘇軾道「一」思想，接受法藏在《華嚴一乘教義分齊章》中所說：

〔註57〕同注34《東坡易傳》，頁121。
〔註58〕同上注，頁122。
〔註59〕同注36 余敦康前揭論文，同注54、55 林麗眞前揭論文，以及同注56 趙中偉前揭論文，皆爲之詳論。
〔註60〕見夏金華《佛教與易學》（台北：新文豐出版，1997年），頁141～148。另見魏道儒〈從華嚴經學到華嚴宗學〉（中華佛學學報，第十二期，1999年），頁374。
〔註61〕同注33，頁103～114。
〔註62〕同注60，夏金華前揭書，頁142～145。

圓融自在，一即一切，一切即一，不可説其狀相耳。〔註63〕

是可以點出蘇軾詮釋《易傳》會通諸學融通無礙之主因，當得力於華嚴學，而由此亦顯出蘇軾易學之有見地之處，實值研究此一主題之學者再深入探究。

清人錢謙益晚讀《華嚴經》頗有心得，其述及蘇文與華嚴學圓融無礙之關聯說：

> 吾讀子瞻《司馬溫公行狀》、《富鄭公神道碑》之類，平鋪直敘，如萬斛水銀，隨地湧出，以爲古今未有此體，茫然莫得涯涘也。晚讀《華嚴經》，稱心而談，浩如煙海，無所不有，無所不盡，乃喟然而歎曰：子瞻之文，其有得於此乎？文而有得於《華嚴》，則事理法界，開遮湧現，無門庭，無墻壁，無差擇，無擬議，世諦文字，固已蕩無纖塵，又何自而窺其淺深，議其工拙乎？……子瞻之文，黃州已前，得之於莊；黃州已後，得之於釋。〔註64〕

錢氏此論雖不能直接證明蘇軾道論和華嚴學的關係，但似乎可間接證明：蘇軾思想融通諸學而無所宗、無門庭、無墻壁，乃出於蘇軾將華嚴「事事無礙法界」觀，融入其文章體氣之中，形成其「出於一而至於無窮」的主體與世界之生命觀照。而此不僅影響其文章風格，也化合成其「道」「藝」體用不二之審美理想，確立了詩畫融通二而一、一而二的藝術理論脈絡，此即本文概述蘇軾「道」論之「通學」特質，並導出其作爲詩畫通論之藝術精神，與「道一」觀念相爲指涉的論述主軸。

值得我們再進一步說明的是：蘇軾於《東坡易傳》所提出之「道一」觀念，強調「一」之應變，和諸學之論「道一」〔註65〕，雖取之

〔註63〕 見《華嚴一乘教義分齊章》卷第四，收於《大藏經》第四五冊，頁503上。

〔註64〕 見四川大學中文系唐宋文學研究室編《蘇軾資料彙編》上編（北京：中華書局，2004年），頁1088～1089。另亦見錢謙益：〈讀蘇長公文〉，收於《牧齋初學集》卷83，《四部叢刊》本。

〔註65〕 「道一」觀念，諸學多有所論，如下：《老子》三十九章「昔之得一

精神而有所會通，然亦有殊出之處——即「無心而一」，而後能應萬
變。此「無心」所指為何種狀態，蘇軾以「水」、「鑑」為喻，指向佛
學之「空性」、老莊之「虛靜」，至於其二者會通及修養工夫，應在禪
坐、靜坐之身心與宇宙合一的體證，其曰：

> 夫有思皆邪也，無思則土木，吾何自得道，其惟有思而無
> 所思乎？於是幅巾危坐，終日不言，明目直視，而無所見，
> 攝心正念，而無所覺。於是得道……。〔註66〕（〈思無邪齋銘
> 并敘〉）

此中實已點出「思」與「無思」之間，「無心」與「體道」的關聯，
並會合莊學「心齋」、「坐忘」，以及禪修靜定之修行法門，其曰：

> 一念正真，萬法皆具。〔註67〕（〈南華長老題名記〉）

可見其「道一」觀念，與佛老莊禪「空」、「無」體道精神相應，而又
相應於現象界萬事萬物之紛乘變化，而若要居其間而不迷惑己心，則
要處之「攝心正念」以至「一念正真」，故而得以「萬象自往還」。此
一心靈境界，與「水」、「鑑」映物有可取譬之處，故蘇軾習以水性喻
「道體」，而「以一含萬」、「隨物賦形」……等論「藝」，則也皆在此
「一」論「道」精神之同系，此待後再論。

者，天得一以清，地得一以寧…」、四十二章「道生一」；以及《易》
「太極生兩儀…」此「太極」之所謂「一」、「天下之動，正夫一者
也」；又《莊子·齊物》「萬物與我為一」、《莊子·知北遊》「通天下
一氣也」、或《莊子·天下》載名家「萬物畢同」之所謂「一」。另
如：《楞嚴經》說：「一為無量，無量為一。小中見大，大中見小。」
《景德傳燈錄》圓悟禪師說：「彈指圓成八萬門，一超直入如來地。」
筆者按：可見以「一」論「道」，非蘇軾獨創，本有其源，然將之互
為會通並之論「藝」，蘇軾是為其中翹楚。
〔註66〕同注18《蘇軾文集》，頁575。
〔註67〕同上注，頁393。

第二章 蘇軾水喻「道體」與 「有道有藝」說探究

　　相對於程伊川、朱熹等理學家以道爲本、藝爲末的論點〔註1〕，蘇軾在〈書李伯時山莊圖後〉一文中，提出「有道有藝」的觀念，文述如下：

> 或曰：「龍眠居士作《山莊圖》，使後來入山者信足而行，
> 自得道路，如見所夢，如悟前世，見山中泉石草木，不問
> 而知其名，遇山中漁樵隱逸，不名而識其人，此豈強記不
> 忘者乎？」曰：「非也。……天機之所合，不強而自記也。
> 居士之在山也，不留於一物，故其神與萬物交，其智與百
> 工通。雖然，有道有藝，有道而不藝，則物雖形於心，不
> 形於手。」吾嘗見居士作華嚴相，皆以意造，而與佛合。
> 佛菩薩言之，居士畫之，若出一人，況自畫其所見者乎？
> 〔註2〕

在這一段文字中，蘇軾點出繪畫創作主體之藝術精神與畫境表現的關聯性，所謂「居士之在山也，不留於一物，故其神與萬物交，其智與

〔註 1〕 見陳昌明〈宋代美學中「道」與「藝」的辯證〉，頁 401～404。收於國立
成功大學中文系所主編《第一屆宋代文學研討會論文集》（高雄：麗
文文化，1995 年），頁 399～417。
〔註 2〕 見孔凡禮點校《蘇軾文集》（北京：中華書局，2004 年），第五冊，
頁 2211。

百工通」，即是畫家「有道有藝」，而能物形於心且「藝」形於手的境界。也就是說：李伯時《山莊圖》之所以能「使後來入山者信足而行，……見山中泉石草木，不問而知其名，遇山中漁樵隱逸，不名而識其人」，乃在於李伯時「其神與萬物交」。這裏，蘇軾已提出「創作者」、「作品」、「觀賞者」三者之間巧妙的關係，亦即「觀賞者」透過畫境之藝術感染力所獲致的神遊體驗，與眞實入山而行之親身歷境相彷彿。這種賞畫的審美觀感，其源來自於「創作者」透過繪畫藝術媒介，表現與自然萬物「天機之所合」的畫作。而「不留於一物」，則說明「其神與萬物交，其智與百工通」，是一種「創作者」體道精神的呈現。蘇軾「道」的觀念乃儒道釋三教會通合一的「通學」思維，我們在上一章已略作概述，在政治人倫與文學功能上，蘇軾以儒家精神切近人事實用；而在詩、書、畫…等文學藝術理論上，佛老莊禪之思想則深入其中。蘇軾在〈書李伯時山莊圖後〉文末加上一段話說：「吾嘗見居士作華嚴相，皆以意造，而與佛合。」又說李伯時「佛菩薩言之，居士畫之，若出一人」，即意在指出李伯時與佛之相應。這也就是說：李伯時創作時，皆將主體精神融入所描寫的對象，「創作者」透過畫作，既表現描寫對象的「神」，也同時表現了「創作者」融入所描寫對象之主體精神境界，描寫對象的「神」與創作者的「神」，二者相即相融，表現於畫作乃不二的精神境界，此乃蘇軾對前者「有道有藝」說的補述。

王聖俞在《蘇長公小品》中評〈書李伯時山莊圖後〉說：「有道而不藝，則物雖形於心，不形於手，如後世理學名公未必善詩文。」〔註3〕王氏道出理學家「道本藝末」的觀點，將導致「道」僅需「形於心」，未必要「形於手」，其結果當然即是「未必善詩文」。這裏王聖俞間接肯定蘇軾「有道有藝」說的提出，亦指出「有道而不藝」，將會造成創作者「形於心」，卻不能「形於手」之創作技巧的失落。

〔註3〕見曾棗莊、曾濤編《蘇文彙評》（台北：文史哲出版社，1998年），頁338～339。

因此，我們認為：蘇軾「有道有藝」說的提出，對詩畫理論之發展有
著重大的意義，亦反映出蘇軾強調「傳神」之外，重視創作技巧的一
面。若從中國「道」、「藝」關係發展脈絡而言：無疑地，蘇軾「有道
有藝」一說，直接提昇「藝」的位階，而使「道」與「藝」成為「形
於心」與「形於手」之心手相應的關係。可視為是宋《宣和畫譜》卷
一〈道釋敘論〉中所說：「藝之為道，道之為藝」〔註4〕論點的前導。
本文認為蘇軾「有道有藝」的觀點，並不是一個單獨存在的評論而已。
事實上，「有道有藝」觀點極可能是蘇軾詩畫理論的核心思想，故值
得我們深入探究。

　　為了理解蘇軾「道」、「藝」相互聯結之思想脈絡，我們將透過蘇
軾水喻「道體」的論述，及其以「水」特性喻文藝美學，來進行詮釋
探究蘇軾「道」論與詩畫通論之關聯性。

第一節　水喻「道體」的學思性格

　　蘇軾以「一」概括諸學「道」論，其特質在「無心而一」，並以
「水」、「鑑」為喻，指出「無心而一」，方得以應萬變。而由論「道」
向論「藝」的發展，從蘇軾文本水喻「道體」之學思性格可以見出：
蘇軾之「道」旨在應世之變，故能與藝術創作「變化中求統一，統一
中求變化」之律則相契。因而在「道」與「藝」之論述上，兩者有其
一脈相承之處。蘇軾於《東坡易傳》〈繫辭傳上〉卷七，詮釋「一陰
一陽之謂道」時說：

> 聖人知道之難言也，故借陰陽以言之，曰：「一陰一陽之謂
> 道」。一陰一陽者，陰陽未交而物未生之謂也。喻道之似，
> 莫密於此者矣。陰陽一交而生物，其始為水。水者，有无
> 之際也，始離於无而入於有矣。老子識之，故其言曰：「上
> 善若水」。又曰：「水幾於道」。聖人之德雖可以名言，而不

〔註4〕收於張彥遠等著《歷代名畫記》（北京：京華出版社，2000年），頁
　　　317。

囿於一物，若水之无常形，此善之上者，幾於道矣，而非道也。〔註5〕

從上述文字表層看來，蘇軾相當認同老子《道德經》第八章：

上善若水，水善利萬物而不爭，處眾人之所惡，故幾於道。居善地，心善淵，與善仁，言善信，正善治，事善能，動善時。夫唯不爭，故無尤。

以及第四十章所言：

天下萬物生於有，有生於無。〔註6〕

並接收王弼《老子道德經注》所解釋：

道無水有，故曰「幾」也。〔註7〕

因此蘇軾說：「若水之無常形，此善之上者，幾於道矣，而非道。」便是因其認爲「陰陽一交而生物，其始爲水。水者，有無之際也，始離於無而入於有矣。」他在〈續養生論〉一文中論及陰陽五行時亦說：

陰陽之始交，天一爲水，凡人之始造形，皆水也。故五行一曰水，得暖氣而後生。〔註8〕

可見，陰陽交始爲水之萬物原生論，是蘇軾相信「水」幾近自然之「道」的主因。而我們也可以進一步透過了解蘇軾對「水」的觀察及體會，明白其諸學會通的思惟，極可能來自其觀察「水」之「無常形」以及「因物以爲形」的特質。《東坡易傳》卷三對「水之無常形」有頗詳盡的說明，如下：

〔註5〕見《東坡易傳》卷七，收於《景印文淵閣四庫全書》（臺北：臺灣商務印書館），第九冊，頁124。

〔註6〕上述兩條引述，分別見王弼著、樓宇烈校釋《王弼集校釋》（北京：中華書局，2009年），頁20及頁110。莊學與佛學亦有水喻，如：《莊子·德充符》說：「平者，水停之盛也。其可以爲法也，內保之而外不蕩也。」《莊子·大宗師》說：「魚相造乎水，人相造乎道。相造乎水者，穿池而養給；相造乎道者，無事而生定，故曰：魚相忘乎江湖，人相忘乎道術。」《莊子·天道》說：「水靜則明燭須眉，平中准，大匠取法焉。水靜猶明，而況精神！聖人之心靜乎！天地之鑒也，萬物之鏡也」……等等，當對蘇軾水喻「道體」多有啓發。

〔註7〕收於同上注，頁20。

〔註8〕同注2，《蘇軾文集》，頁1984。

萬物皆有常形，惟水不然，因物以爲形而已。世以有常形
者爲信，而以无常形者爲不信。然而方者可斷以爲圜，曲
者可矯以爲直，常形之不可恃以爲信也如此。今夫水雖無
常形，而因物以爲形者，可以前定也。是故工取平焉，君
子取法焉。惟无常形，是以迁物而无傷，惟莫之傷也，故
行險而不失其信。由此觀之，天下之信，未有若水者也。

然後又指出「水」具有「柔外剛中」的特性，其曰：

所遇有難易，然而未嘗不志於行者，是水之心也。物之窒
我者有盡，而是心无已，則終必勝之。故水之所以至柔而
能勝物者，維不以力爭而以心通也。不以力爭，故柔外：
以心通，故剛中。〔註9〕

根據上述，可以看到：蘇軾了解「水之無常形」，並不完全等同「道」。
但他認爲水具有「不囿於一物」、「不爭」的本質，且能「因物以爲形」，
所以能「迁物而無傷」，「故行險而不失其信。」又說：「所遇有難易，
然而未嘗不志於行，是水之心也。」可見其水喻「道體」的詮釋思路，
是由水的特質，擴及至將水人格化，而此一水的人格化具有「道體」
的類比。蘇軾所言：「惟無常形，是以迁物而無傷，惟莫之傷也，故
行險而不失其信。」若對照《莊子·逍遙遊》中肩吾與連叔關於「神
人」的對話，我們即可以看出「水」、「道」、「人格化」三者相互匯通，
並形成蘇軾於「道」的內化認同，〈逍遙遊〉中「肩吾問於連叔曰：『吾
聞言於接輿，大而無當，往而不返。吾驚怖其言，猶河漢而無極也；
大有逕庭，不近人情焉。』連叔曰：『其言謂何哉？』肩吾回說：

曰：「藐姑射之山，有神人居焉，肌膚若冰雪，綽約若處子。
不食五穀，吸風飲露。乘雲氣，御飛龍，而遊乎四海之外。
其神凝，使物不疵癘而年穀熟。」吾以是狂而不信也。

連叔則對肩吾之「不信」接輿所言，有其慧見，他說：

然。瞽者无以與乎文章之觀，聾者无以與乎鐘鼓之聲。豈
唯形骸有聾盲哉？夫知亦有之。是其言也，猶時女也。之

〔註9〕上述兩條引述，皆見同注5，頁54。

人也，之德也，將旁礴萬物以爲一，世蘄乎亂，孰弊弊焉
以天下爲事！之人也，物莫之傷，大浸稽天而不溺，大旱
金石流土山焦而不熱。是其塵垢粃穅，將猶陶鑄堯舜者也，
孰肯以物爲事！」〔註10〕

「神人」是莊子「道體」的擬人化，莊子藉著連叔所言，表達了「逍遙遊」之境界，乃爲「之人也，之德也，將旁礴萬物以爲一」；「之人也，物莫之傷，大浸稽天而不溺，大旱金石流土山焦而不熱。」至於肩吾對接輿的「神人」之說不以爲信，則是精神上的聾盲而不自知了！

　　蘇軾以「世以有常形者爲信，而以無常形者而不信」，來暗寓世人多爲常形所欺。而「水之無常形」，故而能「莫之傷」，可視爲將水「人格化」。本來，水乃一客觀，何有「傷」與「不傷」？故謂水「迕物而不傷」，即暗引了莊子賦予「神人」「物莫之傷」裏「遊」的精神特質。於此，蘇軾透過水此一有形卻又無常形的物質，來作爲萬物生成的始基，並與莊子作爲道體之比擬的「神人」化合，可以想見其對於水觀照之深刻、思路之奧微、涵泳之豐富了！並也可由此水喻「道體」之象喻，烘托出蘇軾「道」論具有「遊」（或「游」）的心靈境界。

　　概括而言，所謂「不圍」、「不爭」、「因物以爲形」、「迕物而無傷」、「行險而不失其信」、「志於行」、「至柔」等等「水」的特質，事實上也是蘇軾認爲「水之無常形」，所以「幾於道」的原因。此中即反映出蘇軾對水上述諸種特質的內在認同，因而他反對以任何一種定型化的語言模式定義「道」，並充分與其「三教合一」無門庭、無牆壁的「道」論相吻合。可見水喻「道體」，是理解蘇軾「道」論一個重要門徑，於發櫫其詩畫通論之藝術精神別具意義，值得吾人深入探究。尤其，在水幾近「道」的思惟下，其詩、賦、文甚或繪畫理論，皆有藉著水抒發「道」、「藝」關係的見解，也深刻地表達了蘇軾「道」「藝」兩進的創作修養論，是蘇軾出入於詩、詞、書、畫、文、賦各種創作及評論，之所以暢行無阻的藝術精神所在，更是其面臨政治仕途起伏

〔註10〕肩吾與連叔關於「神人」的對話，見郭慶藩《莊子集釋》（台北：頂淵
　　　　文化，2005 年），頁 26～31。

多變，立身處事「因物以為形」、「迕物而無傷」的生命寫照。可以這麼說：水的精神特質為蘇軾內化為自我人格特質，其儒道釋三教合流會通、詩畫合論會通，大抵由此可見其「不圍」之流動、靈動的天才性格，並可由此觀察其慕「道」的精神。

第二節　觀水之「變」的人生體察

孔子觀水有「逝者如斯」之感；老子觀水則有「水善利萬物而不爭」之思。蘇軾亦好觀水以感思，他在〈泛潁〉詩中云：

> 我性喜臨水，得潁意甚奇。到官十日來，九日河之湄。吏民笑相語，使君老而癡。使君實不癡，流水有令姿。遠郡十餘里，不駛亦不遲。上流直而清，下流曲而漪。畫船俯明鏡，笑問汝為誰。忽然生鱗甲，亂我鬚與眉。散為百東坡，頃刻復在茲。此豈水薄相，與我相娛嬉。聲色與臭味，顛倒眩小兒。等是兒戲物，水中少磷緇。趙陳兩歐陽，同參天人師。觀妙各有得，共賦泛潁詩。〔註11〕

此詩首句點出東坡性喜臨水，另在〈灩澦堆賦〉又說：

> 天下之至信者，唯水而已。江河之大與海之深，而可以意揣。唯其不自為形，而因物以賦形，是故千變萬化而有必然之理。〔註12〕

而在膾炙人口〈前赤壁賦〉中，則有名句曰：

> 客亦知夫水與月乎？逝者如斯，而未嘗往也。盈虛者如彼，而卒莫消長也。蓋將自其變者而觀之，則天地曾不能以一瞬。自其不變者而觀之，則物與我皆無盡也。〔註13〕

首先，在〈泛潁〉一詩中，我們看到將莊禪思想內化的蘇軾，詩云：「畫船俯明鏡，笑問汝為誰。忽然生鱗甲，亂我鬚與眉。散為百東坡，頃刻復在茲。」既可由其中見出東坡以舟船在水中所泛起的重疊影

〔註11〕見王文誥《蘇文忠公詩編註集成》，嘉慶二十四年鐫，武林韻山堂藏版，（臺灣學生書局），頁3122～3123。
〔註12〕同注2，《蘇軾文集》，頁1。
〔註13〕同上注，頁6。

像，來象徵「自我」幻象的千變萬化，以及在此諸相、虛妄與眞實之間，所引發的自我之探索。〔註14〕更如查愼行在《初白庵詩評》卷中所稱「畫船俯明鏡」十二句乃：「游戲成篇，理趣具足，深于禪理，手敏心靈。」〔註15〕按劉須溪謂「散爲百東坡，頃刻復在茲」詩旨，本於《傳燈錄》良价禪師因過水覩影大悟，後有偈云：「切忌從他覓，迢迢與我疎。我今獨自往，處處得逢渠。渠今正是我，我今不是渠。」〔註16〕可見觀水悟道史有前例，蘇軾雖未必如禪師悟道而作〈泛潁〉，然對於諸法實相則已有深刻的體會認知。吳汝鈞在〈印度中觀學的四句邏輯〉一文中指出：《中論》所謂「一切實非實、亦實亦非實、非實非非實、是名諸佛法。」（18：8，《大正》30.24a）以及「諸佛或說我，或說於無我，諸法實相中，無我無非我。」（18：6，《大正》30〜24a）其之所以否定「實」，同時亦否定「非實」；否定「我」，同時亦否定「非我」，即是一種克服相對概念之限制的中觀語言陳述。〔註17〕我們由此中觀學來看良价所說「渠今正是我，我今不是渠」；以及蘇軾所說「畫船俯明鏡，笑問汝爲誰。……散爲百東坡，頃刻復在茲。」也就不難理解，他們透過水中如實的自我幻影，所觀照出「我」與「非我」之際，超越的「無我無非我」、「非實非非實」之實相世界。

　　誠如「本論」第一章所言，蘇軾諸學會通的特質，亦表現在〈泛潁〉詩裡，詩語中莊禪思想合流屬自然而然而毫不做作。〔註18〕而〈灔澦堆賦〉所日：「天下之至信者，唯水而已。……唯其不自爲形，而因物以賦形，是故千變萬化而有必然之理。」則與前述《東坡易傳》

〔註14〕見蕭麗華〈從莊禪合流的角度看東坡詩的舟船意象〉，收於張高評主編《宋代文學之會通與流變：近世文學國際學術研討會論文集》（台北：新文豐出版，2007年），頁155〜157。

〔註15〕見曾棗莊、曾濤編《蘇詩彙評》（台北：文史哲出版社，1998年），頁1422。

〔註16〕同上注，頁1422。筠州洞山良价禪師偈語，另見宋人釋道原編《景德傳燈錄》（台北：彙文堂，1987年），卷十五，頁289。

〔註17〕見吳汝鈞〈印度中觀學的四句邏輯〉（中華佛學學報，第五期，1992年7月），頁149〜170。

〔註18〕詳見同注14，蕭麗華前揭期刊，頁155〜157。

水之「無常形」、「因物以爲形」有相通處。「隨物賦形」的文藝美學，
以及〈淨因院畫記〉所言「常形」、「常理」，皆可視爲與蘇軾水喻「道
體」的學思性格、觀水之「變」的人生體察有密切關聯。而所謂「千
變萬化而有必然之理」的「理」，即蘇軾所指之「常理」，即指涉自然
之「道」，亦指涉創作者心手相應而形諸於「藝」。並同時提出「道」
與「藝」雖均爲千變萬化，卻皆有應萬變之不變的「常理」。總之，
蘇軾觀水之「變」，體察了人生「不變」的「常理」，並可以此外延其
對「道」與「藝」內涵的認知，及觀念、理論的闡述。蘇文名篇〈赤
壁賦〉論及「變」與「不變」，即是其於觀水而人生體察之成熟作品。
恰如蔡英俊在〈東坡謫居黃州後的心境〉中所說：「黃州時期的蘇軾
（元豐三年～七年），不論其人生觀或作品皆呈現一幅完美的典型—
—苦難後的超脫與寧靜。」〔註19〕

　　而苦難以後之所以超脫與寧靜，即是主體於苦難之中心靈修煉的
結果。此時期蘇軾藉以修煉的憑藉，則來自佛老莊禪，以及他個人長
期以來豐厚的學養，和其獨立自覺的思考。黃州時期，東坡杜門著述，
一方面進行父親遺命所囑《易傳》的寫作，一方面抒情言志寄托文字
之作不輟，天才窮而後工的創作力，像湧泉一般源源不絕。〈赤壁賦〉
「變」與「不變」的領悟，全然是來自於生命的體驗，而非僅是認知
的傳輸與空論。因此諸如吳子良於《荊溪林下偶談・坡賦祖莊子》指
出：

　　　　《莊子內篇・德充符》云：「自其異者視之，肝膽楚越也。
　　　　自其同者觀之，萬物皆一也。」東坡《赤壁賦》云：「蓋
　　　　將自其變者觀之，雖天地曾不能一瞬。自其不變者觀之，
　　　　則物與我皆無盡也，而又何羨乎？」蓋用《莊子》語意。
　　　　〔註20〕

〔註19〕見蔡英俊〈東坡謫居黃州後的心境〉（鵝湖，第二卷第四期，1976年
　　　　10月），頁50。
〔註20〕同注3《蘇文彙評》，頁6～7。

又如《朱子語類》卷一三○記載朱熹與弟子的對話說：

> 或問：「東坡言『逝者如斯，而未嘗往也；盈虛者如代，
> 而卒莫消長也。』只是《老子》『獨立而不改，周行而不
> 殆』之意否？」曰：「然。」又問：「此語莫也無病？」曰：
> 「便是不如此。既是逝者如斯，如何不往？盈虛如代，如
> 何不消長？……東坡之說，便是肇法師『四不遷』之說也。」
> 〔註21〕

以及周密在《浩然齋雅談》中所考：

> 《赤壁賦》謂：「自其變者而觀之，則天地曾不能以一瞬；
> 自其不變者而觀之，則物與我皆無盡也。」此蓋用《莊子》
> 句法……又用《楞嚴經》意：「佛告波斯匿王言：『汝今自
> 傷，髮白面皺，其面必定皺于童年，則汝今時，觀此恆河，
> 與昔童時觀河之見，有童耄不？』王言：『不也，世尊。』
> 佛言：『汝面雖皺，而此見情性未嘗皺。皺者爲變，不皺非
> 變；變者受生滅，不變者元無生滅。』」〔註22〕

究其論，不管前述評者旨在或褒貶或毀譽，卻無非皆在指明〈赤壁賦〉
一文，哲理意涵之與佛老莊禪有著緊密的貼合。另今人鄭琳則引林西
仲所云：「迨至以水月爲喻，發出正論，則南華楞嚴之妙理……楞嚴
所謂見性無變滅者，此不變義也，惟了得不變之義，則現在種種風光
無非受用，此關若未參透，不必浪讀是賦。」然後接著分析詮釋說：
「前赤壁賦是心靈本地風光的寫照，如何的在變化之中掌握永恆，如

〔註21〕見《朱子語類》卷一百三十，收於《景印文淵閣四庫全書》（臺北：
臺灣商務印書館），第七○二冊，頁 631。《肇論‧物不遷論》云：「
既之往物而不來，而謂今物而可往。往物既不來，今物何所往，何
則？於物於向，於向未嘗無，責向物於今，於今未嘗，以明物不來，
於向未嘗無，故知物不去；覆而求今，今亦不往，是謂昔物自在昔，
不從今以至昔；今物自在今。不從昔以至今……人則求古於今，謂
其不住，吾則求今於古，知其不去。今若至古，古應有今；今應有
古。今而無古，以知不來，古而無今，以知不去。若古不至今，今
亦不至古，事各性住於一世，有何物而可去來。則不遷之致明矣。」
朱熹見出蘇軾〈赤壁賦〉「不變」觀與〈物不遷論〉有關，有其見地。
〔註22〕同注3《蘇文彙評》，頁8。

何在盈虛之中把捉圓滿，這才是生命中的源頭活水，心靈中的永恆光明。」〔註23〕則亦在說明蘇軾於黃州時期，所體悟到的禪機，以及其藉文學作品體現出來的超脫與寧靜，是其心靈妙悟的呈現。

　　此外，值得我們再探究的是：黃州時期的蘇軾，同時也正在進行《易傳》的詮釋論述，其中「變」的辯證必也應合涵攝〈赤壁賦〉「變」與「不變」的哲思，《東坡易傳》卷七釋「變化者，進退之象也；剛柔者，畫夜之象也」曰：

> 夫剛柔相推而變化生，變化生而吉凶之理无定，不知變化而一之，以爲无定而兩之，此二者皆過也。天下之理未嘗不一，而一不可執，知其未嘗不一而莫之執，則幾矣！是以聖人既明吉凶悔吝之象，又明剛柔變化本出於一，而相摩相盪至於无窮之理。曰：「變化者，進退之象也；剛柔者，畫夜之象也。」聖人以進退觀變化，以畫夜觀剛柔，二觀立，无往而不一也。〔註24〕

卷八則曰：

> 日往則月來，月往則日來，日月相推而明生焉；寒往則暑來，暑往則寒來，寒暑相推而歲成焉。〔註25〕

然後又曰：

> 易將明乎一，未有不用變化。晦明、寒暑、往來、屈信者也，此皆二也。而以明一者，惟通二爲一，然後其一可必。故曰：「在天成象，在地成形。」又曰：「變化者，進退之象；剛柔者，畫夜之象。」〔註26〕

由上引論述看來，蘇軾認爲萬物變化無窮之理，本出於「一」。延續「本論」第一章《東坡易傳》道「一」的分析，此由「一」而相摩相盪至於無窮的變化，是其對「變」的觀察及歸結。也就是所有相對的

〔註23〕見鄭琳〈從蘇東坡的禪心來參讀其在赤壁賦中的悟境〉，收於中國古典文學研究會主編《文學與佛學關係》（台北：臺灣學生書局，1994年），頁88～92。
〔註24〕同注5，《東坡易傳》，頁122。
〔註25〕同上注，頁138。
〔註26〕同上注，頁138。

概念，諸如：晦明、寒暑、往來……等，皆是相因相推之現象面，就其根源則為二元對立統一所衍變而成，而這根源即為「不變」的「一」。然就蘇軾所言，此「一」不可執，「知其未嘗不一而莫之執」，則幾「道」。所謂「不變」的「一」，是老子「道可道，非常道；名可名，非常名」，以及永嘉禪師「一月普現一切水，一切水月一月攝」〔註27〕等佛老莊禪思想的會通〔註28〕，並透過「通二為一」，進而把握究極的宇宙之真理與形上律則。〔註29〕我們由此來了解「自其不變者而觀之，則物與我皆無盡也」，則物與我亦合而為一，歸之於無盡究極，而此可視為是蘇軾的宇宙觀、世界觀。

　　由前述蘇軾之「水喻『道體』的學思性格」，再考諸其「觀水之變的人生體察」，以水之無常形而有常理，透過描述水的特質以反覆辯證其道「一」的哲思，此中恆常地印證其諸學會通的學養。而其思想的邏輯，我們認為即來自於其「通二為一」、「剛柔變化本出於一」、「二觀立，無往而不一」，即所有事物現象之千變萬化本來自於相對概念的相摩相盪，而此相對概念究極本於「一」。本文基於上述推論，合理地認為蘇軾對於「道」、「藝」二者，和詩、畫二者之間關係的辯證思維，亦不出其「通二為一」的思辯。而由此一理路脈絡去理解，便能清楚蘇軾「有道有藝」、以及「詩畫本一律」的論點，其來有自並有其思想根據。綜而言之，我們認為蘇軾於道論以至文藝理論的見解，實有其一貫性。也許在不同時、地，東坡或許因時制宜，而有所變通觸發出分殊的意見。然究其整體，以「一」貫之的會通精神，同時呈現在其「道」、「藝」之所以相互關聯，乃在於創作主體之「神與萬物交」，既「形於心」又「形於手」（故曰：「有道有藝」）。也就是

〔註27〕語出永嘉玄覺〈永嘉證道歌〉，收於聖嚴法師編著《禪門修證指要》（台北：法鼓文化，1997年），頁53。

〔註28〕莊子齊物論篇有云：「物固有所然，物固有所可，无物不然，无物不可。故為是舉莛與楹，厲與西施，恢恑憰怪，道通為一。其分也，成也；其成也，毀也。凡物無成與毀，復通為一。唯達者知通為一」。

〔註29〕林麗貞《毛子水先生九五壽慶論文集》（台北：幼獅文化，1987年），頁380。

說：「道」與「藝」之所以能「通二爲一」，乃在於創作主體與自然之合一、與天之合一，因而有由技進道、以藝爲道的可能。因而本文認爲：蘇軾文藝論乃至其詩畫理論，其思想根柢乃強調創作主體藝術精神「體道」之涵養。

第三節　盡水之「變」與「有道有藝」

　　東坡將《易》理通用於文藝論，並以「水」有常理、無常形的意象來作爲譬喻，其實源自於其父蘇洵「風行水上渙」文論的啓發〔註30〕，老蘇在〈仲兄字文甫說〉中曰：

> 且兄嘗見夫水之與風乎？油然而行，淵然而留，渟洄汪洋，滿而上浮者，是水也，而風實起之。蓬蓬然而發乎大空，不終日而行乎四方，蕩乎其無形，飄乎其遠來，既往而不知其迹之所存者，是風也，而水實形之。今乎風水之相遭乎大澤之陂也，紆餘委蛇，蜿蜒淪漣，安而相推，怒而相凌，舒而如雲，蹙而如鱗，疾而如馳，徐而如徊，揖讓旋辟，相顧而不前，其繁如縠，其亂如霧，紛紜鬱擾，百里若一，汩乎順流，至乎滄海之濱，滂薄洶涌，號怒相軋，交橫綢繆，放乎空虛，掉乎無垠，橫流逆折，潰旋傾側，宛轉膠戾，回者如輪，縈者如帶，直者如燧，奔者如焰，跳者如鷺，投者如鯉，殊狀異態，而風水之極觀備矣。故曰：「風行水上渙」，此亦天下之至文也。

接著說：

> 無意乎相求，不期而相遭，而文生焉。是其爲文也，非水之文也，非風之文也，二物者非能爲文，而不能不爲文也，物之相使，而文出乎其間也。故此天下之至文也。……刻鏤組繡，非不文矣，而不可與論乎自然。故夫天下之無營

〔註30〕蘇洵「風行水上渙」文論，思想亦有所根據，詳論見黃黎星《易學與中國傳統文藝觀》（上海三聯書店，2008 年），頁 236～241。另又見王啓鵬《蘇軾文藝美論》（廣州：中山大學出版社，2007 年），頁 155～165。

而文生之者，惟水與風而已。〔註31〕

此文論述「風水之相遭」的千姿百態，以形容至文乃發乎「自然」，非有意營求而來。蘇軾繼承並發展了其父文論，形成文藝理論和「水之變」的象喻關係。並在思想脈絡上，和《易》的詮釋產生聯繫，《東坡易傳》卷八釋「精義入神以致用」時以水爲譬曰：

> 譬之於水，知其所以浮，知其所以沉，盡水之變而皆有以應之精義者也。知其所以浮沉，而與之爲一，不知其爲水，入神者也；與水爲一，不知其爲水，未有不善游者也，而況以操舟乎！此之謂致用也。〔註32〕

此段話蘇軾在〈日喻〉一文，也有相似的譬喻，目的在說明其「道可致而不可求」的論點，其曰：

> 南方多沒人，日與水居也，七歲而能涉，十歲而能浮，十五而能浮沒矣。夫沒者，豈苟然哉？必將有得於水之道者。日與水居，則十五而得其道。生不識水，則雖壯，見舟而畏之。故北方之勇者，問於沒人，而求其所以沒，以其言試之河，未有不溺者也。故凡不學而務求道，皆北方之學沒者也。〔註33〕

至於蘇軾以水爲喻，並進而論文學繪畫者，則如下引諸文曰：

> 唐廣明中，處士孫位始出新意，畫奔湍巨浪，與山石曲折，隨物賦形，畫水之變，號稱神逸。〔註34〕（《畫水記》）
> 所示書教及詩賦雜文，觀之熟矣。大略如行雲流水，初無定質，但常行於所當行，常止於所不可不止，文理自然，姿態橫生。〔註35〕（《與謝民師推官書》）

〔註31〕上引蘇洵〈仲兄字文甫說〉一文，見蘇洵《嘉祐集》（台北：臺灣商務印書館，1968 年），十四卷，頁 144～145。又另見《四部叢刊正編》（台北：臺灣商務印書館）第四十六冊，頁 55～56。
〔註32〕同注5，頁138。
〔註33〕同注2，《蘇軾文集》前揭書，頁1981。
〔註34〕同上注，頁 408。《畫水記》於集甲卷二十三、郎本卷六十題作《書蒲永昇畫後》。
〔註35〕同上注，頁1418。

　　吾文如萬斛泉源，不擇地皆可出，在平地滔滔汩汩，雖一
　　日千里無難。及其與山石曲折，隨物賦形，而不可知也。
　　所可知者，常行於所當行，常止於不可不止，如是而已矣。
　　〔註36〕（〈自評文〉）
　　美哉多乎，其盡萬物之態也！霏霏乎其若輕雲之蔽月，飜
　　飜乎其若長風之卷斾也。猗猗乎其若遊絲之縈柳絮，裊裊
　　乎其若流水之舞荇帶也。〔註37〕（〈文與可飛白贊〉）

對照蘇洵、蘇軾父子的論點，蘇洵透過「風水之相遭」來說明：水
之千變萬化的樣貌乃「風實起之」；而風之所以能形諸具象而顯見乃
「水實形之」，文藝創作之由心而手——由心靈觸動而形諸於文，是
一種「不能不爲」如同風水相遭的自然表現，而非刻意雕飾的文章
之美。其所謂「紆餘委蛇，蜿蜒淪漣，……投者如鯉，殊狀異態」，
乃極寫水之變也。這裡，蘇洵透過詮釋「風行水上渙」，強調其主張
「自然爲文」之審美觀。蘇軾在〈與謝民師推官書〉中指謝氏之詩
賦雜文，「大略如行雲流水，初無定質，但常行於所當行，常止於所
不可不止，文理自然，姿態橫生」，可說是直接承自其父。所謂「行
於所當行」、「止於所不可不止」，即是「文理自然」、「自然爲文」的
表現，此乃蘇軾評說「吾文如萬斛泉源」之可知的部分。至於其所
稱「在平地滔滔汩汩，雖一日千里無難。及其與山石曲折，隨物賦
形，而不可知」的部分，可說是蘇軾受到父親以《易》理「風行水
上渙」——盡水之變的文論所啓蒙，進而開拓出「隨物賦形」的文
藝理論，並通用於論畫。其於〈畫水記〉一文，亦讚美唐畫家孫位
「畫奔湍巨浪，與山石曲折，隨物賦形，畫水之變，號稱神逸。」
於此，我們有必要關注蘇軾將「隨物賦形」與「神逸」之品評標準
聯繫的意義所在。

　　從《東坡易傳》卷八所曰：「知其所以浮沉，而與之爲一，不知
其爲水，入神者也」，以及〈日喻〉所曰：「夫沒者豈苟然哉？必將有

〔註36〕同上注，頁 2069。
〔註37〕同上注，頁 614。

得於水之道者。」若回溯前文所論，《東坡易傳》卷三所曰：「水雖無常形，而因物以爲形者」，我們認爲蘇軾既以水之無常形、千變萬化而有必然之理來譬喻「道」，故而雖無一固定樣態可足描摹，然又認爲在無常形中似有「水之道」，亦即能「盡水之變而皆有以應之精義者」，應之精義而後入其神，則能「得於水之道」。因此，善游、操舟、北方沒人只不過是「致用」而已，在蘇軾看來，他們乃「與水爲一，不知其爲水」，故能「得於水之道」而不溺。此處所謂「不知」，是「與水合一」——若「知其爲水」，則仍然是水我二分；若「不知其爲水」，即儼然水我相融爲一，無水我之分，故能入其神。因此，「不知」就不僅止於「不知」，乃是一種渾然忘我與水爲一的境界，似乎化用莊周夢蝶之精神內涵，在不知莊周是蝶，亦或蝶是莊周的物我合一中，體現在「道」之中的空靈。故「不知」於蘇軾此處語境，指涉的是「應之精義」、「入神」、「與水爲一」，也與所謂「無心而一」的論「道」精神相應。由此詮釋，我們可以合理地推論：孫位畫水「與山石曲折，隨物賦形，畫水之變，號稱神逸」；以及蘇軾〈自評文〉所稱：「與山石曲折，隨物賦形，而不可知」，兩處所述「隨物賦形」，雖語言表面似在言「形」，實則指涉得物之精義而入其神。由此可見，蘇軾「隨物賦形」說，其主旨應在形神兼備。

接著，我們以前述詮釋脈絡，進一步觀察〈淨因院畫記〉論「無常形，而有常理」曰：

> 余嘗論畫，以爲人禽宮室器用皆有常形。至於山石竹木，水波煙雲，雖無常形，而有常理。常形之失，人皆知之。常理之不當，雖曉畫者有不知。故凡可以欺世而取名者，必託於無常形者也。雖然，常形之失，止於所失，而不能病其全，若常理之不當，則舉廢之矣。以其形之無常，是以其理不可不謹也。世之工人，或能曲盡其形，而至於其理，非高人逸才不能辨。〔註38〕

〔註38〕同上注，頁367。引文「非高人逸才不能辨」原作「非高人逸才不能

蘇軾於此文之所謂「常形」，指的是有其依據並有固定形態者；至於「無常形」，指的則是會因外界因素而改變其樣態者。因所畫之物有所依據、有固定形態，故容易見出畫者的功力如何，至於諸如霧中的山、風中的竹等等變動中之自然景觀，則畫作好不好，便較難分辨其高低，因此他說：「常形之失，人皆知之。常理之不當，雖曉畫者有不知。」既然「無常形，而有常理」者，「雖曉畫者有不知」，且「以其形之無常，是以其理不可不謹」，那麼蘇軾便藉由〈淨因院畫記〉分析「無常形」之「常理」，事實上是與創作主體之心靈境界有關，所以直指「世之工人，或能曲盡其形，而至於其理，非高人逸才不能辦」此一論述主旨。此語重點不在貶低畫工僅能曲盡其形，亦不在否定形似之於繪畫的重要，而在於強調畫者主體心靈於「常理」的領悟與體會，並將之表現於畫作上，故曰：「非高人逸才不能辦。」他舉文與可之畫作為例說：

> 與可之於竹石枯木，眞可謂得其理者矣。如是而生，如是而死，如是而攣拳瘠蹙，如是而條達暢茂根莖節葉，牙角脉縷，千變萬化，未始相襲，而各當其處。合於天造，厭於人意。蓋達士之所寓也歟。〔註39〕

所謂「如是而生，如是而死，⋯⋯千變萬化，未始相襲，而各當其處」，即是「得其理」，亦就是「合於天造，厭於人意」。此處蘇軾意指文與可透過竹石枯木之繪畫創作，反映其主體心靈「得其理」的表現；並亦在指出：繪畫藝術本身是一媒介，此一媒介並非以曲盡其形為務，終極乃在「達士之所寓」。「寓」什麼呢？直接地觀察其文之思路脈絡，實不離《莊子・養生主》中所寓之體道精神：

> 文惠君曰：「譆，善哉！技蓋至此乎？」庖丁釋刀對曰：「臣之所好者道也，進乎技矣。始臣之解牛之時，所見無非牛者。三年之後，未嘗見全牛也。方今之時，臣以神遇而不

辨」，今據孔凡禮點校，從西樓帖《書畫錄》。取其相應於後文「與可之於竹石枯木，眞可謂得其理者矣。」

〔註39〕同上注，頁367。

> 以目視，官知止而神欲行。依乎天理，批大郤，導大窾，
> 因其固然。技經肯綮之未嘗，而況大軱乎？……」〔註40〕

狐安南（Alan D. Fox）分析「庖丁解牛」之意涵時說：

> 庖丁的刀功是當他「官知止而神欲行」之時才得到的。要
> 做到這一點，需要有一種能夠將我們對世界的經驗揭示與
> 開發出來的能力，能夠懂得我們在某一特定時刻的自我感
> 覺不過是我們整個經驗中的一個方面。這其中包含著某種
> 程度的靈活性，……這種靈活性和自由度我們不妨稱之為
> 「靈感」……。〔註41〕

而這種「靈感」的誕生，是「以神遇」為前提，就其表現則「依乎天
理」、「因其固然」。狐安南所說：「需要有一種能夠將我們對世界的經
驗揭示與開發出來的能力」，這種能力大抵和蘇軾所稱「得其理」相
近似。因為具備了一種對世界萬物觀照與揭發能力，故得以描寫其物
時「如是而生，如是而死，如是而攣拳瘠蹙，如是而條達暢茂根莖節
葉，牙角脉縷，千變萬化，未始相襲，而各當其處。」因而，才得以
說其是「合於天造」。而蘇軾所稱「無常形而有常理」、以及「得其理」，
其所謂「理」，和《莊子・養生主》所指「依乎天理」，雖究底意涵似
乎未必等同，然蘇軾論畫「常理」之思路脈絡，莊學為其一重要資藉，
由此向能窺其一二。而蘇軾有意識地將繪畫創作提昇為主體精神之表
現，由技進道、由藝顯道的潛在思維，似乎由此也呼之欲出。除此之
外，就廣義探究蘇軾三教合一所指涉「道」論的視角而言，以及其於
《易傳》以水喻道的論述方式，所謂「達士之所寓」，推其旨亦即本
文所詮釋蘇軾論詩畫之藝術精神所在，也與前述「精義入神以致用」，
之意涵相應。所謂「得其理」，亦和「知其所以浮，知其所以沉，盡
水之變……與水為一，不知其為水」的比喻有互通之處。此外，並從

〔註40〕同注 10，郭慶藩《莊子集釋》前揭書，頁 118～119。

〔註41〕見狐安南（Alan D. Fox）〈《莊子》中的經驗形態：感應與反映〉收
　　　　於楊儒賓、黃俊傑《中國古代思維方式探索》（台北：正中書局，1996
　　　　年），頁 187。

蘇軾論文與可之畫竹「荒怪軼象外」，與「游戲」、「三昧」之聯繫，可見「達士之所寓」之「寓」，尚具佛禪「游戲三昧」之美學意涵。〔註42〕

　　總括地說：我們從蘇軾透過「水」的譬喻，見出其「藝」進於「道」的文藝理論思維。比較需要注意到的是：〈淨因院畫記〉中「無常形，而有常理」之說，文末記時元豐三年完成〔註43〕，與《東坡易傳》卷三曰：「水雖無常形，而因物以爲形者」，以及卷七曰：「若水之無形，此善之上者，幾於道」等等說法，我們認爲此中之聯繫頗值玩味。首先，兩者成說的時間相近，推斷東坡詮釋《易傳》既採儒道釋會通的學術視角，且又兼具「道」「藝」會通的思維，因而將「水之無常形幾道」的概念運用於論「藝」，以貫穿其「精義入神以致用」之致用顯本體的體用關係。若再以「有道有藝」說爲佐證，認爲蘇軾於「道」「藝」會通，乃站在兩者爲體用關係的基礎上，當也可視爲合理。此外，需要再釐清的是：所謂儒道釋會通是「道通爲一」的概念；而「道」「藝」會通，則是本體與致用之體用不二，前後兩者實有絕對的差異。就文本看來，蘇軾認爲「水幾道」，但水不等於「道」，只是觀照水「無常形」的特質，可以領略「道」的精神。同理，「藝」可以顯「道」，但「藝」不等同於「道」，唯創作者得「無常形，而有常理」之「理」，透過藝術媒介體現「得其理」之自然千變萬化之樣態，則與「天機之所合…神與萬物交」、「合於天造」相應。此時，「藝」可寓「道」，而創作主體之心靈境界已如庖丁，技不再只是技，藝不再只是藝，可說是「道」「藝」體用不二，是「與水爲一，不知其爲水」之入神致用的狀態了！

〔註42〕互見「分論」第二章第二節論「象外」部分。另有關蘇軾「游戲三昧」藝術觀，見周裕鍇〈游戲三昧：從禪宗解脫到藝術創造〉，收入《中國第十屆蘇軾研討會論文集》（山東：齊魯書社，1999 年），頁268～291。

〔註43〕元豐三年，蘇軾四十五歲，正月初一日，離京師赴黃州。見孔凡禮《蘇軾年譜》（北京：中華書局，1998 年），頁 470。

另外，順帶一提的是，蘇軾「有道有藝」說，乃直接提升繪畫的位階，並將《易傳》、佛老莊禪思想契入繪畫創作，由於要對比士人畫與畫工之差異，故指明畫工只能「曲盡其形」，而高人逸士則能「得其理」，其意旨在彰顯「得其理」於繪畫創作之重要，並因而闡述其繪畫品評的「道」「藝」體用之思維，然而也因此時常被指其貶低畫工。於此，我們想藉引張彥遠《歷代名畫記》中的一段記載，說明繪畫於唐代的位階，本不如詩文，卷九錄曰：

> 國史云：太宗與侍臣泛遊春苑，池中有奇鳥，隨波容與，上愛玩不已，召侍從之臣歌詠之，急召立本寫貌。閣中傳呼畫師閻立本，立本時已爲主爵郎中，奔走流汗，俯伏池側，手揮丹素，目瞻坐賓，不勝愧赧。退戒其子曰：「吾少好讀書屬詞，今獨以丹青見知，躬廝役之務，辱莫大焉。爾宜深戒，勿習此藝。」然性之所好，終不能舍。〔註44〕

而後張彥遠於後論曰：

> 閻令雖藝兼繪事，時已位列星郎，……，豈得直呼畫師，不通官籍。至於馳名丹青，才多輔佐，以閻之才識，亦謂厚誣淺薄之俗，輕藝嫉能，一至於此，良可於悒也。〔註45〕

從上引兩段文獻敘述，尚可蠡見畫師於初唐之地位，連官階如閻立本，也因沒有受到當有的尊重，而告戒其子：「爾宜深戒，勿習此藝。」而張彥遠錄此記載，也不禁爲閻立本及畫藝位階，受到輕視而發出不平之論曰：「輕藝嫉能，一至於此，良可於悒也。」此外，畫藝列於百工自先秦以來，即未能與文人讀書屬詞並稱，蘇軾提出「士人畫」、「有道有藝」、「詩畫本一律」，以及「常理」說，相對於唐以前社會對於繪畫功能之認知，事實上可視爲是賦予畫師另外一種創作觀，也提供給社會另外一種繪畫審美標準。由於他的論述實則涉及以藝術媒介顯本體的體道精神，又因文人社群接受其說，至元明終而匯萃爲文

〔註44〕見張彥遠《歷代名畫記》，收於《景印文淵閣四庫全書》（臺北：臺灣商務印書館），第 118 冊，頁 342。

〔註45〕同上注，頁 343。

人畫之巨流。更由於他「有道有藝」說，直接與北宋理學家「道本藝
末」說互相辯證抗衡，才得以使「藝」的位階，不致淪為末流，此在
中國藝術史的貢獻，不應因其批評工人畫僅曲盡其形不得其理而否
定。尤其宋以來大量文人投入繪畫創作，豐富開拓繪畫的藝術意境，
我們不得不說，蘇軾的文藝理論於其中影響至深，不容低估。當然，
以今日繪畫觀念及技巧來看，畫工之作未必不如文人，細膩描繪亦有
其價值。然我們今日考究古人的言論，實宜回到其歷史語境中去觀
察。〔註46〕尤其文藝史的演變通常並非僅是單一面向的發展而已，其
呈現的多半是錯綜複雜豐富的樣貌，而理念的革新與哲思的介入，提
供了此中多樣的選擇，蘇軾的文藝意見之能深植文人的創作意識，是
一個值得探究的文化現象。

〔註46〕蘇軾關於士人畫與畫工畫之區分，主要不以畫家之身份、畫之分類、
　　　　題材、作法為別，而在於畫中所表現之詩意、藝術精神，亦即得其
　　　　「常理」。同見張惠民、張進《士氣文心：蘇軾文化人格與文藝思想》
　　　　（北京：人民文學出版社，2004 年），頁 502～503。

第三章　蘇軾「道一」觀念與
「詩畫本一律」再探

蘇軾在〈送錢塘僧思聰歸孤山敘〉曰：

> 天以一生水，地以六成之，一六合而水可見。雖有神禹，
> 不能知其孰爲一孰爲六也。子思子曰：「自誠明謂之性。自
> 明誠謂之教。誠則明矣，明則誠矣。」誠明合而道可見。……
> 錢塘僧思聰，七歲善彈琴。十二捨琴而學書，書旣工。十
> 五捨書而學詩，詩有奇語。雲烟葱朧，珠璣的皪，識者以
> 爲畫師之流。聰又不已，遂讀《華嚴》諸經，入法界海慧。……
> 使聰日進不止，自聞思修以至于道，則《華嚴》法界海慧，
> 盡爲蓬廬，而況書、詩與琴乎。雖然，古之學道，無自虛
> 空入者。輪扁斷輪，傴僂承蜩，苟可以發其巧智，物無陋
> 者。聰若得道，琴與書皆與有力，詩其尤也。聰能如水鏡
> 以一含萬，則書與詩當益奇。吾將觀焉，以爲聰得道淺深
> 之候。〔註1〕

在此敘中，蘇軾藉著評論思聰「道」、「藝」兩進，用「以一含萬」涵
蓋其藝術核心思想，並發抒自己儒、釋、道諸學會通之「道一」觀念，

〔註 1〕 見孔凡禮點校《蘇軾文集》（北京：中華書局，2004 年），頁 325～
326。又見蘇軾著、朗曄選注《經進東坡文集事略》（上海：涵芬樓，
1932 年），據吳興張氏南海潘氏藏宋刊本影印，收於四部叢刊集部，
卷五十六，文名另作〈送錢塘聰師閏復敘〉。

且涉及「以藝觀道」、「以藝顯道」的概念，也略述「詩中有畫」的品評意見。因此，要了解蘇軾「道一」觀念與「詩畫本一律」的關聯，實有仔細推敲本文的必要。

第一節 「道一」觀念與「以一含萬」之關聯

蘇軾「道一」觀念的學術理路，「本論」第一章已稍論其源由，而將「道一」觀念與文藝互證，則〈送錢塘僧思聰歸孤山敘〉一文，可說確實地反映蘇軾「道」「藝」體用兩進的思想。首先，蘇軾以《中庸》：「自誠明謂之性。自明誠謂之教。誠則明矣，明則誠矣。」說明其「誠明合而道可見」的見解，此隱約可見「儒道」亦歸於其「道一」範疇。再者，其又曰：「聰又不已，遂讀《華嚴》諸經，入法界海慧。……自聞思修以至于道，則《華嚴》法界海慧，盡爲蘧廬，而況書、詩與琴乎。雖然，古之學道，無自虛空入者。輪扁斲輪，傴僂承蜩，苟可以發其巧智，物無陋者。聰若得道，琴與書皆與有力，詩其尤也。」其中「蘧廬」語出《莊子・天運》曰：

> 使道而可獻，則人莫不獻之於其君；使道而可進，則人莫不進之於其親；使道而可以告人，則人莫不告其兄弟；使道而可以與人，則人莫不與其子孫。……名，公器也，不可多取。仁義，先王之蘧廬也，止可以一宿，而不可久處，覯而多責。〔註2〕

而「輪扁斲輪」則語出《莊子・天道》，文中藉輪扁與桓公的對話，說明道並非可以言傳，輪扁以斲輪的體驗說：

> 臣也以臣之事觀之。斲輪，徐則甘而不固，疾則苦而不入。不徐不疾，得之於手而應於心，口不能言，有數存焉於其

〔註2〕 見王叔岷《莊子校詮》（台北：中央研究院歷史語言研究所，1994年）上冊，頁528。按：「蘧廬」一語，蘇軾亦曾用於其詩，即〈李杞寺丞見和前篇複用元韻答之〉詩云：「獸在藪，魚在湖，一入池檻歸期無。……人生何者非蘧廬，故山鶴怨秋猿孤。何時自駕鹿車去，掃除白髮煩菖蒲。」詩中充滿了對人生受拘於世俗牢籠的覺醒，反映其嚮慕自由的心靈願景。《釋文》：「司馬、郭云：蘧廬，猶傳舍也。」

間。臣不能以喻臣之子，臣之子亦不能受之於臣，是以行
年七十而老斲輪。〔註3〕

至於「傴僂承蜩」之「傴」又作「痀」〔註4〕，語出《莊子・達生》曰：
仲尼適楚，出於林中，見痀僂者承蜩，猶掇之也。仲尼曰：
「子巧乎！有道邪？」曰：「我有道也。五六月累丸二而不
墜，則失者錙銖；累三而不墜，則失者十一；累五而不墜，
猶掇之也。吾處身也，若橛株拘；吾執臂也，若槁木之枝。
雖天地之大，萬物之多，而唯蜩翼之知。吾不反不側，不
以萬物易蜩之翼，何爲而不得！」孔子顧謂弟子曰：「用志
不分，乃凝於神，其痀僂丈人之謂乎！」〔註5〕

在〈送錢塘僧思聰歸孤山敘〉文中，首先我們可以注意到蘇軾「水」
之論述與「道」「藝」關係的相互聯繫，如：「天以一生水，地以六成
之，一六合而水可見。雖有神禹，不能知其孰爲一孰爲六也。……聰
若得道，琴與書皆與有力，詩其尤也。聰能如水鏡以一含萬，則書與
詩當益奇。」若沿著「本論」第一、二章所述，其論歸約於「道一」
觀念，而以「水」爲喻的思路脈絡，前後仍是相應的。我們要進一步
探究的是「如水鏡以一含萬」之思想底蘊，並且詮釋蘇軾如何基於其
「道一」的觀念，進而形成其「以藝顯道」、「藝道兩進」的論述。雖
然透過文本語源出處，未必能尋得作者言外之意全貌，但仍不失作爲
詮釋之有跡可循的基本根據。我們若依照「蘧廬」、「輪扁斲輪」、「痀
僂承蜩」之與莊學思想的關聯，觀察蘇軾之以《華嚴》法界海慧與莊
子體道精神的會通，不難見出其不拘一學的思想特性。

道若可獻、可進、可告、可與人，也就不必自身體證，僅需口耳
相傳即可。然而依老子「道可道，非常道」的理路而來，《莊子・天

〔註3〕見郭慶藩《莊子集釋》（臺北：頂淵文化，2005年），頁491。
〔註4〕同注1，《經進東坡文集事略》卷五十六。
〔註5〕同注2，《莊子校注》中冊，頁677。另頁677～678輯有成疏：「痀
僂，老人曲詣之貌。承蜩，取蟬也。掇，拾也。」又錄王念孫云：「說
文：『傴，僂也。僂，尫也。』」而《抱朴子》〈對俗篇〉中「痀僂」
作「傴僂」，與王說合。

運》認為道不可獻、不可進、不可告、不可與人，其曰：

> 然而不可者，無他也，中無主而不止，外無正而不行。由
> 中出者，不受於外，聖人不出；由外入者，無主於中，聖
> 人不隱。〔註6〕

這樣抽象的論述，亦又可由「輪扁斲輪」之所寓：「得之於手而應於心，口不能言，有數存焉於其間。臣不能以喻臣之子，臣之子亦不能受之於臣」，巧妙地以技藝體道具象地說明：道無法以言語相傳，只能自身得手應心以體悟存焉其間之「數」。並又開出一條「以技進道」、「以藝進道」的功夫涵養的路徑，足供後人作為以藝術契入莊子體道精神的理論基礎〔註7〕，蘇軾詩畫理論之建構，我們認為其乃有意識地呈現「以藝顯道」的藝術精神，而莊學為其資藉頗深之思想基礎。然正如前文所述，莊學為蘇軾所資藉卻又不願僅拘於莊學，華嚴「事事無礙法界」觀、以及《金剛經》「不住」之直觀，會通形成蘇軾「則《華嚴》法界海慧，盡為蘧廬，而況書、詩與琴」之「一不可執」的思想。此對應前引〈終始惟一時乃日新〉文中所說：「物之無心者必一，水與鑑是也。水、鑑惟無心，故應萬物之變。」以及《東坡易傳》所稱：「天下之理，未嘗不一，而一不可執。知其未嘗不一而莫之執，則幾矣。」〔註8〕其「道一」觀念，以及「以一含萬」的思想，實有其關聯，而「一」當為其核心思想，「一不可執」更是其會通思想的關鍵。

我們若再以〈跋王鞏所收藏真書〉所述為旁證，則更可見出其論詩書畫之藝術精神，皆與其論「道」息息相關，甚至用譬亦同，其曰：

> 然其為人儻蕩，本不求工，所以能工此，如沒人之操舟，
> 無意於濟否，是以覆却萬變，而舉止自若，其近於有道者
> 耶？〔註9〕

〔註6〕同上注，上冊，頁528。
〔註7〕詳見拙著〈論道與藝──以《莊子》心齋「氣」觀念與「氣韻生動」之關聯性為考察核心〉（鵝湖月刊，第三十六卷第二期，2010年8月），頁33～36。
〔註8〕詳論互見「本論」第一章之〈蘇軾「道」論之「通學」的特質〉。
〔註9〕同注1，《蘇軾文集》，頁2177頁。

我們再進一步對照「聰能如水鏡以一含萬」與「物之無心者必一，水
與鑑是也。水、鑑惟無心，故應萬物之變。」並重新檢視《東坡易傳》
卷八釋「精義入神以致用」所述：「譬之於水，知其所以浮，知其所
以沉，盡水之變而皆有以應之精義者也。知其所以浮沉，而與之爲一，
不知其爲水，入神者也；與水爲一，不知其爲水，未有不善游者也，
而況以操舟乎！此之謂致用也。」蘇軾所謂：「如沒人之操舟，無意
於濟否，是以覆却萬變」，實際上即是將其詮釋易傳的精神，運用於
書藝品評，賦予藝之於體道的可能。因此「輪扁斲輪，傴僂承蜩，苟
可以發其巧智，物無陋者」，即是揭示出技、藝作爲一種媒介，無分
技、藝本身位階等級，若能體現如輪扁、傴僂「得手應心」、「用志不
分，乃凝於神」之精神涵養，則皆可謂是「道」的體現。因此，「以
一含萬」的評論，循其理當是「道一」體現於各種藝術媒介，其分殊
繽紛多樣卻又涵攝於「道一」，呈現「道」與「藝」即體即用的關係。
藝術媒介是一種致用，其旨在入神，而與「道一」相契，筆者認爲蘇
軾論藝時有其辯證統一〔註10〕，實則與其「盡水之變」、「如沒人之操
舟……是以覆却萬變」等等譬意有深切關聯。「一」與「萬」；「變」
與「不變」，除了辯證之外，蘇軾有其「道一」觀念作爲藝術融通換
位之原點，故其論如海，渾厚浩瀚變化萬千，其創作亦涵蓋詩詞文賦
書畫……等，蓋歸功於其「以一含萬」的藝術精神之應用，此其「一」
實即指涉其諸學會通之「道一」觀念。故筆者以爲：「以一含萬」是
蘇軾「道一」觀念下，所發展出來的「道」「藝」關係論，透顯出的
是「以藝顯道」、「以藝爲道」的藝術精神，值得我們再三斟酌。

〔註10〕詳見張惠民、張進《士氣文心：蘇軾文化人格與文藝思想》（北京：
　　　　人民文學出版社，2004 年），頁 363～381。氏者曰：「東坡之爲人爲
　　　　藝，均剛柔相濟進退爲用，大者如三教互補出處裕如，剛方而不失
　　　　靈活，智慧而堅守節操，能進而知退。小者如詩如詞如文如字，既
　　　　有大江東去之豪逸，又有韶秀清麗之婉轉，且豪放之中含婉媚。故
　　　　其論藝，既稱賞“豪放奇險”，又推崇“淡泊有味”，尤注重剛與
　　　　柔、豪猛與平淡的辯證統一。」，頁 375。

第二節 「詩畫本一律」當代詮釋之再議

探討蘇軾詩畫理論者，大多關注其於〈書鄢陵王主簿所畫折枝二首〉之一詩云：

> 論畫以形似，見與兒童鄰。賦詩必此詩，定非知詩人。詩畫本一律，天工與清新。邊鸞雀寫生，趙昌花傳神。何如此兩幅，疏淡含精勻。誰言一點紅，解寄無邊春。〔註11〕

如俞弁《逸老堂詩話》卷下曰：

> 今人見畫不諳先觀其韻，往往以形似求之，此畫工鑒耳，非古人意趣，豈可同日語哉。歐陽文忠公詩云：「古畫畫意不畫形。」蘇東坡云：「論畫以形似，見與兒童鄰。」眞名言也。〔註12〕

又葛立方《韻語陽秋》卷一四曰：

> 歐陽文忠公詩云：「古畫畫意不畫形，梅詩詠物無隱情。忘形得意知者寡，不若見詩如見畫。」東坡詩：「論畫以形似，見與兒童鄰。賦詩必此詩，定非知詩人。」或謂二公所論，不以形似，當畫何物？曰：「非謂畫牛作馬也，但以氣韻爲主爾。」謝赫曰：「衛協之畫，雖不該備形妙，而有氣韻，凌跨雄傑。」其此之謂乎。〔註13〕

而朱庭珍《筱園詩話》卷一則擴大詮釋曰：

> 詩以超妙爲貴，最忌拘滯獃板。故東坡詩云：「賦詩必此詩，定非知詩人。」謂詩之妙諦，在不即不離，若遠若近，似乎可解不可解之間。即嚴滄浪所謂「鏡中之花，水中之月，但可神會，難以迹求」，司空表聖所謂「超以象外，得其環中」者是也。蓋興象玲瓏，意趣活潑，寄託深遠，風韻泠然，故能高踞題顚，不落蹊徑，超超玄著，耿耿元精，獨探眞際于個中，遙流清音于弦外，空諸所有，妙合天籟。放翁云：「文章本天成，妙手偶得之。」亦即此種境詣。詩

〔註11〕見曾棗莊、曾濤編《蘇詩彙評》（台北：文史哲出版社，1998 年），頁 1228～1229。
〔註12〕同上註，頁 1230。
〔註13〕同上註，頁 1229。

至此境，如畫家神品、逸品，更出能品、奇品之上。〔註14〕
由俞、葛、朱三氏所述，可以見出前人著重此詩首聯所涉及形神、意趣、氣韻……等詮釋範疇的理解，然對於「詩畫本一律」的提出，反而不若今人之深入探究。而蘇軾於詩、文討論詩畫關係者尚有〈次韻魯直書伯時畫王摩詰〉詩云：

前身陶彭澤，後身韋蘇州。欲覓王右丞，還向五字求。詩
人與畫手，蘭菊芳春秋。又恐兩皆是，分身來入流。〔註15〕

〈書摩詰藍田煙雨圖〉曰：

味摩詰之詩，詩中有畫；觀摩詰之畫，畫中有詩。〔註16〕

〈韓幹馬〉詩云：

少陵翰墨無形畫，韓幹丹青不語詩。此畫此詩今已矣，人
間驚驥漫爭馳。〔註17〕

〈韓幹馬十四匹〉詩云：

韓生畫馬真是馬，蘇子作詩如見畫。〔註18〕

又有〈王晉卿作煙江疊嶂圖，僕賦詩十四韻，晉卿和之，語特奇麗。因復次韻，不獨紀其詩畫之美，亦為道其出處契闊之故，而終之以不忘在莒之戒，亦朋友忠愛之義也〉詩云：

風流文采磨不盡，水墨自與詩爭妍。……鄭虔三絕君有二，
筆勢挽回三百年。〔註19〕

按俞弁、葛立方的說法，頗有蘇軾「論畫以形似，見與兒童鄰。賦詩必此詩，定非知詩人」之詩意，乃承歐陽修詩云：「古畫畫意不畫形，梅詩詠物無隱情。忘形得意知者寡，不若見詩如見畫」而來，但若仔細推敲蘇軾論詩畫關係之頻繁，可見蘇軾在此論題上不僅有

〔註14〕同上注，頁 1232。
〔註15〕見《東坡七集》第一卷，收於《四部備要》（中華書局據匋齋校刊本），頁 5。
〔註16〕同注 1，《蘇軾文集》前揭書，頁 2209。
〔註17〕同注 11，頁 1994。
〔註18〕同上注，頁 629。
〔註19〕同上注，頁 1295。

所承，更有其個人領會與見解，是立於整體文化的發展之上，而又開拓出前人所未明白確立的論點。按〈韓幹馬〉詩云：「少陵翰墨無形畫，韓幹丹青不語詩」，其詩意大抵不離「詩是無形畫，畫是有形詩」〔註20〕之意見。然所謂「詩畫本一律，天工與清新」、「詩人與畫手，蘭菊芳春秋。又恐兩皆是，分身來入流。」以及「詩中有畫……畫中有詩」等詩畫合論之見解，實則皆是蘇軾站在宋人詩畫相資之會通創作意識中〔註21〕，所提出自六朝以來詩畫關係之互涉思維的總結。也因此，今人論及中國詩畫關係者，無不關注蘇軾之詩畫理論。

自錢鍾書〈中國詩與中國畫〉一文指出：詩與畫兩種分屬不同之藝術媒介，所以得以互涉交流，主因乃在創作主體「出位之思」的心理需求。〔註22〕又朱光潛所譯《詩與畫的界限》，即是西方論述詩與畫表現媒介，各有專擅及互有差異之重要著作——萊辛（Lessing, 1729～1781）撰寫的《拉奧孔》。此二者論詩畫關係皆以藝術媒介的視角觀察，並皆有影響力。而萊辛所稱詩與畫之根本差異在：

> 繪畫運用在空間中的形狀和顏色。
>
> 詩運用在時間中明確發出的聲音。〔註23〕

在語言表層意義上，此論和宋人「詩是無形畫，畫是有形詩」之共識，似是十分雷同。然我們若深入其論述語境，會發現兩者用意截然不同。萊辛所述目的在點明：「把繪畫的理想移植到詩裡是錯誤的。」〔註24〕其旨在主張詩與畫藝術表現範疇之獨立自主，避免其中一者淪

〔註20〕詳見拙著《杜甫題畫詩之審美觀研究》（國立臺灣師範大學碩士論文，2003 年），頁 8～11。

〔註21〕詳見張高評〈詩畫相資與宋詩之創造思維——宋代詩畫美學與跨際會通〉，收於陳維德、韋金滿、薛雅文主編《唐宋詩詞研究論集》（彰化：明道大學中文系，2008 年），頁 372～417。

〔註22〕見《文學研究叢編》第一輯（台北：木鐸出版社，1981 年 7 月），頁 86～87。

〔註23〕見朱光潛譯《詩與畫的界限》（台北：駱駝出版社），頁 181。

〔註24〕同上注，頁 177。

爲附庸，或其中「一種藝術服從另一種藝術的結合。」〔註25〕而宋人
所論「無形畫」、「有形詩」卻恰恰與之相反，宋人認爲詩畫相資有所
助益兩者之發展，因爲他們所憑藉的文化意識底蘊之陶養，以及藝術
媒介表現功能的認知，和萊辛實有很大的文化差異。一直到明人張岱
於〈與包嚴介〉中所說：「弟獨謂詩中有畫，畫中有詩，因摩詰一身
兼此二妙，故連合言之，若以有詩句之畫作畫，畫不能佳；以有畫之
詩爲詩，詩必不妙。……故詩以空靈縹爲妙詩，可以入畫之詩，尚是
眼中金銀屑也。」〔註26〕方才是與萊辛站在較爲相似的論點，試圖分
別詩與畫各有專擅。而兩者不同的是，萊辛強調的是繪畫藝術媒介獨
立的必要，而張岱則認爲詩與畫之品評標準不同，若非詩人兼畫家，
一味強調「詩中有畫」、「畫中有詩」，未必對詩與畫各自的發展達到
相助益的效果。

　　錢鍾書站在中國歷來詩與畫互涉，整體交流發展之現象觀察，認
爲詩人與畫家「出位之思」於其中居關鍵地位，此論我們以爲和蘇軾論
詩畫，雖不完全貼合，但不至於背離，因爲所謂「出位之思」，到底和
創作主體之創作意向和表現意旨是同一論述脈絡。然而萊辛《拉奧孔》
一書，則完全以詩與畫各有藝術媒介之界限的觀察視角進行深論，其論
點可說是與蘇軾南轅北轍。尤其，萊辛《拉奧孔》以及明人張岱之異於
蘇軾的論點，見解亦有其著眼，其主張也言之有理。因而，宋人詩畫合
論的現象，往往可能被認知爲將詩畫之界限徹底泯滅〔註27〕，或者將探

〔註25〕同上注，頁 193。
〔註26〕見張岱《瑯嬛文集》（台北：淡江書局，1956 年），頁 99。張岱意在
　　　　指出：妙詩未必可入畫，佳畫未必有詩意，不可以「詩中有畫」、「畫
　　　　中有詩」爲品評詩、畫之唯一標準。
〔註27〕見戴麗珠《蘇東坡詩畫合一之研究》（台北：文津出版社，2007 年），
　　　　頁 41～42，氏者曰：「引起宋代文人士大夫與畫院畫家同取並重之詩
　　　　畫合一現象，非始于宋，且可上追至晉唐……。然而將詩畫之界限
　　　　徹底泯滅，以詩人、文人士大夫之態度論畫，則形成于宋，其間轉
　　　　化變易之迹，於前舉郭熙、東坡、以及晚於東坡之北宋文人士大夫，
　　　　對詩畫合一現象之用語，亦可稍見端倪」。

討詩畫關係界定在：「討論兩種相異領域的藝術媒體個別的獨特性質及其彼此之間的互動關係。」〔註28〕然而蘇軾「詩畫本一律」所論及者，可能不僅止於兩種藝術媒介互動整合的問題而已。我們承認從藝術媒介各有專擅各有界限的視野分析詩與畫之關聯，此中可能涉及符號之運用……，以及情感與形式等等諸問題的探討。然而，我們卻又可以從萊辛之強調藝術媒介專擅獨立的思維中，見出其局限。〔註29〕沒有證據顯示蘇軾沒有藝術媒介的概念，也沒有文本指出蘇軾認為詩可以取代畫，畫可以取代詩，唯一可以證明的是：蘇軾認為詩意中可以有畫境，畫境中可以有詩意，而詩與畫皆可作為體現創作主體「體道」

〔註28〕 見衣若芬《蘇軾題畫文學研究》（台北：文津出版社，1999 年），頁256～257，氏者曰：「……詩與畫的關係是宋人所關切的主題，詩畫並提是他們的趨向，以『形』與『聲』之有無等詞彙形容詩與畫是他們的審美共識，同樣的觀念在西方也曾出現，如希臘詩人西蒙奈底斯（Simonides of Ceos, BC. 556～496）說：『畫為不語詩，詩是能言畫。』雖然中西方都有對於詩畫關係相近的語詞，但是集中於北宋末期的這些文句除了表達文人看待詩與畫的類似態度之外，其基本精神究竟如何？又為何特別引發當時文人的興趣？甚至為何不多談詩與音樂、詩與棋藝等等的關係而特別集中焦點於詩與繪畫二者？」接著說：「討論詩與畫，其實就是討論兩種相異領域的藝術媒體個別的獨特性質及其彼此之間的互動關係，也就是文學藝術分類與整合的問題。」

〔註29〕 見郎紹君〈詩畫一律的內涵與外延——蘇軾與中國繪畫美學〉（中國美術，第9期，1988 年6月），頁29。氏者指出：對於萊辛的學說，朱光潛先生在肯定《拉奧孔》的地位和卓越見解後又指出，萊辛的詩畫異質論過於絕對，「他沒有找出一個共同的特質去統攝一切藝術，沒有看出詩與畫在同為藝術一層上有一個基本的同點。」（《詩論》第七章）他看到了媒介材料對藝術特質的限制，忽略了人征服這種限制的可能性；他注意到詩與畫在物質形態上的不同，忽略了他們在創作者和欣賞者意象裡的一致性。他只強調詩能「表現」敘述，畫能「描繪」再現，沒有強調出詩也有摹寫之功，畫也有表現之力，不過媒介不同、側重點不同、效果不大一樣罷了。（頁29）筆者按：吾人以為萊辛以西方詩畫關係論述其界限，事實上確有其卓見，而從藝術媒介的角度觀照，詩畫也本不宜混淆其界限。然而將萊辛的觀點，放到中國詩畫藝術精神同源的脈絡來看，則未必能放諸四海皆準，因為萊辛關於創作主體之藝術精神的探討付之闕如，論述局限也在於此。

精神之媒介。因此，「本一律」在理解上不當視爲等同、混同，其指涉範疇非僅止於作品如何表現而已，更意指詩與畫創作主體之藝術精神本源的歸於「一」，此可由前述蘇軾「以一含萬」的道藝關係論，得到理論上的支持。〔註30〕至於明人張岱所論及詩與畫之爲兩種藝術媒介，亦有各自之品評標準，此與萊辛所論之立足點不同，但也和蘇軾論藝思維有異，可作爲對照意見備存。

　　概觀詩畫關係，除了從詩畫藝術表現媒介之異同的角度觀察之外，尚可由詩畫藝術感通、以及詩畫藝術同源之不同視角考察探究。〔註31〕如周裕鍇即引用《楞嚴經》「六根互用」的思想，來進行探究蘇軾等宋人詩畫合論的現象〔註32〕，雖其主以佛學爲主軸論述，然仍可歸之於從藝術感通（或「通感」）的視角進行分析詮釋。另李倍雷以「理一分殊」的北宋理學背景，詮釋蘇軾「詩畫本一律」的提出〔註33〕，

〔註30〕孫昌武指出：蘇軾〈送錢塘僧思聰歸孤山敘〉一文，所謂「以一含萬」，反映其以華嚴法界觀論藝術，並指出「這是對道與藝的關係的更高一層的理解」。見孫氏《禪思與詩情》，（北京：中華書局，1997年），頁462～463。另陳中浙引用孫昌武的說法，指出「以一含萬」和「詩畫本一律」之間的關聯性，乃蘇軾運用華嚴法界觀論藝術。見陳氏《蘇軾書畫藝術與佛教》（北京：商務印書館，2004年），頁124～137。此說筆者認爲孫、陳二者乃純以佛學角度觀察，我們承前文所述，傾向主張「以一含萬」和「道一」觀念有直接關聯，而蘇軾「道一」觀念乃具諸學會通之「通學」特質，而華嚴法界觀爲影響蘇軾此一「通學」特質的重要思想。

〔註31〕同注20，拙著《杜甫題畫詩之審美觀研究》，頁2～11。拙著於頁7指出「藝術感通」得以引發「出位之思」之可能。並引用林書堯「共感覺」之說明，指出佛學「六根」緣「六塵」，能產生人身心覺知系統之相關聯，此可視爲是詩畫藝術感通的理論基礎之一。

〔註32〕見周裕鍇〈詩中有畫：六根互用與出位之思──略論《楞嚴經》對宋人審美觀念的影響〉（四川大學學報，2005年第4期），頁68～73。

〔註33〕見李倍雷〈「詩畫一律」：「理一分殊」的背景理路〉（美術研究，2005年第2期），頁78～89。筆者按：程頤在《周易程氏傳》指出：「道二，仁與不仁而已……有陰則有陽，有善則有惡，有是則有非，無一亦無三。」又說：「理必有對待，生生之本也。有上則有下，有此則有彼……。」由上引略知，程頤「道」、「理」強調對立的普遍性。詳論見陳來《宋明理學》（台北：洪葉文化，1993年），頁81～82。

雖言之成理，但認為蘇軾詩畫理論深刻受到程頤「理一分殊」提出的影響，不免忽略北宋程學、蘇學之「道」論相抗衡的事實。蘇軾和程頤在其學術思想中所認識的「道」和「理」之立基不同，是他們論辯的根源。因此，與其說蘇軾受到程頤「理一分殊」思想的影響，毋寧說蘇軾「道一」的觀念才是「詩畫本一律」之背景理路，此一理路之探究，則可視為乃從道藝關係的視角進行觀察之成果。因而，本文認為：循前述蘇軾「道一」觀念，以至「以一含萬」道藝關係論，而後落實「詩畫本一律」藝術精神同源的詮釋脈絡，不但可以釐清蘇軾詩畫理論之理路背景，與北宋理學家「道本藝末」思維的差異〔註34〕，凸顯蘇軾體道致用之道藝關係論中主體藝術精神的呈現，以及創作主體工夫修養論的契入，促成了中國詩畫異於西方之相互緊密結合的理論發展。也由此，或又可別出萊辛《拉奧孔》所開以藝術媒介論詩畫關係之門徑，所引發蘇軾「詩畫本一律」當代詮釋上，出現詩畫界限模糊的糾葛中，另闢一條從蘇軾道藝關係認識為出發點的觀察理路。而由此觀察出：蘇軾將論「藝」層次提升至與「道」互涉合論，亦即「道」為主體精神、「藝」為入神致用的關係中，探討詩畫創作主體崇尚工夫修養論之藝術精神的一致性。我們試圖要說明的是：蘇軾「詩畫本一律」的提出當然涉及藝術媒介運用的問題，但其更深一層的是涉及詩畫藝術媒介體現主體藝術精神的共通本質，而此則與蘇軾「道一」觀念為表裡合一的關係。

現在讓我們回到蘇軾的文本，重新檢視「以一含萬」與「詩畫本

又程頤於《河南程氏粹言》指出：「理者，實也，本也。文者，華也，末也。」其「理」本「文」末的觀點亦明。詳論見陳忻《宋代洛學與文學研究》（北京：中國社會科學出版社，2009年），頁28～32。由此可見：程頤和蘇軾不但於「道」和「理」之立基不同，對「道」「藝」之本末亦或相即之觀點，更各持不同意見，指蘇軾接受程頤「理一分殊」，而提出「詩畫本一律」，未免不明蜀、洛二學於北宋抗衡之根由，此實即「蜀學」沒落之弊。

〔註34〕見冷成金〈從《東坡易傳》看蘇軾文藝思想的基本特徵——兼與朱熹文藝思想相比較〉（文學評論，2002年第2期），頁149～152。

一律」的關聯性。〈送錢塘僧思聰歸孤山敘〉一文，透露出書、詩、琴……等藝術媒介，有其「道藝兩進」之體道精神的體現功能，所謂「以一含萬」的「一」指涉蘇軾「本一」之論道核心精神，而「萬」則指涉千變萬化各式各樣之藝術媒介的形式。對「道藝兩進」的論述理路而言，「輪扁斲輪，傴僂承蜩，苟可以發其巧智，物無陋者」，即在指明技藝足以體現道的精神。於此，必須說明的是：就蘇軾於道藝關係的認識，「藝」並非「道」的附庸，更何況蘇軾「道一」觀念也並非泛道德論。正確地說：「藝」的表現形式和藝術媒介的關聯，乃在於創作主體選擇了何種藝術類型，但其主體藝術精神，並不因表現形式以及所選擇之藝術媒介而有所不同，故作品並不會因其藝術類型不同，而在主體藝術精神體現於作品的神韻，出現了分離的狀態。也就是說：從「道」「藝」即體即用的面向看來，紛乘變化萬千的藝術媒介，終究歸之於其主體「體道」精神的呈現，「藝」乃主體「道」之入神致用的表現，兩者乃體用不二，非主從、本末之關係。而我們想要進一步追問的是：蘇軾此一道藝關係認識，和「詩畫本一律」有無創作主體藝術精神之關聯？蘇軾詮釋《易傳》吸收王弼「以一治眾」的方法〔註35〕，而形成其諸學會通之「道一」觀念，和「以一含萬」的道藝關係認識，可以說是理路脈絡相承的。而此一理路脈絡落實到「藝」的討論，又受到宋人詩畫相資思潮之推波助瀾，「詩畫本一律」的提出，與其所引起之廣泛影響可說並非偶然，只是「本」究竟指涉什麼？我們可藉由深入探究「天工與清新」，更加清楚蘇軾意指為何？其與創作主體工夫修養論及藝術精神互涉之深淺程度，也可由此見其梗概。

回顧前述俞弁、葛立方、朱庭珍所評〈書鄢陵王主簿所畫折枝二首〉，大抵重心放在首聯所云：「論畫以形似，見與兒童鄰。賦詩必此詩，定非知詩人。」雖然未必與「詩畫本一律，天工與清新。邊鸞雀

〔註35〕見林麗貞〈東坡易傳中的「一」〉，收於《毛子水先生九五壽慶論文集》（台北：幼獅文化，1987 年），頁 368～370。

寫生，趙昌花傳神」一聯之詮釋有關，但詩意畢竟前後兩聯互涉。俞
弁、葛立方二者所言，主在說明蘇軾詩意主張繪畫品評標準當以氣韻
為主，而朱氏則側重於延伸詩意，將詩意和嚴滄浪所謂「鏡中之花，
水中之月，但可神會，難以迹求」、和司空表聖所謂「超以象外，得
其環中」，以及陸放翁所云：「文章本天成，妙手偶得之」……等詩評
相互聯結，以說明詩與畫得「言外」、「象外」之意，與神品、逸品、
能品、奇品之評論的相關性。他們針對蘇詩首聯點出一個共通的詮
解：最上乘的詩與畫，並非專擅其各自之藝術媒介即能達到，而是涉
及創作主體具體呈現「氣韻」於作品之創作力的靈動。他們並未指出
詩、畫創作與主體藝術精神之密切關聯，但雖不中亦不遠矣！〔註36〕
而古人論詩畫藝術創作，時常創作論與鑑賞論合述，在討論鑑賞論之
時，又同時提出其所主張之創作見解，朱庭珍意見多有此傾向。

　　為明蘇軾「道」「藝」之體用關係，對照「本論」第二章前述蘇
軾水喻「道體」的觀察視角，我們認為：蘇軾對於詩、畫之藝術媒介
的創作，若以「操舟」為譬，即是一種「致用」的表現，「舟」固然
有其不同，但「操舟者」因能「知其所以浮沉，而與之為一，不知其
為水」，因而得以「入神」。〔註37〕此「入神」即可視為是蘇軾所謂「盡
水之變而皆有以應之精義者也」。而蘇軾所謂「詩畫本一律」，指的應
是詩、畫創作者，對所摹寫的對象能得其「常理」，故而其中指稱之
「本一律」，應可視為是指涉「入神」與「應之精義」，意旨在創作主
體「以一含萬」藝術精神的體用相即，與「盡水之變」而「本一」藝
術精神之開顯，並非詩、畫藝術媒介載體功能及表現的一致性。如此

〔註36〕同注7，頁36～39。拙著以為：「氣韻」由生知走向可學，宋人蘇軾、
　　　　董逌、郭熙……等人提出的「天機說」，為其重要助力。
〔註37〕蘇軾於《東坡易傳》卷八釋「精義入神以致用」時以水為譬曰：「譬
　　　　之於水，知其所以浮，知其所以沉，盡水之變而皆有以應之精義者
　　　　也。知其所以浮沉，而與之為一，不知其為水，入神者也；與水為
　　　　一，不知其為水，未有不善游者也，而況以操舟乎！此之謂致用也。」
　　　　見《東坡易傳》卷七，收於《景印文淵閣四庫全書》（臺北：臺灣商
　　　　務印書館），第九冊，頁138。

詮釋，便可以合理了解蘇軾在舉了「邊鸞雀寫生，趙昌花傳神」為例烘托主題後，接著說：「何如此兩幅，疏淡含精勻。誰言一點紅，解寄無邊春。」意旨當是讚歎鄢陵王主簿所畫折枝能得其神韻，其中「誰言一點紅，解寄無邊春」亦頗有「以一含萬」的審美意涵。而當我們再深入細膩地詮解「天工與清新」，則「詩畫本一律」之藝術精神具體內涵為何，便昭然若揭了！

第三節　「天工與清新」藝術精神之探究

當我們追溯中國詩畫關係之起源時，不管是從詩畫相對應、或題畫文學發展之肇端，從形式上大多可見諸圖畫與文學互相輔助說明之歷史事實。此種現象或以圖畫為主、文學為輔；或以文學為主、圖畫為輔，目的皆在輔助讀者對圖畫或文學的了解，這是從「符號」的視角所觀察出來的藝術形式之特殊結構，也是了解中國詩畫互相交流之歷程的一個重要面向。然詩畫相輔之說，也可能引起主張詩與畫乃不同藝術表現媒介者之關注：詩與畫之相輔相成，是否會削弱藝術媒介各自發展其符號表現之技術與能力？或者產生「藝術媒體之間界限的模糊，及標準化體裁分門別類可靠性的動搖」之疑慮。〔註38〕但若由此「表現媒介」視角所衍生的質疑，也可由另一觀察視角來反思其質疑：「表現媒介」是唯一可以理解蘇軾「詩畫本一律」的詮釋終極路徑嗎？我們若透過探究「天工與清新」之藝術精神，是否可以更清晰地了解：「天工與清新」是創作主體修養工夫體現的意境，並非僅是單純藝術創作的表現。體現是寓意，而表現是傳達，體現涵蓋表現，表現卻未必指涉創作主體「體道」藝術精神，其根柢最大之不同，仍然在於體現是「藝」通向「道」的思維；而表現則仍在「藝」的層面，其表現形式傳達創作者所欲表達之意涵，然此意涵卻未必指涉「道」。

〔註38〕見蔡芳定〈蘇軾「詩畫一律」說的當代詮釋〉，發表於 2009 年 10 月 31 日，國立臺北大學中國文學系主辦「第四屆中國文哲之當代詮釋學術研討會」會前論文集，頁 23。

由此,「天工與清新」作為探尋「詩畫本一律」之重要線索,我們有必要再於眾多前行研究中,理出其中頭緒,以明「詩畫本一律」和「道一」觀念,其內在的聯繫。

蘇軾在〈次韻水官詩〉中曰:

> 高人豈學畫,用筆乃其天。譬如善游人,一一能操船。 〔註39〕

和〈日喻〉之喻「道可致而不可求」、以及〈跋王鞏所收藏真書〉所指工於書者近道,蘇軾以知水之所以浮沉為譬,來說明能「盡水之變」乃體道致用之體現,所謂「善游人」、「沒人」、「操舟」者,是其指稱「近道者」之慣用語,在《東坡易傳》卷八釋「精義入神以致用」時亦如是。因此,「高人豈學畫,用筆乃其天」,在詮釋上則未必能斷定蘇軾此處認為「學」之無益用筆〔註40〕,我們透過其後所指「譬如善游人,一一能操船」進一步探討,可以推測此處之所謂「天」,指涉的近似可致而不可求的「體道」——「以天合天」的主體修養,故謂「豈學」,實則指的是「得之於手而應於心」,是領會其中之「數」,而此「數」難以言語相傳,故不可學,與繪畫創作天才論應不相屬。蘇軾接受莊子於《莊子‧達生》所載「梓慶削木為鐻」寓言,其中「以天合天」的觀念,所謂「天工」、「天機之所合」,以至會合「道法自然」之「隨物賦形」的提出,皆與「以天合天」之「體道」精神互應。〈達生〉文中梓慶自述為鐻技術之所以神妙,主要工夫乃在心上做,並亦有修養層次,其曰:

> 臣將為鐻,未嘗敢以耗氣也,必齊以靜心。齊三日,而不敢懷慶賞爵祿;齊五日,不敢懷非譽巧拙;齊七日,輒然忘吾有四枝形體也。當是時,無公朝,其巧專而外骨消;然後入山林,觀天性;形軀至矣,然後成見鐻,然後加手

〔註39〕 見王文誥《蘇文忠公詩編註集成》,嘉慶二十四年鐫,武林韻山堂藏版,(台北:臺灣學生書局),頁 1623。

〔註40〕 蘇軾主張積學,其於〈稼說送張琥〉說:「博觀而約取,厚積而薄發」,亦主張「能者即數以得其妙,不能者循數以得其略。其出一也,有能有不能,而精粗見焉。」〈鹽官大悲閣記〉。

　　焉；不然則已。則以天合天，器之所以疑神者，其是與！

〔註41〕

　　在這段敘述當中，「必齊以靜心」之「齊」通「齋」，相當於「心齋」的工夫修養論。而「忘吾有四枝形體」亦相當於「坐忘」之「離形」；心中「無公朝」，「不敢懷慶賞爵祿」，「不敢懷非譽巧拙」，和「坐忘」之「去知」相應，亦相當於「心齋」之「無聽之以心」。因而，我們可以如此詮釋：梓慶爲鐻之術非在心知的造作，而在靜心觀照自然——「以天合天」的心靈境界下，所完成道的體現，因此「爲鐻」只是體現道的媒介。亦就是說：在爲鐻之前不讓執著的心知介入氣，並以虛靜心修養，達到「離形去知」的心靈境界，然後才入山林，觀木之天性，以自己體道之歸於天機，「合」於木之天性本然，此即「以天合天」，此「合」與庖丁之「神遇」於牛，旨皆在言說：「技」之超越「技」而近乎道，事實上是解牛、爲鐻之主體「虛而待物」觀照萬物的體現，也是靜觀萬物自然生成的直觀審美。因而「以天合天」之第一「天」字，指涉的即是人之「天」，此中「天」有兩個層次，一爲天賦情性之本「眞」，二爲經「心齋」、「坐忘」、「凝神」……等等修養工夫，而達致主體精神契合「自然」之「天」（通向「道法自然」之「道」），故第一「天」字實則蘊涵——人之「天」的可學與不可學的部分。而莊學〈達生〉梓慶所喻，應是著重在後天可學的部分，乃在主張「心齋」、「坐忘」、「凝神」……等修養工夫，與主體「體道」、「合天」的可能。至於第二「天」字，指涉的即是「自然」之「天」，亦即通向合乎自然之「道」。而所謂「以天合天」，也具有人之「天」主動契合自然之「天」的精神作用。

　　另《莊子・達生》篇中亦曾虛擬顏淵與孔子的對話，引出善游人

〔註41〕同注3，《莊子集釋》前揭書，頁 658～659。關於「心齋」、「坐忘」、「凝神」…等等主體修養方法，詳見顏崑陽《莊子藝術精神析論》（臺北：華正書局，2005 年），頁 223～257。另亦可參見拙著〈論道與藝——以《莊子》心齋「氣」觀念與「氣韻生動」之關聯性爲考察核心〉（鵝湖月刊，第三十六卷第二期，2010 年 8 月），頁 32～43。

之能操舟若神者，乃「忘水」之能：

> 顏淵問仲尼曰：「吾嘗濟乎觴深之淵，津人操舟若神。吾問
> 焉，曰：『操舟可學邪？』曰：『可。善游者數能。若乃夫
> 沒人，則未嘗見舟而便操之也。』吾問焉而不吾告，敢問
> 何謂也？」仲尼曰：「善游者數能，忘水也。若乃夫沒人之
> 未嘗見舟而便操之也，彼視淵若陵，視舟之覆猶其車卻也。
> 覆卻萬方陳乎前而不得入其舍，惡往而不暇！以瓦注者
> 巧，以鉤注者憚，以黃金注者殙。其巧一也，而有所矜，
> 則重外也。凡外重者內拙。」〔註42〕

徐復觀於此一寓言，有如下與「主客合一」相關的詮釋，他認為：「其
巧一也，而有所矜，則重外也」，此「有所矜」之「矜」，恰與「忘」
相反。若能「忘水」，則「因主觀與對象合一，遂與對象相忘，而大
巧以出。」他解釋何以「外重者內拙」？其因在「外重者」之「己（內）
與對象（外）判而為二，並感覺受有對象之壓力，則內將不能運用自
如而不能不拙。其所以內外判而為二，乃因內未能沉浸於外之中，即
自己之精神，未能沉浸於對象之中；於是對象即未能為自己之精神所
涵攝；主客之間，無形中發生一種抗拒。」然後接著說：「沒人」是
喻「己與物冥」的精神，而物為己所涵攝，遂能「物之」並操縱自如
了。〔註43〕若徐氏所論成立，我們依之來理解蘇軾所謂「用筆乃其

〔註42〕同上注，《莊子集釋》前揭書，頁 641～642。
〔註43〕見徐復觀《中國藝術精神》（臺北：臺灣學生書局，1998 年），頁 124。
　　　　徐氏另在詮釋「心的主客合一」時指出：莊子在心齋的地方所呈現
　　　　出的「一」，實即藝術精神的主客兩忘的境界。莊子稱此一境界為「物
　　　　化」，或「物忘」。這是由喪我、忘我而必然呈現出的境界。〈齊物論〉
　　　　「此之謂物化」，〈在宥〉「吐爾聰明，倫與物忘。」所謂物化，是自
　　　　己隨物而化，如莊周夢為胡蝶，即「栩栩然胡蝶也，自喻適志與，
　　　　不知周也。」此時之莊周即化為蝴蝶。這是主客合一的極至。因主
　　　　客合一，不知有我，即不知有物，而遂與物相忘。《莊子》一書，對
　　　　於自我與世界的關係，皆可用物化、物忘的觀念加以貫通。郭象把
　　　　這種主客合一的關係，常用一「冥」字加以形容。（頁88）筆者按：
　　　　依徐氏之分析，「沒人」之能「忘水」，乃「己與物冥」主客合一的
　　　　精神，實則即指涉莊子「心齋」之體道精神。

天」，則「天」所指即並非「天才」，而是「天機之所合」藝術精神之體現，而若依蘇軾論道，此乃可致而不可求，因爲「求」便不能「忘」，不能「忘」則不能「主客合一」。我們若再引證《莊子‧田子方》中所提及「眞畫者」的敘述，便可瞭然蘇軾以「高人」爲詩首引出善游者操船與論畫之關聯，其曰：

> 宋元君將畫圖，眾史皆至，受揖而立；舐筆和墨，在外者半。有一史後至者，儃儃然不趨，受揖不立，因之舍。公使人視之，則解衣般礴臝。君曰：「可矣，是眞畫者也。」〔註44〕

此「眞畫者」即所謂「高人」有道有藝的體現。〔註45〕而我們所援引《莊子》外篇之〈達生〉、〈田子方〉中「善游者」、「眞畫者」，其寓意皆指向體道精神之體現。因此，本文歸結「高人豈學畫，用筆乃其天」，其核心精神在主體修養，而非生知天才不學而專擅繪畫的論調。並也可理出，此「天」之意涵，和「天工」有藝術精神相通之處。

而除了「詩畫本一律，天工與清新」敘及「天工」之外，尚屢見於蘇軾詩、文、賦，如下：

> 瞿塘迤邐盡，巫峽崢嶸起。連峰稍可怪，石色變蒼翠。天工運神巧，漸欲作奇偉。塊軋勢方深，結構意未遂。〔註46〕（〈巫山〉）
>
> 江空野闊落不見，入戶但覺輕絲絲。沾裳細看巧刻鏤，豈有一一天工爲。〔註47〕（〈江上值雪，效歐陽體，限不以鹽玉鶴鷺絮蝶飛舞之類爲比，仍不使皓白潔素等字，次子由韻〉）
>
> 借示繡佛，奇妙之極，當由天工神俊，非特尋常女工之精

〔註44〕同注3，《莊子集釋》前揭書，頁719。

〔註45〕筆者按：關於「眞畫者」，我們沒有看到如疱丁解牛、梓慶削木爲鐻之工夫修養說，卻看到宋元君以「身體語言」判斷孰爲眞畫者之有趣描寫。見同注7，拙著〈論道與藝——以《莊子》心齋「氣」觀念與「氣韻生動」之關聯性爲考察核心〉前揭期刊，頁33～36。

〔註46〕同注39，《蘇文忠公詩編註集成》前揭書，頁1577。

〔註47〕同上注，頁1563。

麗者也。〔註48〕（〈與陳大夫八首〉之八）

乃知神物之自然，蓋與天工而相並。……故我內全其天，

外寓於酒。〔註49〕（〈濁醪有妙理賦〉）

所謂「天工運思巧」、「豈有一一天工爲」，此兩處「天工」意近自然
造化之神妙，和體道精神無涉。而「天工神俊」乃與「尋常女工之精
麗」對照，則在凸顯「天工」爲妙極非比尋常之技藝。至於「神物之
自然，蓋與天工而相並」，則直接點出「天工」指涉「自然」。另又有
與「天工」意近用語者，如〈歐陽少師令賦所蓄石屏〉詩云：

何人遺公石屏風，上有水墨希微蹤。不畫長林與巨植，獨
畫峨嵋山西雪嶺上萬歲不老之孤松。……含風偃蹇得眞
態，刻畫始信天有工。……古來畫師非俗士，摹寫物象略
與詩人同。〔註50〕

詩中「含風偃蹇得眞態，刻畫始信天有工」，巧妙道出石屏天然紋理
有如不老之孤松，乃將萬物造化擬爲畫師，而讚其「天工」技藝之高
妙。若對看「神物之自然，蓋與天工而相並」，可見「刻畫始信天有
工」，指的即是自然造化之「巧奪天工」，呈顯出孤松合於萬物自然之
「常理」，故能得松自然之「眞態」。因此，「天工」實則隱涵著「眞」
此一藝術精神的特質，而「眞」乃「道與藝術之共同基性」〔註51〕，
故「天工」實即亦指涉萬物生成之「道」，當然亦和蘇軾所提「天機
之所合」相應。此一由「天工」而致之「眞」，落實到「藝」的創作，
也就與顧愷之「傳神」、謝赫「氣韻生動」有所關聯。〔註52〕前人俞
弁、葛立方論「形似」問題時，即已點出其中以「韻」、「氣韻」觀詩、
畫之精神〔註53〕，而此一精神蘇軾著眼的是「眞」，於詩於畫皆然，

〔註48〕同注1，《蘇軾文集》前揭書，頁1699。

〔註49〕同上注，頁21～22。

〔註50〕同注39，《蘇文忠公詩編註集成》前揭書，頁1800～1801。

〔註51〕詳論見顏崑陽《莊子藝術精神析論》（臺北：華正書局，2005年），
頁92～113。

〔註52〕同注43，《中國藝術精神》前揭書，頁199～203。

〔註53〕見本文注12、13之俞弁、葛立方所論引文。

因而「詩畫本一律」的共通藝術精神，「眞」可謂即是其中根柢。

除了「眞」，「清」則是蘇軾明白道出之詩、畫共同審美標準。他說：「古來畫師非俗士，摹寫物象略與詩人同」，並又於〈跋蒲傳正燕公山水〉，中說：

> 畫以人物爲神，花、竹、禽、魚爲妙，宮室、器用爲巧，山水爲勝，而山水以清雄奇富變態無窮爲難。燕公之筆，渾然天成，粲然日新，已離畫工之度數而得詩人之清麗也。〔註54〕

且於〈鳳翔八觀・王維吳道子畫〉中說：

> 摩詰本詩老，佩芷襲芳孫。今觀此壁畫，亦若其詩清且敦。…吳生雖畫妙，猶以畫工論。摩詰得之於象外，有如仙翮謝籠樊。〔註55〕

我們於上引詩文，得到幾條詮釋蘇軾「天工與清新」的線索，如下：

一、「清」是詩作體貌之風格，是畫師「離畫工之度數」的一種呈現，亦可見「清」是蘇軾品評詩、畫共通之審美觀。

二、「渾然天成」、「粲然日新」、「詩人之清麗」之相聯繫，當不離「天工與清新」之藝術精神，可見「天工」與「清」、「新」互涉。

三、「清」之詩、畫體貌風格，或與詩、畫創作「摹寫物象」能「得象外之意」，就蘇軾之評論，兩者可能有相關之處。

關於蘇軾文本有關「清」與「新」狀其詩者，戴麗珠於《蘇東坡詩畫合一之研究》中，述及東坡詩畫理論時多有檢索〔註56〕，另黃鳴

〔註54〕同注1，《蘇軾文集》前揭書，頁2212。

〔註55〕見王文誥輯註、孔凡禮點校《蘇軾詩集》（台北：莊嚴出版社，1990年），頁109。筆者按：王維、吳道子之優劣非本節重點，故暫略不論。詳論互見「分論」之「得之於象外」。

〔註56〕同注27，戴麗珠前揭書，頁108～112。氏者於頁109指出：翻檢東坡詩，見其以「新」字狀其詩者，在表明詩人「融會自然物象於神思，再現之」之創作表現：如《次韻和劉貢文登黃樓》言：「吟哦出新意」。又《次韻參寥師》云：「新詩咳唾成。」與《孔毅文以詩戒飲酒》言：「且將墨竹換新詩」，及《和周正孺》曰：「書空漸覺新詩

奮於《論蘇軾的文藝心理觀》中，論及蘇軾詩畫理論時，溯及六朝曹丕《典論·論文》之「清濁有體」，到陸機〈文賦〉所謂「清壯」，而後於劉勰《文心雕龍》「清典」、「清要」、「清暢」之品評用語，以至於鍾嶸《詩品》「清潤」、「清拔」、「清雅」之論詩評語，以呈現出蘇軾以「清」品評詩畫之淵源。〔註57〕此外，亦有指出「清」近乎宋人所欣賞的「平淡」、「淡泊」者〔註58〕……，凡此種種皆可見研究蘇軾「詩畫本一律」等議題，自「清」之意涵探究其精神，乃一共識。

　　而「清新」用於評詩，耳熟能詳的是杜詩〈春日憶李白〉，詩云：「清新庾開府，俊逸鮑參軍。」〔註59〕蘇軾亦有以之論詞者，如〈跋黔安居士漁父詞〉曰：「魯直作此詞，清新婉麗。問其得意處。自言以水光山色，替卻玉肌花貌。此乃眞得漁父家風也。」〔註60〕值得我們注意的是：蘇軾於此將「清新」與「眞」合論；另亦有以「清新」論畫，即〈書晁補之所藏與可畫竹三首〉其一詩云：

　　　　與可畫竹時，見竹不見人。豈獨不見人，嗒然遺其身。其

　　　　身與竹化，無窮出清新。莊周世無有，誰知此疑神。〔註61〕

這首詩提供較完整的論述，讓我們可以較深刻地探索蘇軾所謂「清新」之藝術精神。「嗒然遺其身」一語出自《莊子·齊物論》南郭子

　　　健。」並《登州海市》詩云：「新詩綺語亦安用。」再《喜劉景文至》
　　　曰：「別後新詩巧模寫。」皆是此意，說明「物我融合」後之「創新」
　　　表現。又於頁110指出：至於以「清」狀其詩，表明詩人胸臆之「清」
　　　者：如《遊寶雲寺》云：「清詩不敢私囊篋，人道黃門有文風。」《和
　　　晁同年九日見寄》云：「吳中山水要清詩。」《次韻張琬》云：「尚有
　　　清詩氣吐虹。」以及《次韻錢穆文》云：「清詩已入新歌舞。」與《昨
　　　見韓丞相》云：「清詩洗江湍」……。
〔註57〕見黃鳴奮《論蘇軾的文藝心理觀》（福建：海峽文藝出版社，1987年），
　　　頁214。
〔註58〕同注28，衣若芬《蘇軾題畫文學研究》前揭書，頁277。
〔註59〕見仇兆鰲注《蘇詩詳注》（台北：里仁書局，1980年），頁52。
〔註60〕同注1，《蘇軾文集》前揭書，頁2157。蘇軾所謂「黔安居士漁父詞」，
　　　即是指黃庭堅詠漁父的《浣溪沙》：「新婦灘頭眉黛愁，女兒浦口眼
　　　波秋。鷺魚錯認月沈鈎。　　青箬笠前無限事，綠簑衣底一時休。
　　　斜風吹雨轉船頭。」
〔註61〕同注55，《蘇軾詩集》前揭書，頁1522。

綦「吾喪我」之體道體現──「隱机而坐,仰天而噓,苔焉似喪其耦。」〔註62〕成玄英疏解此曰:「身與神爲匹,物與我爲耦也。子綦憑几坐忘,凝神遐想,仰天而嘆,妙悟自然,離形去智,苔焉墜體,身心俱遣,物我兼忘,故若喪其匹耦也。」〔註63〕由於成玄英即唐時僧人西華法師,所謂「妙悟自然,離形去智」,本即有以「禪悟」詮釋莊學的傾向,而陳中浙也於《蘇軾書畫藝術與佛教》指出:「身與竹化」可視爲是蘇軾禪定「思專致一」的主體精神之評論。〔註64〕因而,若我們於此扣合蘇軾會通莊禪之「道一」觀念,應可見其所指文與可之「無窮出清新」,乃體悟自然「常理」之物我兩忘,體現「直觀」藝術精神之作品境界。所謂「無窮」是主體「體道」之身心境界,而「清新」即出自此一身心境界而體現於作品之境界。是故,「道」與「藝」於此可視爲是一以體顯用兩者相即的關係,也就是:「藝」乃主體「道」之入神致用的體現。至於「莊周世無有,誰知此疑神」之「疑神」,即是化用《莊子·達生》:「用志不分,乃凝於神」〔註65〕,可見「清新」之主體藝術精神「無窮」之處,相應於〈送錢塘僧思聰歸孤山敘〉中所曰:「雖然,古之學道,無自虛空入者。輪扁斲輪,傴僂承蜩,苟可以發其巧智,物無陋者。聰若得道,琴與書皆與有力,詩其尤也。」故而蘇軾「以一含萬」之藝術精神的體現,「天工與清新」當亦是其觀照創作主體「得道深淺」的依止。因此,本文認爲:「天工與清新」不僅只是「詩畫本一律」之品評鑑賞內涵而已,其指涉蘇軾有關於詩、畫創作之主體修養論,以及「道」「藝」體用相即之觀念。

　　另外,與「古來畫師非俗士,摹寫物象略與詩人同」相近義者,尚有〈次韻吳傳正枯木歌〉詩云:

〔註62〕同注3,《莊子集釋》前揭書,頁43〜45。

〔註63〕同上注,頁43。

〔註64〕同注30,前揭書,頁238〜244。

〔註65〕同注5,《莊子·達生》引文出處。

> 天公水墨自奇絕，瘦竹枯松寫殘月。……生成變壞一彈指，
> 乃知造物初無物。古來畫師非俗士，妙想實與詩同出。……
> 東南山水相招呼，萬象入我摩尼珠。〔註66〕

王文誥註「生成變壞一彈指」曰：「楞嚴經言我觀世間六塵變壞，惟
以空寂修於滅盡身心，乃能度百千劫猶如彈指。」〔註67〕又註「萬象
入我摩尼珠」曰：「圓覺經譬如清淨摩尼寶珠，映於五色隨方各見。」
〔註68〕所謂「六塵」即色、聲、香、味、觸、法，按王文誥所註，蘇
軾此詩化用佛學，以說明畫師與詩人之「妙想」乃非比尋常。而「觀
世間六塵變壞，惟以空寂修於滅盡身心」，和「乃知造物初無物」有
何關聯呢？禪師四祖道信（西元 580-651）於〈入道安心要方便門〉
中有一段話可為之解，曰：

> 又常觀自身，空淨，如影，可見不可得，智從影中生，畢
> 竟無處所，不動而應物，變化無有窮。空中生六根，六根
> 亦空寂。所對六塵境，了知是夢幻。如眼見物時，眼中無
> 有物。如鏡照面像，了了極分明。空中現形影，鏡中無一
> 物。……如此觀察知，是為觀空寂。〔註69〕

此處即指出「觀空寂」，便能照見「六根」緣「六塵」之萬物實相，
以妙心「不動而應物，變化無有窮」，此「無有窮」即「萬象入我摩
尼珠」的「萬象」，又為「聰能如水鏡以一含萬」的「萬」，亦即「一
月普現一切水，一切水月一月攝」〔註70〕，更是「彈指圓成八萬門，
剎那滅卻三祇劫」〔註71〕之「空性」本質。而蘇軾讚歟文與可畫竹「無

〔註66〕同注 39，王文誥《蘇文忠公詩編註集成》，頁 3265～3266。
〔註67〕同上注，頁 3266。
〔註68〕同上注，頁 3266。
〔註69〕見聖嚴法師編著《禪門修證指要》（台北：法鼓文化，1997 年），頁
　　　　17。筆者按：佛學以「六根」（眼、耳、鼻、舌、身、意）緣「六塵」
　　　　（色、聲、香、味、觸、法）而產生的視覺、聽覺及其他覺受交互
　　　　聯結之身心感知反應等等現象，來說明身心的覺知系統乃是互相關
　　　　聯交織而成的。而「觀空寂」，即是透過禪修觀照自我身心「六根」
　　　　緣「六塵」之無常，進而修證「五蘊皆空」，以體照空性。
〔註70〕語出永嘉玄覺（西元 665～713）〈證道歌〉，收於同上注前揭書，頁 53。
〔註71〕同上注，頁 53。

窮出清新」之語，若以莊禪會通「道一」觀念詮釋，「清新」亦可能出於「空無」道境之變化無窮。〔註72〕因而蘇軾所稱「妙想實與詩同出」，不僅是詩畫之創作者的「遷想妙得」〔註73〕，也涉及創作主體對宇宙萬物生成及變化的認識，亦即「道」的體認。本文於此要指出的是：「清新」出自「無窮」，而「無窮」所指涉之體道精神，即作品出以「清新」之創作主體藝術精神之所在。

　　透過上述探討，本文以蘇軾「天工與清新」之藝術精神，乃指向莊禪會通之「道一」觀念，爲主體「體道」精神之涵養，體現於詩、畫作品的境界，是蘇軾「道」與「藝」之以體顯用的藝術理想，並以之作爲「詩畫本一律」的共通藝術精神。而「詩畫本一律，天工與清新」，是蘇軾概括「詩畫通論」之關鍵語，實則可以外延其意涵，擴而見其「意造本無法」、「得之於象外」、「天機之所合」等相關詩畫理論，此待下篇分論再各別探討之。

〔註72〕文與可有〈無言亭〉詩曰：「誰此設嬭床，頗稱我衰惰。公事凡少休，須來默然坐。」蘇轍於〈和文與可洋州園亭三十詠・無言亭〉和其詩曰：「處世欲無言，事至或未可。唯有此亭空，燕坐聊從我。」而蘇軾又和〈無言亭〉詩曰：「殷勤稽首維摩詰，敢問如何是法門。彈指未終千偈了，向人還道本無言。」由此，或見二蘇與文與可三人之間，除了談藝之外，尚也論及主體涵養之「空無」不二法門。另南宋釋志磐撰《佛祖統紀卷》第四十五卷曰：「八月館職文同（字與可）沐浴，冠帶正坐而化。」可見文與可亦禪坐實修。

〔註73〕語出晉人顧愷之〈魏晉勝流畫贊〉，收於俞崑編《中國畫論類編》（台北：華正書局，2003 年），頁 347。

第 參 篇

分 論

蘇軾詩畫通論之藝術精神剖析

- 意造本無法
- 得之於象外
- 天機之所合

第一章　意造本無法
——「隨物賦形」之詩畫創作通論

　　如果詩、畫藝術可以作爲體現「道」之媒介，那麼「藝」作爲「道」之用而呈顯其本體有無創作法則呢？本章就蘇軾所提出「意造本無法」，以及「隨物賦形」……等創作論爲論證核心，立基於上篇蘇軾「道」論與詩畫通論之關聯的探究，進而析論蘇軾詩、畫創作理論的相通之處。所引「意造本無法」乃出於書論，而「隨物賦形」則出於文論、畫論，然其中藝術精神卻旁通互涉。至於詩論，蘇軾主張詩歌創作能出於詩人體性之「眞」爲佳，與「隨物賦形」一說合乎老莊「自然」相應，故納入同一脈絡探討。而由蘇軾此一詩、文、書、畫之創作藝術法則，皆契入佛老莊禪之會通於「道一」，更足以證成「以一含萬」藝術精神，於蘇軾「詩畫通論」乃其核心精神。

第一節　「無有定法」契入「無法」創作論之衍義發展

　　蘇軾在〈石蒼舒醉墨堂〉中詩云：

　　我書意造本無法，點畫信手煩推手。〔註1〕

―――――――――――――――――

〔註 1〕見王文誥編《蘇文忠詩編註集成》（台北：臺灣學生書局，1987 年），卷六，頁 1760。

宋人樓鑰於〈跋施武子所藏諸帖〉中評價此語：「豪逸邁往如此者不多見。」〔註2〕我們究其來處，可溯源蘇軾「道」論之會通諸學，故能成其「豪逸邁往」。《周易‧繫辭下》曰：

> 《易》之爲書也不可遠，爲道也屢遷。變動不居，周流六虛。上下無常，剛柔相易，不可爲典要，唯變所適。〔註3〕

而據元人保巴在《周易原旨》中，其詮釋這段話說：

> 《易》之爲《易》也，不過以剛柔相易爲義。道在邇而求諸遠，不可也。《易》者，變也。變者，遷也。遷者，不居其所，或上或下，无常處也。周流于六虛之間，剛易爲柔，柔易爲剛，不可以爲典常而不知改，不可以爲要約而不知解，惟變所適耳。〔註4〕

由此，我們可以簡約地地指出：《易》經所言之「道」，並無一固定不變的樣態，是「變動不居，周流六虛」，是「上下無常」、「唯變所適」。因而，更可以看出蘇軾水喻「道體」，以及由「盡水之變」的美學思維〔註5〕，進而發展出「隨物賦形」的文藝創作觀點，其藝術精神與〈繫辭〉所謂「爲道也屢遷」是相當貼合互應，此重點待後文詳論。此外，另一值得關注的焦點爲：蘇軾「意造本無法」的「無法」，和其在〈書吳道子畫後〉所曰：「出新意於法度之中」〔註6〕的論點，兩者是否爲矛盾衝突的觀點，或者是對立辯證統一的關係，此則有待吾人透過分析「意造本無法」的創作藝術精神根源所在，方能進一步釐清。

一、「無有定法」之法源

　　就前引〈繫辭下〉所意指：無有特定可以言說的「道」，能放諸

〔註2〕見樓鑰《攻媿集》，卷七十一。收於四川大學中文系唐宋文學研究室編《蘇軾資料彙編》（北京：中華書局，1994年），上編二，頁653。

〔註3〕見王弼著、樓宇烈校釋《王弼集校釋》（北京：中華書局，1980年），下冊，頁569。

〔註4〕見保巴撰、陳少彤點校《周易原旨》（北京：中華書局，2009年），卷八，頁253～254。

〔註5〕詳見第二篇「本論」第二章第三節〈盡水之「變」與「有道有藝」〉。

〔註6〕見孔凡禮點校《蘇軾文集》（北京：中華書局，2004年），頁2210。

四海皆準而成爲典要。故保巴解釋其說：「不可以爲典常而不知改，不可以爲要約而不知解」，即指明萬物之「道」在觀察到其「上下無常」的「變」，因而不宜拘執於某項典常、要約。蘇軾「道」論之所以透過「觀水之變」，而發展出以「盡水之變」爲核心思維的藝術創作論，與此哲理自然有其思想上的淵源。其中「無法」的創作思維，當亦與之相互關聯。

而根據《金剛經》，其中頗多如來與須菩提論及「無有定法」的對話，引錄如下：

> 「如來得阿耨多羅三藐三菩提耶？如來有所說法耶？」須菩提言：「如我解佛所說義，無有定法，名阿耨多羅三藐三菩提，亦無有定法如來可說。」何以故，如來所說法，皆不可取，不可說，非法，非非法。〔註7〕（〈無得無說分〉第七）
>
> 須菩提，如來所得法，此法無實無虛。須菩提，若菩薩心住於法而行布施，如人入闇，即無所見。若菩薩心不住法而行布施，如人有目，日光明照，見種種色。〔註8〕（〈離相寂滅分〉第十四）
>
> 須菩提，實無有法，名爲菩薩。是故佛說一切法，無我、無人、無眾生、無壽者。……若菩薩通達無我法者，如來說名眞是菩薩。〔註9〕（〈究竟無我分〉第十七）
>
> 須菩提，說法者，無法可說，是名說法。〔註10〕（〈非說所說分〉第二十一）

〔註 7〕《金剛經》爲佛經流通極爲廣泛者，本文引據清光緒甲午年重鐫善本，見孫念劬著《金剛經彙纂》卷上，頁22～23。關於「無有定法」，《彙纂》中錄有「疏云」：「無有定法，即是性空。……無相故不有，假名故不無。不有不無，何實可得，何定可說。」（頁24）

〔註 8〕同上注，卷上，頁52～53。關於「無實無虛」，《彙纂》中錄有「盛云」：「法乃爲無爲眞如之法，法體空寂，無相可得，故云無實；非相即相，有眞空體，故云無虛。不得言中執有，不得離言執無，即無住也」。（頁52～53）

〔註 9〕同上注，卷下，頁8～9。

〔註10〕同上注，卷下，頁18。《彙纂》中錄有「經貫云」：「說法者，因眾生之眞性而爲言，眞性之外，非有法可說。若眾生既悟，連此法亦併無用。是佛之說法，乃無法之法，無說之說也。」

總上所引，有一共通要點，如來所說法，其本質是「無有定法」；如來所得法，其樣態是「無實無虛」。因此，佛所說一切法，皆無「住」於我相、人相、眾生相、壽者相。故「通達無我法者」，也就是不「住」於有一「我法者」，才能稱之為悟道的菩薩。因為不「住」於有一「我法者」，也不住於有一「定法」，故說「說法者，無法可說，是名說法。」而《金剛經》每述及「法」時，則時與其「應無所住而生其心」〔註11〕之核心精神相應，其著重的要點在「心不住法」，而不在於建構一「法」而足供依循。因為若「有一法」足供依循，心便會落入「住」的狀態，一落入「住於法而行布施」，便「如人入闇，即無所見」。因此，佛陀所謂「非法，非非法」，並非一種詭辯，而是將人容易「住」於「法」與「非法」之二分的心識抽離出來，進而證成通達無我的精神境界，此方才為其「說法」的究竟義。其目的不在「法」的形式存在，而在「法」之精神──「應無所住而生其心」的心要之傳授。

　　《景德傳燈錄》中〈黃檗希運禪心法要〉，對《金剛經》「心不住法」也有一些精闢詮解，如：

> ……知一切法，本無所有，亦無所得，無住無依，無能無所，不動妄念，便證菩提。……此靈覺性，無始以來，與空虛同壽。未曾生，未曾滅，……無方所，無內外，無數量，無形相，無色像，無音聲，不可覓，不可求，不可以智識解，不可以言語取，不可以景物會，不可以功用到。……故祖師云：佛說一切法，為除一切心。我無一切心，何用一切法。……譬如虛空，雖以無量珍寶莊嚴，終不能住；佛性同虛空，雖以無量智慧功德莊嚴，終不能住。〔註12〕

〔註11〕同上注，卷上，頁1，《金剛經彙纂》經首眉批曰：「此經以無相為宗，無住為體，妙有為用。」因此「無有定法」即旨在心不住於一法，所以蘇軾曾說「以無所得故而得」，其源由亦因於此。

〔註12〕見釋道原編《景德傳燈錄》（台北：彙文堂出版社，1987年），卷九，頁165～166。另蔡榮婷指出：「《景德傳燈錄》是十一世紀以前的禪宗史傳的集大成者，它匯集史傳、燈錄、圖譜，形成禪宗傳法系統最清晰完整的譜錄體史書。」有其禪宗啟悟文學之典範性。見氏著〈禪宗啟悟文學的典範與創意－以《景德傳燈錄》為觀察核心〉，收

而蘇軾也曾以眼之「翳」與「明」，譬喻「凡心盡處」不屬有無。元豐六年（1083 年），他作〈論修養帖寄子由〉與其弟曰：

> 任性逍遙，隨緣放曠，但盡凡心，別無勝解。以我觀之，凡心盡處，勝解卓然。但此勝解，不屬有無，不通言語，故祖師教人，到此便住。如眼翳盡，眼自有明，醫師只有除翳藥，何曾有求明藥，明若可求，即還是翳。固不可於翳中求明，即不可言翳外無明。〔註13〕

又在〈勝相院經藏記〉中說：

> 復有求寶者，自言已得寶，見寶不見山，亦未得寶故。譬如夢中人，未嘗知是夢，既知是夢已，所夢即變滅。見我不見夢，因以我為覺，不知真覺者，覺夢兩無有。〔註14〕

且在〈虔州崇慶禪院新經藏記〉一文中明白指出：

> 如來得阿耨多羅三藐三菩提，曰「以無所得故而得」。舍利弗得阿羅漢道，亦曰「以無所得故而得」。如來與舍利弗若是同乎？曰：何獨舍利弗，至于百工賤技，承蜩意鉤，履狶畫墁，未有不同者也。夫道之大小，雖至於大菩薩，其視如來，猶若天淵然，及其以無所得故而得，則承蜩意鉤，履狶畫墁，未有不與如來同者也。以吾之所知，推至其所不知，嬰兒生而導之言，稍長而教之書，口必至於忘聲而後能言，手必至於忘筆而後能書，此吾之所知也。口不能忘聲，則語言難於屬文，手不能忘筆，則字畫難於刻彫。及其相忘之至也，則形容心術，酬酢萬物之變，忽然而不自知也。自不能者而觀之，其神智妙達，不既超然與如來同乎！故《金剛經》曰：一切賢聖，皆以無為法，而有差別。以是為技，則技疑神，以是為道，則道疑聖。古之人與人皆學，而獨至於是，其必有道矣。〔註15〕

於張高評主編《典範與創意學術研討會論文集》（台北：里仁書局，2007 年 12 月），頁 133～148。

〔註13〕見蘇軾《東坡志林》（台北：商務印書館，1939 年），頁 7。

〔註14〕同注 6，《蘇軾文集》前揭書，頁 389。

〔註15〕同上注，頁 390。另亦可參見蘇文：〈金剛經跋尾〉（頁 2087）；〈金剛經報〉（頁 2320）。

從上述所引，我們可以見出蘇軾思想於禪宗，以及《金剛經》的領會及應用。其曰：「明若可求，即還是翳」，是以「眼明」譬喻「明心見性」，此性即「靈覺性」。而〈論修養帖寄子由〉一文，即以「不可於翳中求明」說明「此靈覺性」不可求、不可以智識解、不可以功用到，其究竟乃「如眼翳盡，眼自有明。」而〈勝相院經藏記〉則又以入山求寶為喻，譬說求寶如一夢境，實則無寶可求，亦無寶可得。此與《金剛經》偈云：「一切有為法，如夢幻泡影，如露亦如電，應作如是觀」精神相應，闡述的為其所謂「覺夢兩無有」，即無「住」於有無、翳明、覺夢的二元對立概念之中，是其中的心要。又我們從〈虔州崇慶禪院新經藏記〉一文中，可以明白地見出：蘇軾將其自《金剛經》所領會「以無所得故而得」之「無法之法」，透過「道」、「技」不二的推論，自然而然地運用至「技」之所以能出神入化，其中有「道」的論述過程。並可由「應無所住而生其心」（《金剛經》）及「佛說一切法，為除一切心。我無一切心，何用一切法」（〈黃蘗希運禪心法要〉），見出蘇軾詮釋《易傳》之「無心而一」、「一不可執」，與禪宗心要之相關聯。

　　而進一步探究〈虔州崇慶禪院新經藏記〉一文，蘇軾化用莊學「以技進道」的思想，融合禪宗「以無所得故而得」的「無住」思想，來說明「以是為技，則技疑神」的核心精神。其謂：「如來與舍利弗若是同乎？曰：何獨舍利弗，至于百工賤技，承蜩意鉤，履狶畫墁，未有不同者也。夫道之大小，雖至於大菩薩，其視如來，猶若天淵然，及其以無所得故而得，則承蜩意鉤，履狶畫墁，未有不與如來同者也。」此論可視為是由「以技進道」向「道」「技」不二的發展，提供了其將「無法」運用於詩、文、書、畫創作之理論通則的思想基礎。另外，蘇軾於此又將莊學〈外物〉所云：

> 荃者所以在魚，得魚而忘荃；蹄者所以在兔，得兔而忘蹄；
> 言者所以在意，得意而忘言。〔註16〕

〔註16〕見郭慶藩輯：王孝魚點校《莊子集釋》（台北：頂淵文化，2005 年），
　　　　頁 944。

與禪宗「以無所得故而得」合論，稱「以吾之所知，推至其所不知，……及其相忘之至也，則形容心術，酌酢萬物之變，忽然而不自知也。自不能者而觀之，其神智妙達，不既超然與如來同乎！」可見蘇軾融通諸學之「道一」觀念的本質，使其「以是爲技，則技疑神，以是爲道，則道疑聖」（〈虔州崇慶禪院新經藏記〉）的「道」論底蘊，在「無法」的法源探溯，既契入禪宗「無有定法」、「無住」、「以無所得故」……等法性精神，亦會通莊學「以技進道」、「得意忘言」之體道精神。

　　從根源宏觀的角度而言，「意造本無法」之所以可視爲是蘇軾詩、文、書、畫創作通論之藝術精神所在，自然不離其得自《易》、《莊子》的啓發，而更主要的則來自禪宗活參妙悟之契合。黃庭堅曾讚嘆蘇軾書藝創作曰：

> 東坡居士，遊戲於管城子、楮先生之間，……夫惟天才逸羣，心法無軌，筆與心機，釋冰爲水。立之南榮，視其胸中，無有畛畦，八窗玲瓏者也。吾聞斯人，深入理窟，櫝研囊箏，枯禪縛律，恐此物輩，不可復得。公其緹衣十襲，拂除蛛塵，明窗棐几，如見其人。〔註17〕（〈東坡居士墨戲賦〉）

又評其書藝曰：

> 東坡道人少時學《蘭亭》，故其書姿媚似徐季海。至酒酣放浪，意忘工拙，字特瘦勁，迺似柳誠懸。中歲喜學顏魯公、楊風子書，其合處不減李北海。至於筆圓而韻勝，挾以文章妙天下，忠義貫日月之氣，本朝善書，自當推爲第一。〔註18〕（〈跋東坡墨迹〉）

由黃氏所稱「心法無軌」、「深入理窟」、「意忘工拙」……等評語，我們約略可以蠡見蘇軾在實踐與立論之間一致的線索，此亦值得另立一題深究，本文暫略不論。

〔註17〕見黃庭堅《豫章黃先生文集》卷一，收於同注2，《蘇軾資料彙編》，頁91。

〔註18〕同上注，《彙編》，頁101。

二、「意造本無法」之衍義

在北宋詩、文、書、畫創作皆尚「意」的審美意識中，基於蘇軾「以一含萬」的藝術精神導源於其「道一」觀念，所謂「意造本無法」雖爲書論，但和蘇軾「詩畫通論」之藝術精神亦通而爲「一」，故納入「法」與「無法」之辯證論例文本，當相應於「詩畫通論」之核心精神。蘇軾在〈和子由論書〉詩云：

> 吾雖不善書，曉書莫如我。苟能通其意，常謂不學可。〔註19〕

於〈記歐公論把筆〉中說：

> 把筆無定法，要使虛而寬。〔註20〕

又於〈跋王荊公書〉中說：

> 荊公書得無法之法，然不可學，學之則無法。〔註21〕

蘇軾自稱「不善書」卻又「曉書」；而把筆既無定法，「學」也未必是得以「善書」之絕對途徑，那麼蘇軾論書究竟依循何者？他在〈評草書〉中說：

> 書初無意於佳，乃佳爾。……吾書雖不甚佳，然自出新意，不踐古人，是一快也。〔註22〕

在〈跋君謨飛白〉中又說：

> 物一理也，通其意，則無適而不可。……世之書篆不兼隸，行不及草，殆未能通其意者也。如君謨眞、行、草、隸，無不如意，其遺力餘意，變爲飛白，可愛而不可學，非通其意，能如是乎？〔註23〕

我們觀察以上所述，「意造本無法」可視爲是蘇軾論書之總概念，其涵括蘇軾藝術創造以「意」爲先，且「通其意，則無適而不可」，故

〔註19〕見《蘇東坡全集・正集》卷一。收入李福順編著《蘇軾與書畫文獻集》（北京：榮寶齋出版社，2008年），頁28。
〔註20〕同注6，《蘇軾文集》前揭書，頁2234。
〔註21〕同上注，頁2179。
〔註22〕同上注，頁2183。蘇軾論書之創作主張「無法」，然品評書藝則主張「書必有神、氣、骨、肉、血，五者闕一，不爲成書也。」（〈論書〉），仍見頁2183。
〔註23〕同上注，頁2181。

而此中「無法」可循的核心精神。而此一藝術精神，實涉及創作主體
觀照萬物而得之妙悟，非語言可以形容，無一「定法」可以把握，他
舉例說：

> 余學草書凡十年，終未得古人用筆相傳之法。後因見道上
> 鬪蛇，遂得其妙，乃知顛、素之各有所悟，然後至於如此
> 耳。留意於物，往往成趣。昔人有好草書，夜夢則見蛟蛇
> 糾結。數年，或晝日見之，草書則工矣，……與可之所見，
> 豈眞蛇耶，抑草書之精也？〔註24〕（〈跋文與可論草書後〉）
> 世人見古有見桃花悟道者，爭頌桃花，便將桃花作飯喫。
> 喫此飯五十年，轉沒交涉。正如張長史見擔夫與公主爭路，
> 而得草書之法。欲學長史書，日就擔夫求之，豈可得哉？
>
> 〔註25〕（〈書張長史書法〉）

「留意於物，往往成趣」，顯然是東坡領悟書法的一個門徑。因見「道
上鬪蛇」、「擔夫與公主爭路」而能得法，此法得自觀察週遭事物，亦
即「留意於物」，所得亦不能口耳相傳的，因而合乎「無法」；是創作
主體之心領神會，在千迴百轉苦思不得其解之後，偶然峰迴路轉豁然
開朗，得一妙悟，近似「以無所得故而得」。蘇軾曾在〈與謝民師推
官書〉中說：

> 求物之妙，如繫風捕影，能使是物了然於心者，蓋千萬人
> 而不一遇也。而況能使了然於口與手者乎？〔註26〕

也曾在〈上曾丞相書〉中說：

> ……凡學之難者，難於無私。無私之難者，難於通萬物之
> 理。故不通乎萬物之理，雖欲無私，不可得也。己好則好
> 之，己惡則惡之，以是自信則惑也。是故幽居默處而觀萬
> 物之變，盡其自然之理，而斷之於中。〔註27〕

「求物之妙，如繫風捕影」足見不易，而「能使是物了然於心者，蓋

〔註24〕同上注，頁2191。
〔註25〕同上注，頁2200。
〔註26〕同上注，頁1418，亦題作〈答謝民師書〉。
〔註27〕同上注，頁323。

千萬人而不一遇也」，則屬麟角鳳毛。「了然於心」是悟，而「了然於口與手者」是透過口與手爲媒介，傳達其「了然於心」之悟，更屬難能可貴。因而所謂「無法」，並非戲謔之論，而有其深刻之義理思想在其中，也就是蘇軾所說的：「幽居默處而觀萬物之變，盡其自然之理，而斷之於中。」此當然要回扣其言「通萬物之理」，並且與之所稱「物一理也，通其意，則無適而不可」相應。此處，我們理出「通其意」之詮釋蘇軾「無法」說的要處，而「通其意」及「意造」、「寫意」之間，或許存在著蘇軾道藝關係中體用之內在聯繫，頗值得吾人深思玩味。而「尚意」乃爲宋人詩、文、書、畫所共同標舉，以異於唐人之創作意識〔註28〕，而「意造本無法」的提出，亦可視爲是：禪宗妙悟說契入宋人文藝創作理論的創變。

　　透過前述探究「無法」之法源，我們得知蘇軾在「道一」觀念的底蘊下，會通《易》理「變」之辯證、《金剛經》「無有定法」、「無住」之契入，以及化用莊學「以技進道」、「得意忘言」……等等體道精神，開展其「物一理也，通其意，則無適而不可」的藝術創作通論。所謂「書初無意於佳，乃佳爾」，在其文論也有類似的論調，如：「夫昔之爲文者，非能爲之爲工，乃不能不爲之爲工也。……自少聞家君之論文，以爲古之聖人有所不能自已而作者。故軾與弟轍爲文至多，而未嘗敢有作文之意。」〔註29〕（〈南行前集敘〉）這裏，我們有必要釐清蘇軾所稱「書初無意於佳」，及「未嘗敢有作文之意」，其「意」之內

〔註28〕東坡論詩，不僅「尚意」更特別重視言外之意，宋・魏慶之《詩人玉屑・古詩之意》引東坡云：「說詩者，不可言語求而得，必將觀其意焉。」而清・沈德潛最稱賞東坡這種見解，《說詩晬語・諷刺貴婉》載：「諷刺之詞，直話易盡，婉道無窮。……蘇子所謂不可以言語求而得，而必深觀其意者也，詩人往往如此。」而詮釋蘇詞又以「意內言外」者，詳論見劉昭明《蘇軾意內言外詞隅測》（東吳大學中國文學研究所博士論文，1994 年 5 月），頁 1～16。筆者按：蘇軾詩、詞、文、書、畫創作品評皆言「意」，頗合其所稱「通其意，則無適而不可」的論點。

〔註29〕同注6，《蘇軾文集》前揭書，頁 323。

涵，實與「意造本無法」、「自出新意」、「通其意」……等，所指涉之「意」的內涵，有其關鍵性的差異；又基於「無法」、「無法之法」的概念，或有其承緒六朝文論及唐朝書論之處，下列從歷史傳承的視角，再分別略作分析「意造本無法」提出的意義：

（一）「意造」於「寫意」歷史發展之價值

「寫意」一詞於宋人而言，涉及創作論及鑑賞論，而「意」則指涉創作主體之意蘊涵養、世界觀（宇宙觀）……等內容，於論及宋詩、書、畫者而言，是當時頗為通行的語詞。〔註30〕而「意」的提出，與成為文藝創作論之主要藝術精神，有其一段發展的歷程。〔註31〕由晉代書法家衛夫人在《筆陣圖》，論及「意」與「筆」的關係時說：

> 若執筆近而不能緊者，心手不齊，意後筆前者敗；若執筆遠而急，意前筆後者勝。〔註32〕

〔註30〕謝佩芬指出：若以時間而論，書、畫中的「寫意」用語是較晚出的，宋詩中的「寫意」文詞反而早已為時人所知……「寫意」一詞在《全唐詩》中總計只出現三次，分別是李白「開心寫意君所知」、「寫意寄盧岳」、權德輿「能盡含寫意」，時間都在盛、中唐；《全宋詩》則出現較為頻繁，如釋重顯「寫意不及意」、梅堯臣「作詩寫意酬雙軸」、「寫意緘辭無雁將」、「寫我意之微分」、曾鞏「以文寫意意乃宣」、劉摯「短篇講好聊寫意」等等，都是明例。由此可以看出，宋代詩人確實較唐人常用「寫意」一語。詳見氏著《北宋詩學中「寫意」課題研究》（臺灣大學中國文學研究所博士論文，1997 年 6 月），頁 5～11。

〔註31〕「意」之義涵指涉深廣博多，薛富興在《東方神韻——意境論》中指出：「『意』首先是一個哲學概念。先秦時的莊子、荀子，漢代的《易傳》，魏晉時的王弼均討論過『意』。陸機於《文賦》中第一次在藝術創造意義使用『意』。」接著又說：「『意』正是這樣一個概念，它綜合了詩人之志、氣、才、情、性等諸方面心理因素。在美學上，它既可以指待傳達的藝術家的各方面心理狀態，又可以指已被物化了的藝術家的情思或客觀化了的藝術品的內容，概括力極強。」見氏著《東方神韻——意境論》（北京：人民文學出版社，2000 年 6 月），頁 8～9。而「意」與文藝創作並論，及「寫意」一詞的界義，亦可參見拙著〈論「寫意」與「詩畫融通」之關聯性〉（元培學報第十二期，2005 年 12 月），頁 127～130。

〔註32〕見衛夫人《筆陣圖》，收於吳永編《續百川學海》（明刊本）壬集。

再發展至「意在筆先」，以至唐杜甫〈丹青引贈曹將軍霸〉詩云：「詔謂將軍拂絹素，意匠慘澹經營中。須臾九重眞龍出，一洗萬古凡馬空。」〔註33〕標誌著唐詩人杜甫對繪畫創作「意匠經營」之標竿性的意見〔註34〕，此「意匠經營」的提出，我們似乎可將之視爲是蘇軾「意造本無法」之「意造」概念的原型。然而此並不意味著：蘇軾對杜甫於書、畫品評立論，全然採贊同的態度。例如蘇軾就曾評曰：

> 顏公變法出新意，細筋入骨如秋鷹。徐家父子亦秀絕，字外出力中藏稜。……杜陵評書貴瘦硬，此論未公吾不憑。短長肥瘦各有態，玉環飛燕誰敢憎。〔註35〕（〈孫莘老求墨妙亭詩〉）
>
> 先生曹霸弟子韓，廄馬多肉尻脽圓，肉中畫骨誇尤難，金羈玉勒繡羅鞍。〔註36〕（〈書韓幹牧馬圖〉）

他認爲「書必有神、氣、骨、肉、血，五者闕一，不爲成書也。」〔註37〕（〈論書〉）因此，儘管蘇軾高度肯定杜詩思想之崇高〔註38〕，然在

〔註33〕見杜甫著、仇兆鰲注《杜詩詳注》（台北：里仁書局，1980 年 7 月），頁 1149。

〔註34〕詳論見拙著《杜甫題畫詩之審美觀研究》（臺灣師範大學國文研究所碩士論文，2003 年 12 月），第二章第二節〈崇尚畫家涵養——強調意匠經營之藝術創造過程〉，頁 188～205。或見拙著〈「意匠慘憺經營中」——論杜甫題畫詩審美觀中的藝術創造過程〉（人文及社會學科教學通訊，2004 年 12 月），頁 124～144。

〔註35〕見王文誥輯註，孔凡禮點校《蘇軾詩集》（台北：莊嚴出版社，1990年），頁 372。

〔註36〕同上注，頁 722～723。

〔註37〕同注6，《蘇軾文集》前揭書，頁 2183。

〔註38〕蘇軾曾評杜甫詩曰：「太史公論詩，以爲國風好色而不淫，小雅怨悱而不亂。以余觀之，是特識變風、變雅耳，烏觀詩之正乎！昔先王之澤衰，然後變風，發乎情，雖衰而未竭，是以猶止於禮義，以爲賢於無所止者而已。若夫發於情、止於忠孝者，其詩豈可同日而語哉！古今詩人眾矣，而杜子美爲首，豈非以其流落饑寒，終身不用，而一飯未嘗忘君也歟。」（〈王定國詩集敘〉）陳師據此看出東坡有其深受儒家影響的文學觀之面向，並指出：「東坡沿承了《新唐書》的作法，把詩人的生命情懷與其作品作了密切的結合，並根據此點來

文藝理論的提出，蘇軾素有總結前人意見卻又出新變古的自覺意識。故在「寫意」的歷史發展脈絡中〔註39〕，無疑地亦有其新思維，「意造本無法」的「意」，不但要能「自出新意」，還要「無」掉刻意爲意之「意」，以期能「技道兩進」。〔註40〕因此，本文認爲蘇軾此處所言之「意」，實涉及主體涵養〔註41〕，亦即指涉創作主體之藝術精神。

　　於此，我們想再釐清蘇軾「書初無意於佳，乃佳爾」（〈評草書〉），以及「未嘗有作文之意」（〈南行前集敘〉），似乎與「意造本無法」、「自出新意」……等論述自相矛盾，其實此即蘇軾詩、文、書、畫理論，爲何要探究其藝術精神的主要原因。因爲在蘇軾審美辯證性語言之下，「無意」與「意造」恰恰爲正反合之思想統一，其源可溯自老子《道德經》曰：

肯定其思想上的崇高性。我們可以了解，『一飯未嘗忘君』一語，必是從《新唐書》的『情不忘君』來的；而《新唐書》：『人憐其忠』的『忠』，必又在東坡『發於情，止於忠孝』的理論上，給予了某些暗示。」然後總結說：杜甫之所以成爲詩人中儒家思想的代表者，究其始因，東坡實有椎輪之功。見陳文華《杜甫傳記唐宋資料考辨》（台北：文史哲出版社，1987 年），頁 205～207。

〔註39〕衣若芬於〈寫眞與寫意：從唐至北宋題畫詩的發展論宋人審美意識的形成〉（中國文哲研究集刊，第十八期，2001 年 3 月）一文中，透過唐至北宋之題畫詩，論述詩、畫「寫意」審美意識的歷史發展脈絡，見頁 41～87。筆者按：北宋詩、畫「寫意」觀念的提出，自今日有所謂「是非功過」的歷史評價，究其根由乃是「中得心源」之「源」的切斷，以及畫家「不求形似」的搪塞。與其將中國繪畫的沒落歸咎「寫意」、「文人畫」的提出，不如省思「寫意」、「文人畫」之藝術精神何以失落。自五四運動以來，所謂「中學爲體，西學爲用」的口號，已發展爲今日「有用而無體」的窘況，「中學爲體」的失落，亦表徵於中國藝術精神的失落。吾人以爲，「寫意」概念乃西方藝術所不能及、不能探源者，我們有必要回歸其文本的歷史語境中，詮釋其語義內涵，還其本來面目。

〔註40〕蘇軾直言「道技兩進」與其藝術評論相互關聯之文本爲：「少游近日草書，便有東晉風味，作詩增奇麗。乃知此人不可使閒，遂兼百技矣。技進而道不進，則不可，少游乃技道兩進也。」（〈跋秦少游書〉）同注6，頁 2194。

〔註41〕蘇軾書論之「意」涉及主體涵養，已論及者可見陳振濂主編《中國書法批評史》（杭州：中國美術學院出版社，2002 年），頁 162～166。

> 大成若缺，其用不弊；大盈若沖，其用不窮。大直若屈，
> 大巧若拙，大辯若訥。〔註42〕（四十五章）

於此王弼注「大巧若拙」云：

> 大巧因自然以成器，不造爲異端，故若拙也。〔註43〕

這也就形成蘇軾「無意於佳，乃佳爾」的因任自然的創作觀，也合乎其所謂「不能不爲之爲工」，乃「有觸於中，而發於咏嘆。」（〈南行前集敘〉）蘇軾所認同的創作，皆來自於「天工」、「天契」，正如其於〈子由新修汝州龍興寺吳畫壁〉所讚稱吳道子畫作所詩云：

> 吳生已與不傳死，那復典刑留近歲。人間幾處變西方，盡
> 作波濤翻海勢。細觀手面分轉側，妙算毫釐得天契。始知
> 眞放本精微，不比狂花生客慧。〔註44〕

此「天契」即指涉「自然」，與「有心」〔註45〕造作之「工」，有天壤之別。而「詩畫本一律，天工與清新」，其所謂「天工」當也不離「自然」之藝術精神。因此，我們可以這麼說：蘇軾並非否定所有工人畫（專業畫師），而是否定「有心」之「意」爲「工」爲「巧」的技法，因爲對蘇軾而言：藝通於道，藝是體現道的媒介。因此，與其所領會「道一」觀念相背的藝術技巧，如何能得到他的肯定呢？

因此，在北宋「尚意」「寫意」的風潮之中，蘇軾「意造本無法」之「意造」的藝術精神，乃發乎「自然」、本乎「天工」、「天契」（天機），此無疑地開拓了「意」的精神範疇，在「寫意」的歷史發展過程中，實有其不可抹煞的價值及地位。

〔註42〕同注3，《王弼集校釋》前揭書，上冊，頁122～123。

〔註43〕同上注，頁123。

〔註44〕同注35，《蘇軾詩集》前揭書，頁2027。

〔註45〕蘇軾「道一」觀念之核心思想在於「無心」，《東坡易傳・繫辭傳上》卷七說：「夫無心而一，一而信，則物莫不得盡其天理，以生以死。……吾一有心於其間，則物有僥倖、夭枉，不盡其理者。」可茲爲一證也，而詳論參見「本論」第一章第二節〈蘇軾「道」論之「通學」特質〉。筆者按：蘇軾「意造本無法」的「意」應屬「無心」之「意」；而「書初無意於佳」之「意」當歸乎「有心」之意，兩者義涵完全不同。正因乃「有心」之「意」，故需「無」掉，仍基於「無心」之精神。

（二）「無法之法」於六朝文論或有承緒

唐人張懷瓘於〈評書藥石論〉中說：

> 聖人不凝滯于物，萬法無定，殊途同歸，神智無方而妙有
> 用，得其法而不著，至于無法，可謂得矣，何必鍾、王、
> 張、索，而是規模？道本自然，誰其限約？亦猶大海，知
> 者隨性分而挹之。〔註46〕

在書論發展歷程中，此說似可視爲是蘇軾「意造本無法」之前行觀念。
〔註47〕然若不著眼於「無法」兩字，創作需「因宜適變」而變，不宜
固守一成不變的法則，這一相似的概念，在陸機〈文賦〉以及劉勰《文
心雕龍・神思》中，也有相近的論點。〔註48〕陸機〈文賦〉中說：

> 若夫豐約之裁，俯仰之形，因宜適變，曲有微情。或言拙而
> 喻巧；或理朴而辭輕；或襲故而彌新；或沿濁而更清；或覽
> 之而必察；或研之而後精。譬猶舞者赴節以投袂，歌者應絃
> 而遣聲。是蓋輪扁所不得言，故亦非華說之所能精。〔註49〕

而劉勰於《文心雕龍・神思》中說：

> 若情數詭雜，體變遷貿，拙辭或孕於巧義，庸事或萌於新
> 意，視布於麻，雖云未費，杼軸獻功，煥然乃珍。至於思
> 表纖旨，文外曲致，言所不追，筆固知止；至精而後闡其
> 妙，至變而後通其數，伊摯不能言鼎，輪扁不能語斤，其
> 微矣乎！〔註50〕

我們依據上述兩條資料來看，六朝對於創作出一作品若求其精妙，在
其重要文論中，已以《莊子・天道》篇中輪扁斲輪爲喻，說明其中之

〔註46〕見張懷瓘〈評書藥石論〉，收於宋人陳思編撰《書苑菁華》卷十二，
　　　　《景印文淵閣四庫全書》（台北：臺灣商務印書館），814 冊，頁 121。
〔註47〕見楊雅惠《兩宋文人書畫美學研究》（臺灣師範大學國文研究所博士
　　　　論文，1992 年 5 月），頁 273～274。
〔註48〕見張少康《文心與書畫樂論》（北京：北京大學出版社，2006 年），
　　　　頁 195。
〔註49〕見昭明太子編《文選》（台北：藝文印書館，1989 年），頁 248。
〔註50〕見黃叔琳等注《增訂文心雕龍校注》（北京：中華書局，2005 年），
　　　　頁 370。

道只能心領神會，而不能以言語相傳。輪扁說：

> 臣也以臣之事觀之。斲輪，徐則甘而不固，疾則苦而不入。
> 不徐不疾，得之於手而應於心，口不能言，有數存焉於其
> 間。臣不能以喻臣之子，臣之子亦不能受之於臣，是以行
> 年七十而老斲輪。〔註51〕

陸機〈文賦〉所謂「是蓋輪扁所不得言」，以及劉勰於《文心雕龍・
神思》所說「輪扁不能語斤」，指的即是「得之於手而應於心，口不
能言」之「數」。輪扁既說「有數存焉於其間」，此即意味著：不能言
傳之「數」，其特質雖是「臣不能以喻臣之子，臣之子亦不能受之於
臣」，但仍然能透過主體之得於手應於心，而掌握其中奧妙。故劉勰
說：「至精而後闡其妙，至變而後通其數」，即是指明：創作主體領悟
「至變」，乃「通其數」的關鍵。而「通其數」並無一固定不變的法
則可供依循，亦無法以言語相授。基於上述推論，本文認為：「至變
而後通其數」之「數」，與「無法之法」在論述上或有承其緒之處，
而仔細推敲、溯其本源，仍可歸之於莊學「以技進道」的契入文藝理
論〔註52〕，所衍生出的語言分殊，卻又殊途同歸的言說方式。而張懷
瓘〈評書藥石論〉所指：「萬法無定……道本自然，誰其限約？」也
可見出老莊「自然」之體道精神，於其中所居之貫穿相屬的核心思維。

第二節　「隨物賦形」會合「自然」之藝術精神析論

蘇軾既指出「意造本無法」、「無法之法」的創作觀點，卻又在〈書
吳道子畫後〉中說：「出新意於法度之中」，此「無法」與「法度」看
似自相矛盾的說法，本文認為在蘇軾「道一」觀念統合下，兩者是辯
證統一的。「隨物賦形」的提出，即是蘇軾會通《易傳》、佛老莊禪思
想……等諸學，尤其是其水喻「道體」、「觀水之變」一脈而開展出「盡

〔註51〕同注16，《莊子集釋》前揭書，頁491。
〔註52〕見拙著〈論道與藝──以《莊子》心齋「氣」觀念與「氣韻生動」
　　　　之關聯性為考察核心〉（鵝湖月刊，第三十六卷第二期，2010年8月），
　　　　頁33～36。

水之變」藝術精神的結果。本文擬透過「隨物賦形」藝術精神之析論，以見出蘇軾於詩、畫創作理論中，在「法度」與「無法」二元對立辯證中，確立其無門庭、無牆壁，不落於「法度」與「無法」兩邊之創作通論。且探究其詩畫創作通論會合「自然」之藝術精神，以見出其「道」與「藝」之**裏**表關係。

一、自然之數

蘇軾在〈仁宗皇帝御書頌〉中說：

君子如水，因物賦形。〔註53〕

又在〈自評文〉中說：

吾文如萬斛泉源，不擇地皆可出，在平地滔滔汨汨，雖一日千里無難。及其與山石曲折，隨物賦形，而不可知也。

〔註54〕

可見其以水喻「道體」〔註55〕、以水喻君子、以水喻文藝創作，皆有一脈相承的理路。我們又從清人張道《蘇亭詩話》卷一所評論曰：

東坡博極羣籍，左抽右取，縱橫恣肆，隸事精切，如不著力；尤熟於史漢、六朝唐史，《莊》、《列》、《楞嚴》、《黃庭》諸經，及李、杜、韓、白詩；故如萬斛泉源，隨地噴湧，未有羌無故實者。〔註56〕

可以印證蘇軾會通諸學，以及「隨物賦形」之在理論與實踐上的合一。

〔註57〕

〔註53〕見同注6，《蘇軾文集》前揭書，頁583。另蘇軾〈灧澦堆賦〉中說：「江河之大，與海之深，而可以意揣，唯其不自爲形，而因物以賦形，是故千變萬化，而有必然之理。」又在《東坡易傳》卷三指出：「萬物皆有常形，惟水不然，因物以爲形而已。」由上引兩條資料可略見蘇軾以水喻君子與以水喻道乃一脈相承之理路。

〔註54〕同上注，頁2069。

〔註55〕詳見第二篇「本論」第二章第一節。

〔註56〕見張道《蘇亭詩話》，收於四川大學中文系唐宋文學研究室編《蘇軾資料彙編》下編，（北京：中華書局，2004年），頁1998。

〔註57〕除了本文所引資料外，阮堂明〈論蘇軾對「水」的詩意表現與美學闡發〉（文學遺產，2007年第三期），頁80～83，對蘇軾以水喻文藝

　　若再深入探究文本，且循本論文前述所指：「隨物賦形」的文藝
美學，以及〈淨因院畫記〉所言「常形」、「常理」，皆可視爲與蘇軾
水喻「道體」的學思性格、以及觀水之「變」的人生體察有密切關聯。
而所謂「千變萬化而有必然之理」的「理」，即蘇軾所指之「常理」，
即指涉人生之「道」，亦指涉創作之「藝」。並同時提出「道」與「藝」
雖均爲千變萬化，卻皆有應萬變之不變的「常理」。〔註 58〕依此「常
理」，本文以爲又與〈書吳道子畫後〉所指「自然之數」，兩者彼此有
相通之處。而「自然之數」——當亦可作爲追溯「隨物賦形」、「常
理」……等一系列創作通論之藝術精神的重要線索，以窺探其中一
二，下列詳論。

　　蘇軾於〈鹽官大悲閣記〉中以烹調爲喻，指出「能與不能」之關
鍵，在於有無得其「數」，他說：

> 羊豕以爲羞，五味以爲和，秫稻以爲酒，麴蘗以作之，天
> 下之所同也。其材同，其水火之齊均，其寒煖燥濕之候一
> 也，而二人爲之，則美惡不齊。豈其所以美者，不可以數
> 取歟？然古之爲方者，未嘗遺數也。能者即數以得妙，不
> 能者循數以得其畧。其出一也，有能有不能，而精粗見焉。
> 人見其二也，則求精於數外，而棄迹以逐妙，曰：我知酒
> 食之所以美也。而略其分齊，捨其度數，以爲不在是也，
> 而一以意造，則其不爲人之所嘔棄者寡矣。〔註 59〕

此文目的在批評「廢學而徒思」，以及不按部就班、好高騖遠的空論。
他批評當時學者不務好學而「一以意造」曰：

> 天文、地理、音樂、律曆、宮廟、服器、冠昏、喪祭之法，
> 《春秋》之所去取，禮之所可，形之所禁，歷代之所以廢
> 興，與其人之賢不肖，此學者之所宜盡力也。曰：是皆不
> 足學，學其不可載於書而傳於口者。〔註 60〕

創作之實踐，有其論述。

〔註 58〕詳見第二篇「本論」第二章第二、三節。

〔註 59〕同注 6，《蘇軾文集》前揭書，頁 386～387。

〔註 60〕同上注，頁 387。

又指出：「豈惟吾學者，至於爲佛者亦然。齋戒持律，講誦其書，而崇飾塔廟，此佛之所以日夜教人者也。」〔註61〕若空言「齋戒持律不如無心，講誦其書不如無言，崇飾塔廟不如無爲」〔註62〕，也不過只是欺佛。由上述可見：蘇軾重視好「學」，並主張「能者即數以得妙，不能者循數以得其畧」，且反對「求精於數外」、「一以意造」。這個說法，和其書論「意造本無法」、「無法之法」的論點，難道沒有自相矛盾嗎？固然，我們也可以將蘇軾此兩種看似分歧的見解，視爲是其由「天才論到工夫論」〔註63〕的思想轉變，但若我們理解其「是二法者，相反而相爲用」〔註64〕（〈南華長老題名記〉）之辯證思維，將此看似自相矛盾的分歧，詮釋爲「法度」與「無法」之「相反相爲用」，不局限其中一者亦不偏廢其中一者，似乎也有其可推理的途徑。從〈成都大悲閣記〉云：「若猶有心者，千手當千心。一人而千心，內自相攫攘，何暇能應物。千手無一心，手手得其處。稽首大悲尊，願度一切眾。皆證無心法，皆具千手目。」〔註65〕和其批評空言「無心」是欺佛，可見其兩處所言「無心」，有其根本的不同。本文認爲：對蘇軾「無心」、「意造」、「法度」、「無法」……等用詞，皆需回到其文本之語境去觀察，方能得其本義。「一以意造」、「意造本無法」兩處所言之「意造」，語境上有很大差異，實不宜等同視之。

我們觀察到：〈鹽官大悲閣記〉一文中所言之「數」，乃以烹調滋味爲喻，和其認爲「道」可「味」可「致」，似有相比擬之處。從文本看來，蘇軾於此處雖論及「學」與「得其數」有其關聯，但並非認爲此「數」乃一不變的法則，他提出「數」的目的，仍然一如其論「道」，反對沒有實際體驗的空論。他以廚藝爲喻論述「其材同，其水火之齊

〔註61〕同上注，頁387。
〔註62〕同上注，頁387。
〔註63〕詳論見衣若芬《蘇軾題畫文學研究》（台北：文津出版社，1999年5月），頁161～175。
〔註64〕同注6，《蘇軾文集》前揭書，頁393。
〔註65〕同上注，頁396。

均，其寒煖燥濕之候一也，而二人爲之，則美惡不齊。」其旨在指出：
「有數存焉於其間」〔註66〕，更在〈書吳道子畫後〉文中提出「自然
之數」，來呼應《文心雕龍‧神思》所謂「至變而後通其數」〔註67〕，
他說：

> 知者創物，能者述焉，非一人而成也。君子之於學，百工
> 之於技，自三代歷漢至唐而備矣。故詩至於杜子美，文至
> 於韓退之，書至於顏魯公，畫至於吳道子，而古今之變，
> 天下之能事畢矣。道子畫人物，如以燈取影，逆來順往，
> 旁見側出，橫斜平直，各相乘除，得自然之數，不差毫末，
> 出新意於法度之中，寄妙理於豪放之外，所謂游刃餘地，
> 運斤成風，蓋古今一人而已。〔註68〕（〈書吳道子畫後〉）

首先，我們由此文觀察出：蘇軾從歷史發展的視角，點出自三代至唐，
詩、文、書、畫中能盡古今之變之能者，是杜甫、韓愈、顏眞卿以及
吳道子。可見「變」古而能出「新」，是蘇軾於詩、文、書、畫之創
作通論。另外，我們注意到蘇軾評論吳道子之人物畫，之所以可以「出
新意於法度之中，寄妙理於豪放之外」，與吳道子「得自然之數」有
密切關聯，因而他以「游刃餘地」、「運斤成風」之莊學譬喻「體道」
之神乎其技，來讚嘆吳道子人物畫之形神兼備。

「游刃有餘」語出《莊子‧養生主》：「今臣之刀十九年矣，所解
數千牛矣，而刀刃若新發於硎。彼節者有閒，而刀刃者無厚，以無厚
入有間，恢恢乎其於游刃必有餘地矣。」〔註69〕而「運斤成風」語出
《莊子‧徐無鬼》：「郢人堊慢其筆端若蠅翼，使匠石斲之。匠石運斤
成風，聽而斲之，盡堊而鼻不傷，郢人立不失容。」〔註70〕這兩個典
故無非皆在比喻吳道子畫技精準神妙，尤其是以「庖丁解牛」爲喻，

〔註66〕語出《莊子‧天道》篇中輪扁所述斲輪要領，同注 16，頁 491。
〔註67〕同注 50，頁 370。
〔註68〕同注 6，頁 2210～2211。
〔註69〕同注 16，《莊子集釋》前揭書，頁 119。
〔註70〕同上注，頁 843。

暗喻著吳道子作畫已進入「以神遇而不以目視，官知止而神行。依乎天理……因其固然」〔註71〕的境界，而此一境界即爲「得自然之數」的精神所在，也意味著「依乎天理」、「因其固然」，和蘇軾所指之「常理」有其內在的聯繫。故本文認爲「隨物賦形」和「自然之數」，在蘇軾的詩、畫創作論中，彼此有互涉之處。在理解上，我們可以說：「隨物賦形」是蘇軾所提出之文藝創作通則，即是一種「數」，且此「數」合乎「自然」，並得其「常理」。「隨物賦形」是「數」，即是一種「法度」，但其亦是「無法之法」，因其合乎「自然」、得其「常理」，無一固定之樣態。因而「隨物賦形」可視爲是蘇軾於「法度」與「無法」之間，「相反相爲用」辯證統一的創作新思維。此外，蘇軾於〈與謝民師推官書〉一文說：「所示書教及詩賦雜文……大略如行雲流水，初無定質，但常行於所當行，常止於所不可不止，文理自然，姿態橫生。」〔註72〕以及他在〈自評文〉中所說：「吾文如萬斛泉源……及其與山石曲折，隨物賦形，而不可知也。所可知者，常行於所當行，常止於不可不止，如是而已矣。」〔註73〕於此，蘇軾「隨物賦形」之藝術精神指涉「自然」，可以由此兩文之對照，得到另一有力的例證。

二、道法自然

　　「隨物賦形」既與「意造本無法」、「無法之法」互涉，也可視爲是蘇軾所提出合乎「自然」之「數」。而因爲合乎「自然」，因此既是「數」，亦是「無法之法」，所以「法度」與「無法」於此相互統一，統一在「自然」——其實指的即是與「道」相應。王弼注《道德經》第二十五章「道法自然」云：

> 道不違自然，乃得其性，法自然也。法自然者，在方而法方，在圓而法圓，於自然無所違也。〔註74〕

〔註71〕同上注，頁119。
〔註72〕同注6，《蘇軾文集》前揭書，頁1418。
〔註73〕同上注，頁2069。
〔註74〕同注3，《王弼集校釋》前揭書，頁65。另王弼注四十五章「大成若

又注四十章「大巧若拙」云：

大巧因自然以成器，不造為異端，故若拙也。〔註75〕

蘇軾作《易傳》，會通王弼「理一以治眾」的思維於其中，而「隨物賦形」之創作通則的提出，似也契入王弼詮釋「自然」之見解。而「道法自然」並非即是「自然」之層次高於「道」，而是以「自然」進而「補充詮釋道體自生自成的法性」。〔註76〕近代學者牟宗三詮釋老莊「自然」說：

莊子以其芒忽恣縱之辯證的描述，辯證的融化，將老子之分解的系統化而為一大詭辭，將其道之客觀性、實體性，從天地萬物之背後翻上來浮在境界上而化除，從客觀面收進來統攝於主觀境界上而化除，依是，道、無、一、自然，俱從客觀方面天地萬物之背後翻上來收進來而自主觀境界上講。逍遙乘化，自由自在，即是道，即是無，即是自然，即是一。以自足無待為逍遙，化有待為無待，破「他然」為自然，此即是道之境界，一之境界。「自然」是繫屬於主觀之境界，不是落在客觀之事物上。若是落在客觀之事物（對象）上，正好皆是有待之他然，而無一是自然。故莊子之「自然」，（老子亦在內），是境界。非今之所謂自然或自然主義也。〔註77〕

依牟氏之詮釋，我們可以說：「自然」是一主體逍遙乘化、自由自在之體道境界，既是「道」，亦是「一」。所謂「法自然者，在方而法方，在圓而法圓，於自然無所違」，亦可以視為是探究蘇軾「隨物賦形」

缺，其用不弊」云：「隨物而成，不為一象，故若缺也」；而注「大盈若沖，其用不窮」為：「大盈充足，隨物而與，無所愛矜，故若沖也」；又注「大直若屈」為：「隨物而直，直不在一，故若屈也」。由此可見，「隨物賦形」雖蘇軾自鑄之新辭，但似有融會王弼用語之處。

〔註75〕同上注，頁123。

〔註76〕見鄭志明〈老子「人法地、地法天、天法道、道法自然」的義理疏證〉（鵝湖月刊，1986年11月第137期），頁47。

〔註77〕見牟宗三《才性與玄理》（台北：台灣學生書局，1993年），頁178～179。

藝術精神之會合「自然」、「道」的重要線索。而「大巧因自然以成器，不造爲異端」，則可以見出：心若有所「住」有所造作，則爲有待，有待則會「造爲異端」，而「不造爲異端」即爲「無待」──化有待爲無待，則能「因自然以成器」，並得以成其「大巧」。因而合乎「自然」的「隨物賦形」之藝術創作論，追求的並不是流俗的「美」，而是「大巧」。

　　「隨物賦形」的理論固然直接與文論、畫論有關，然若以合乎「自然」之藝術精神去探索蘇軾之詩歌創作論，則會發現「不造爲異端」，不刻意造作，作品能反映創作主體之「任眞自然」的體性，也是可以視爲統合在「自然」之中──詩、畫創作共通之核心價值。而蘇軾認爲作詩造語不宜艱澀，與此「不造爲異端」應爲同一理路脈絡，宋人周紫竹於《竹坡詩話》中記「有明上人者，作詩甚艱，求捷法於東坡，作兩頌以與之。」〔註78〕如下：

> 字字覓奇險，節節累枝葉。咬嚼三十年，轉更無交涉。
> 衝口出常言，法度法前軌。人言非妙處，妙處在於是。

〔註79〕

我們由前頌所言，可以見出蘇軾反對作詩用字奇險，認爲如此咬文嚼字就算費盡一生，也難有佳作。後頌則指出：「常言」和「前軌」皆有妙處所在，不宜全然盡失。蘇軾所謂「衝口出常言」和其在〈錄陶淵明詩〉中指明創作要直寫胸臆，亦有相互印證之處，其曰：

> 「清晨聞扣門，倒裳往自開。問子爲誰與？田父有好懷。壺漿遠見候，疑我與時乖。襤褸茅簷下，未足爲高棲。一世皆尚同，願君汩其泥。深感父老言，稟氣寡所諧。紆轡誠可學，違己誰非迷。且共歡此飲，吾駕不可回。」此詩

〔註78〕收於同注2，《蘇軾資料彙編》前揭書，上編一，頁250。
〔註79〕同上注，頁250。「法度法前軌」另有版本作「法度去前軌」，主張後者以爲蘇軾倡「無法」之說，故「法前軌」不合蘇軾理念。筆者按：姑且不論周紫竹有無謬錄，就其所錄之用意，文旨應爲「法前軌」，當是合其意。本文採「法前軌」之說，藉與「意造本無法」、「無法之法」對照辯證。

叔弼愛之，予亦愛之。予嘗有云：「言發於心而衝於口，吐
之則逆人，茹之則逆予。」以謂寧逆人也，故卒吐之。與
淵明詩意不謀而合，故並錄之。〔註80〕

蘇軾此處所稱「言發於心而衝口」，與前「衝口出常言」有相近之意，
而其舉錄之陶詩，恰為其例證。他又在〈題淵明飲酒詩後〉說：

「採菊東籬下，悠然見南山」。因採菊而見山，境與意會，
此句最有妙處。近歲俗本皆作「望南山」，則此一篇神氣都
索然矣。古人用意深微，而俗士率然妄以意改，此最可疾。
〔註81〕

此文則指出俗士率然意改陶詩，雖「見」、「望」一字之差，可是全詩
神氣因而索然，另又順帶點出沒有根據竄改詩語為最可疾；此外也道
出陶詩「境與意會」，可見其神氣，非一般俗士之造語。而歸結蘇軾
之所以好陶詩及追和陶詩，乃在於陶詩反映淵明體性之「真」，而體
性之「真」乃合乎「自然」的呈現。蘇軾〈和陶飲酒二十首〉其三云：

道喪士失己，出語輒不情。江左風流人，醉中亦求名。淵
明獨清真，談笑過此生。身如受風竹，掩冉眾葉驚。俯仰
各有態，得酒詩自成。〔註82〕

詩中蘇軾對淵明「無待」之「清真」，以及詩歌渾然天成，有其嚮慕
之意。

《莊子‧漁父》中論及「真」時指出：

真者，精誠之至也。不精不誠，不能動人。……真在內者，
神動於外，是所以貴真也。……真者，所以受於天也，自
然不可易也。〔註83〕

〈漁父〉此一詮釋「真」的論點，將「自然」為道體的法性，和人之
體性的「真」，透過「受於天」形成緊密的結合。而王弼注《道德經》

〔註80〕同注6，《蘇軾文集》前揭書，頁2111。
〔註81〕同上注，頁2092。
〔註82〕見曾棗莊、曾濤編《蘇詩彙評》（台北：文史哲出版社，1998年），
　　　　頁1482。
〔註83〕同注16，《莊子集解》前揭書，頁1032。

二十七章「善閉無關楗而不可開，善結無繩約而不可解」曰：

> 因物自然，不設不施，故不用關楗、繩約而不可開解也。
>
> 此五者，皆言不造不施，因物之性，不以形制物也。〔註84〕

既要因物自然之性，不以形制物，那麼蘇軾所提出「隨物賦形」，乃吸納王弼詮釋老子「自然」之精神，當是可以成立。而所謂「常行於所當行，常止於不可不止」，亦就是順應創作者體性本然，合乎自然不造作的性情之「眞」。「道」不離人間，「自然」體現於人之性情爲「眞」，本爲老莊人性論的核心。〔註85〕顏崑陽分析莊子藝術精神之體性指出：

> 所謂生命性情之眞實，在莊子思想最高境界「道」來説，
>
> 便是遣除一切人爲造作，而重歸於自然。〔註86〕

可見由「道」而人，「自然」之「眞」乃是人「體道」而顯用之表現。伍至學於〈老莊之自然現象學〉指出：

> 自然作爲道之呈現，呈顯即去其遮蔽（a-letheia），亦即是
>
> 萬物自由自在之本然狀態的顯現。〔註87〕
>
> 「自然」即是道之玄之又玄的本體妙用的開展湧現。……
>
> 我們可從其本然元始的存在論意義上將其理解爲「生」，「道
>
> 生之」之「生」，天地之「造化」，「萬物並作」之作，……
>
> 皆是此一自然的開顯「作用」。〔註88〕

「自然」既爲「道」之開顯作用，那麼透過領悟「自然之數」而呈顯於詩、畫創作，恰如庖丁解牛、梓慶爲鐻「以技進道」之體道進

〔註84〕 同注3，《王弼集校釋》前揭書，頁71。「此五者」，即指「善行無轍
　　　　迹」、「善言無瑕謫」、「善數不用籌策」、「善閉無關楗」、「善結無繩
　　　　約」。

〔註85〕 見鄭開《道家形而上學研究》（北京：宗教文化出版社，2003年），
　　　　頁195～201。

〔註86〕 見顏崑陽《莊子藝術精神析論》（臺北：華正書局，2005年），頁107。

〔註87〕 見伍至學〈老莊之自然現象學〉，收於張燦輝、劉國英主編《現象學
　　　　與人文科學：現象學與道家哲學》（台北：邊城出版，2005年），頁
　　　　48。

〔註88〕 同上注，頁50～51。

路〔註89〕，所謂以藝顯道、以藝爲道，其中實爲「有數存焉於其間」。〔註90〕因而本文認爲：蘇軾提出「隨物賦形」，乃有意識地契入老莊「自然」之「道」，而顯用於詩、畫創作通論之中（文論亦然）。

「隨物賦形」一詞見於〈自評文〉以及〈畫水記〉〔註91〕，其評孫位之創作及作品反映的境界說：

> 孫位始出新意，畫奔湍巨浪，與山石曲折，隨物賦形，盡水之變，號稱神逸。〔註92〕

此段話雖簡短，然卻涵蓋蘇軾對繪畫創作由「意」到「筆」，而後作品呈顯的「神逸」，有一直接的聯繫。而「隨物賦形」指的即是畫家用「筆」合乎「自然」之「常理」，故能「盡水之變」，故而能達致「神逸」之作品境界。於此，我們注意到：「隨物賦形」既涉創作主體用「筆」合乎「自然」之「常理」，而要得「常理」而致「天工」之妙，則亦需契入「梓慶削木爲鐻」之「以天合天」的修養工夫，故而得以人爲之藝術，進而「隨物賦形」而「神逸」而「天工」。由此可見，蘇軾於「天工」、「神逸」、「隨物賦形」、「意造本無法」、「天機之所合」……諸觀點的提出，乃在其融通「無有定法」、「道法自然」……等佛老莊禪之思想，而成其一系互涉的見解。另「新意」和「隨物賦形」亦有所關聯，而「新意」亦屢見於其書論〔註93〕，和前述「意造

〔註89〕同注52，〈論道與藝——以《莊子》心齋「氣」觀念與「氣韻生動」之關聯性爲考察核心〉前揭期刊，頁34～35。

〔註90〕同上注，頁36～39。

〔註91〕「隨物賦形」於「本論」第二章第三節〈盡水之「變」與「有道有藝」〉略有所論，關於「隨物賦形」之引文亦多見於其注34～37，可相互參照。

〔註92〕同注6，《蘇軾文集》前揭書，頁408。

〔註93〕蘇軾詩云：「蘭亭繭紙入昭陵，世間遺跡猶龍騰。顏公變法出新意，細筋入骨如秋鷹。」（〈孫莘老求墨妙亭詩〉）而文曰：「永禪師欲存王氏典刑，以爲百家法祖，故舉用舊法。非不能出新意求變態也，然其意已逸於繩墨之外矣。」（〈跋葉致遠所藏永禪師千文〉）且曰：「吾書雖不甚佳，然自出新意，不踐古人，是一快也。」（〈評草書〉）又曰：「張長史草書，頹然天放，略有點畫處，而意態自足，號稱神逸，（〈書唐氏六家書後〉）由上引可知：變法也不是蘇軾書論之唯一

本無法」也有互涉之實。總之，蘇軾於「道」論乃會通諸學，而藝術
論亦詩、文、書、畫互通，通中有變，變中有通，堪稱盡「藝」之變。
而變與不變，則在於合乎作者體性之「眞」、以及創作合乎「自然之
數」爲判準，故其中有「數」，但沒有固定不移的準則，所謂「法度
法前軌」，除了要依循詩歌史發展之通變辯證之外〔註 94〕，所謂「前
軌」，應亦不離前述合乎「自然之數」及體性的詮釋，以及「法度」
與「無法」之辯證統一。

　　順帶一提，相對陶詩而言，蘇軾對孟郊詩歌則是既不願沉溺於其
寒苦之音，卻又不免爲其「詩從肺腑出」感動不已，其〈讀孟郊詩二
首〉詩云：

> 夜讀孟郊詩，細字如牛毛。寒燈照昏花，佳處時一遭。孤
> 芳擢荒穢，苦語餘詩騷。水清石鑿鑿，湍激不受篙。初如
> 食小魚，所得不償勞。又似煮彭蚏，竟日嚼空螯。要當鬥
> 僧清，未足當韓豪。人生如朝露，日夜火消膏。何苦將兩
> 耳，聽此寒蟲號。不如且置之，飲我玉色醪。〔註 95〕

後一詩又云：

> 我憎孟郊詩，復作孟郊語。饑腸自鳴喚，空壁轉饑鼠。詩
> 從肺腑出，出輒愁肺腑。有如黃河魚，出膏以自煮。尚愛
> 銅斗歌，鄙俚頗近古。桃弓射鴨罷，獨速短蓑舞。不憂踏
> 船翻，踏浪不踏土。吳姬霜雪白，赤腳浣白紵。嫁與踏浪
> 兒，不識離別苦。歌君江湖曲，感我長羈旅。〔註 96〕

　　　　法則，關鍵在「自新出意」，而此「意」合於「天」即有不凡之處。
〔註 94〕蘇軾曾於〈書黃子思詩集後〉論及詩人詩風之變，文曰：「蘇、李之
　　　　天成，曹、劉之自得，陶、謝之超然，蓋亦至矣。而李太白、杜子
　　　　美以英瑋絕世之姿，凌跨百代，古今詩人盡廢，然魏晉以來高風絕
　　　　塵亦少衰矣。李、杜之後，詩人繼作，雖間有遠韵，而才不逮意，
　　　　獨韋應物、柳宗元發纖穠於簡古，寄至味於澹泊，非餘子所及
　　　　也……。」
〔註 95〕見曾棗莊、曾濤編《蘇詩彙評》（台北：文史哲出版社，1998 年），
　　　　頁 651。
〔註 96〕同上注，頁 654。

可見蘇軾對能於詩歌呈現詩人體性，不管其個人好惡如何，他多不吝
給予正面肯定的評價。而「尚愛銅斗歌，鄙俚頗近古」，也可見其好
「古」之質樸，因此其主張的「變法出新意」（〈孫莘老求墨妙亭詩〉），
並非反對所有文藝發展之「前軌」，而是認為創作者要因自己體性之
「真」，亦即合乎「自然」地呈現創作主體之體性風格，如此方能有
「新意」。因此，他所主張的「自出新意」並非是刻意造作之「新」，
他在〈題柳子厚詩〉中說：

> 詩須要有為而作，用事當以故為新，以俗為雅。好新務奇，
> 乃詩之病。〔註97〕

這裏，我們見到蘇軾詩藝創作理論關於「故」與「新」之辯證，「好
新務奇」是詩之病，那麼如何「自出新意」呢？可見「好新」與「自
出新意」其中意涵不同。而所謂「用事當以故為新，以俗為雅」，「故」
翻轉為「新」，「俗」翻轉為「雅」，此中辯證，呈現出蘇軾不願拘於
二元對立法則，對於任何僵化定型之見解，皆採取解構的思維。而追
溯其根柢，仍然可歸諸於禪宗「無有定法」，以及老莊「自然」說之
會通，亦即其「道一」觀念下「藝」之通變發展。

〔註97〕同注 6，《蘇軾文集》前揭書，頁 2109。此處所謂「以故為新」，多
少亦接受司空圖《詩品·纖穠》所謂：「與古為新」的觀點。

第二章　得之於象外
——「至味澹泊」之詩畫鑑賞通論

蘇軾於〈鳳翔八觀・王維吳道子畫〉中詩云：

何處訪吳畫，普門與開元。開元有東塔，摩詰留手痕。吾
觀畫品中，莫如二子尊。道子實雄放，浩如海波翻。當其
下手風雨快，筆所未到氣已吞。亭亭雙林間，彩暈扶桑暾。
中有至人談寂滅，悟者悲涕迷者手自捫。蠻君鬼伯千萬萬，
相排競進頭如黿。摩詰本詩老，佩芷襲芳蓀。今觀此壁畫，
亦若其詩清且敦。祇園弟子盡鶴骨，心如死灰不復溫。門
前兩叢竹，雪節貫霜根。交柯亂葉動無數，一一皆可尋其
源。吳生雖妙絕，猶以畫工論。摩詰得之於象外，有如仙
翮謝籠樊。吾觀二子皆神俊，又於維也斂衽無間言。〔註1〕

此詩固然引發了撼動「畫聖」吳道子繪畫史評價的爭議〔註2〕，即使
連向來唱和兄長意見的蘇轍，也不免要為吳道子平反〔註3〕，然而明

〔註 1〕見王文誥輯註、孔凡禮點校《蘇軾詩集》（台北：莊嚴出版社，1990
年），頁108～110。筆者按：蘇軾此詩對王維、吳道子之畫作進行評
比，其曰：「摩詰得之於象外」、「維也斂衽無間言」，言下之意，王
維畫作優於吳道子，此論影響文人畫發展甚鉅，並也引起繪畫史爭
議，故錄其全詩，以見其詩意全貌。

〔註 2〕見楊娜《王維畫史形象研究——以蘇軾文人畫論為中心》（中央美術
學院人文學院博士論文，2008年6月），頁44～53。

〔註 3〕蘇轍於《和子瞻鳳翔八觀・王維吳道子畫》詩曰：「吾觀天地間，萬
事同一理。扁也工斫輪，乃知讀文字。我非畫中師，偶亦識畫旨。

人莫是龍、董其昌等人尊王維爲文人畫之宗，即是直承蘇軾此詩的論點〔註4〕，並使王維成爲藝術史「詩畫禪」合爲一身的典範人物。但由於吳道子乃職業畫家，故招致貶低畫工之議。質疑此說者，亦有以蘇軾作此詩時僅二十六歲〔註5〕，似乎不能視爲成熟的意見。然而事實是：「得之於象外」一說的背後，實蘊涵著一股源遠流長的文藝品評匯聚而成的審美意識。今日，我們若以西方文化意識、或以詩畫媒介各具功能的思維，來探究此一觀點的影響力，恐怕難以理解、也難窺其奧微之處。以下本文嘗試透過「言、象、意」人文詮釋傳統，進行「象」、「象外」、「味」、「味外」……等藝術精神之探究，以明蘇軾詩畫鑑賞通論之要旨。並也於此釐清：蘇軾論點之所以爲多數文人接受而成說，乃其高度概括先秦至北宋文藝鑑賞之核心精神，且實質上提升繪畫與詩歌皆可「寓道」的位階，而其批評畫工之用意，亦在於「技」能否進「道」的問題之上，故而能蔚流入海。

第一節　諸學「言、象、意」詮釋的薈萃開顯

　　「象外」首見於畫論，目前文獻可考者，當屬南齊謝赫於《古畫品錄》中，評論第一品「張墨、荀勗」時說：

> 風範氣候，極妙參神，但取精靈，遺其骨法。……若取之

勇怯不必同，要以各善耳。壯馬脫銜放平陸，步驟風雨百夫靡。美人婉娩守閑獨，不出庭戶修容止。女能嫣然笑傾國，馬能一蹴致千里。優柔自好勇自強，各自勝絕無彼此。誰言王摩詰，乃過吳道子？試謂道子來置女，所挾從軟美。道子掉頭不肯應，剛傑我已足，自恃雄奔不失馳，精妙實無比。老僧寂滅生慮微，侍女閑潔非復婢。丁寧勿相違，幸使二子齒。二子遺迹今豈多，岐陽可貴能獨備。但使古壁常堅完，塵土雖積光艷長不毀。」見蘇轍《欒城集》，收於陳宏天、高秀芳點校《蘇轍集》（北京：中華書局，1990 年 8 月），頁24～25。

〔註 4〕見陳傳席〈南北宗論」的基本精神〉，收於朵雲編輯部編《董其昌研究文集》（上海書畫出版社，1998 年），頁 142。

〔註 5〕蘇軾〈鳳翔八觀〉完成於嘉祐六年（西元 1061 年），時年二十六，見孔凡禮撰《蘇軾年譜》（北京：中華書局，1998 年），頁 99。

象外，方厭膏腴，可謂微妙也。〔註6〕

而要了解謝赫所謂「象外」，則要從其所提出「六法」之「應物象形」為何？再述及於「應物象形」之外，繪畫如何可以呈現微妙之境？自謝赫所稱：

> 六法者何？一氣韻生動是也，二骨法用筆是也，三應物象形是也，四隨類賦彩是也，五經營位置是也，六傳移模寫是也。〔註7〕

由此可見，就繪畫而言，「應物象形」有其必要，但「氣韻生動」、「骨法用筆」則更能掌握「象」之氣韻精神。而這也就呼應了前面引述：「風範氣候，極妙參神，但取精靈，遺其骨法。」因而謝赫所指的「象外」，似乎指的是：形似以外，畫家對「象」之氣韻精神的表現；而這也意味著，取之「象外」表現乃超越僅僅由「象」所能表現者。今人陳華昌指出：

> 詩論中意境說的誕生，受到了畫論中「象外」說的滋養。
> 而詩論中的意境說，又反過來影響繪畫的理論和實踐。
> 〔註8〕

此語扼要地將「象外」說，和詩畫理論「意境」說交互影響之關係點出，而我們若要更清晰此兩者之所以互涉，那麼從先秦以降而六朝，對「言、象、意」的討論進行溯源，似乎是一必經的詮釋路徑。

　　「言、象、意」的探討始自探究《易經》奧秘，而其理論的成熟，見諸王弼《周易略例‧明象》中，開宗明義地說：

> 夫象者，出意者也。言者，明象者也。盡意莫若象，盡象莫若言。言生於象，故可尋言以觀象；象生於意，故可尋象以觀意。意以象盡，象以言著。故言者所以明象，得象

〔註6〕見俞崑編《中國畫論類編》（臺北：華正書局，2003年），頁357。在謝赫之前，南朝宋宗炳即曾於〈畫山水序〉中指出：「旨微於言象之外者，可心取於書策之內。」（見俞崑前揭書，頁583。）

〔註7〕同注6，頁355。

〔註8〕見陳華昌《唐代詩與畫的相關性研究》（西安：陝西人民美術社出版，1993年），頁38。

而忘言：象者，所以存意，得意而忘象。猶蹄者所以在兔，
得兔而忘蹄；筌者所以在魚，得魚而忘筌也。然則，言者，
象之蹄也；象者，意之筌也。是故，存言者，非得象者也；
存象者，非得意者也。象生於意而存象焉，則所存者乃非
其象也；言生於象而存言焉，則所存者乃非其言也。然則，
忘象者，乃得意者也；忘言者，乃得象者也。得意在忘象，
得象在忘言。故立象以盡意，而象可忘也；重畫以盡情，
而畫可忘也。〔註9〕

王弼此一「明象」乃在「得意」，既已「得意」便可「忘象」、「忘言」
的論點，本來目的在建立一詮釋《周易》之理路方法，以避免《易》
學發展至兩漢時，過度強調「象數」學，而不得《易》學精神要義
之流弊。因此，王弼主張「忘言」、「忘象」，其目的不在否定卦爻辭
（言）及卦象爻象（象）的作用及功能，故其「忘言」並非「遺言」，
「忘象」也非「遺象」，而是透過「言」「象」的觀察進而「得意」，
而「得意」是詮釋分析「言」、「象」的最終要旨。〔註10〕由此，「忘
言」、「忘象」即是指出：「言」「象」皆在於媒介表「意」的功能，
一旦已透過「言」、「象」領會抽象之「意」，便毋須受限於「言」、「象」
之媒介功能所可能產生詮釋的框架。「忘」實質指的並非「不要」，
而是「不受限」、「不住」。而此說之能成其《易》學研究方法，實則
是先秦至六朝儒道釋諸學薈萃開顯的結果，並確立成論於王弼之治
《易》會通精神。

孔孟主張「知言」以及「言」的重要性〔註11〕，但孔子亦有「天
何言哉」的領會，《論語·陽貨》中記錄有：

子曰：「予欲無言。」子貢曰：「子如不言，則小子何述焉？」

〔註 9〕見王弼著、樓宇烈校釋《王弼集校釋》（北京：中華書局，1980 年），
頁 609。
〔註10〕見張善文〈論王弼《易》學的「得意忘象」說〉（學術界，1994 年 1
月），頁 91～93。
〔註11〕見凌欣欣《意在言外──對中國古典詩論中一個美學觀念的研究》
（中國文化大學中國文學研究所博士論文，2005 年），頁 14～20。

　　　子曰：「天何言哉？四時行焉，百物生焉。天何言哉！」
　〔註12〕

而《周易‧繫辭》上記載著：

　　　子曰：「書不盡言，言不盡意。」然則聖人之意，其不可見
　　　乎？子曰：「聖人立象以盡意，設卦以盡情偽。繫辭焉，以
　　　盡其言……。」〔註13〕

對於宇宙萬物生成變化，以及聖人之「意」，「言」皆有所不能盡之處，
故「立象以盡意」，則旨在得聖人之「意」。這是王弼「尋言以觀象」、
「尋象以觀意」之思想淵源所在。另《莊子‧外物》曰：

　　　荃者所以在魚，得魚而忘荃；蹄者所以在兔，得兔而忘蹄；
　　　言者所以在意，得意而忘言。吾安得夫忘言之人而與之言
　　　哉！〔註14〕

本來，莊學「忘」之本義實則指涉「心齋」、「坐忘」之體道精神的體
現，王弼以《易》學「通變」之精神，將此與「立象以盡意」會通，
故而衍義爲「得意在忘象，得象在忘言」的立論，終而辯證爲「立象
以盡意，而象可忘也」的不著於「象」之詮釋見解。立象盡意乃有迹
可循〔註15〕，而「言不盡意」的討論，更引發了從哲理思辯走入審美
直覺「言外」「象外」之「意」的追維。「味」的審美概念之提出，以
至向「味外之旨」的發展，大致和「言、象、意」詮釋並擴而發展的
文藝評論，可視爲是同一理路的思維。〔註16〕蘇軾在〈濁醪有妙理賦〉
中說：

　　　兀爾坐忘，浩然天縱。如如不動而體無礙，了了常知而心
　　　不用。……得意忘味，始知至道之腴。〔註17〕

〔註12〕見《論語》，收於同注9，《王弼集校釋》前揭書，頁633。
〔註13〕收於同上注，頁554。
〔註14〕見郭慶藩輯《莊子集釋》（台北：頂淵文化，2005年），頁944。
〔註15〕詳論見張乾元《象外之意──周易意象學與中國書畫美學》（北京：
　　　　中國書店，2006年），頁159～179。
〔註16〕詳論見侯敏《易象論》（北京：北京大學出版社，2006年），頁122
　　　　～128。
〔註17〕見孔凡禮點校《蘇軾文集》（北京：中華書局，2004年），頁21。

恰正標幟著此一詮釋體系之薈萃與融合。由「得意忘言」、「得意忘象」
到「得意忘味」，開顯的是蘇軾於傳統文人意識的「自出新意」，有傳
承有創變，而「得意」始終仍是其中不變的宗旨。

　　值得我們注意的是：佛學在「言意之辯」發展過程中，賦予「象外」
說豐富的滋養，並也深化其與六朝玄學融會和交流的共通性〔註18〕，如
後秦釋僧肇於《肇論・般若無知論》中，便運用「言、象、意」論述系
統進行佛學詮釋，下列引其相關論曰：

　　甲、有天竺沙門鳩摩羅什者，少踐大方，研機斯趣，獨拔
　　　　於言象之表，妙契於希夷之境。
　　乙、然則聖智幽微，深隱難測，無相無名，乃非言象之所
　　　　得……。
　　丙、經云般若義者，無名無說，非有非無，非實非虛，虛
　　　　不失照，照不失虛，斯則無名之法。故非言所能言也，
　　　　言雖不能言，然非言無以傳，是以聖人終日言，而未
　　　　嘗言也。
　　丁、故經云：盡見諸法而無所見，……寶積曰：無心無識，
　　　　無不覺知，斯則窮神盡智，極象外之談也。即之明文，
　　　　聖心可知矣！〔註19〕

上引資料中，甲條以「獨拔於言象之表」讚嘆鳩摩羅什之深解佛理義
趣；乙條以「乃非言象之所得」指出「無相無名」有「言」、「象」不
可盡意之處；丙條則肯定「言」有其傳達功能，然「言」究竟僅是媒
介，所謂「聖人終日言，而未嘗言」，即會通《金剛經》「無有定法如
來可說」〔註20〕，以及「得象在忘言」，然後成其「極象外之談」的

〔註18〕見湯用彤《魏晉玄學論稿》（上海：上海古籍出版社，2001 年），頁
　　　　36～42。
〔註19〕上引甲、乙、丙、丁諸條，皆見於釋僧肇《肇論》（台北：新文豐出
　　　　版，1993 年），頁 24～40。
〔註20〕見鳩摩羅什譯《金剛般若波羅密經》曰：「如來常說，汝等比丘知我
　　　　說法如筏喻者，法尚應捨，何況非法。……亦無有定法如來可說，
　　　　何以故？如來所說法，皆不可取、不可說，非法非非法。……不應
　　　　住色生心，不應住聲香味觸法生心，應無所住而生其心。」

結論。立言、立象有其必要，然言、象之「捨」與「忘」仍在於「應無所住而生其心」的精神。可以說僧肇相當巧妙地，將般若妙義賦予「象外」說──無相無名、虛空無盡之道境的朗現，也圓通了言、象、意諸學之互相詮釋的可能。湯用彤在《魏晉玄學論稿‧言意之辯》文中指出：

> 般若方便之義，法華權教之說，均合乎寄言出意之旨……。夫至道絕言超象，則文句亦聖人真意之糟粕耳。如此則二乘及一切教法悉為權說。夫玄學前既以得意之說混一孔老，此則依權教之義，亦可會通三教。夫道一而已矣，聖人之意，本自相同，而聖人之言則因時因地而殊。吾人絕不可泥於文字之異，而忘道體之同。〔註21〕

依湯氏上述對六朝「言、象、意」辯證發展中三教會通的理解，進而詮釋蘇軾以「味」、「象外」評論詩畫，似也不離其「道一」之本體精神，並有其內在通貫性的聯繫。而這也意味著蘇軾跳躍「論形之例」的格局，直升「精神之談」，乃直承六朝三教會通的哲理底蘊。故蘇軾所謂「論畫以形似，見與兒童鄰。賦詩必此詩，定非知詩人」（〈書鄢陵王主簿所畫折枝二首〉其一），應可視為其所指互涉「得意」於「象外」之旨，而此當然要向創作主體之氣韻精神探討，若僅以「不求形似」簡略論之，恐怕並不得詩旨之要義。

　　自中唐韓愈排斥佛老以至北宋，儒學振興運動有其學術發展之時代背景，孔孟、老莊、佛禪本各自分流，其論「道」有切近人倫教化實用、有自然全真之無、有通透實相空義……等等論述面向之不同，北宋儒士為捍衛儒家道統和維護社會倫理，以及振興經濟等諸理由〔註22〕，因而排斥佛老，自有其經世致用入世精神所致。而蘇氏蜀學在排佛倡儒聲浪之中，自樹其諸學會通的學術態度，是否如南宋理學集大成者朱熹，所指蘇氏兄弟解《易》、解《老子》為「雜

〔註21〕同注18前揭書，頁39。
〔註22〕見張清泉《北宋契嵩的儒釋融會思想》（台北：文津出版社），頁107～111。

學」〔註23〕，此非本論文探究主軸，尚待另題深究。然「道」之於宇宙的存在、之於文人自覺意識的觀照，從時空長期流變發展而言，實非一家一派一人所能言斷，其由即道體乃本同。宋人崇尚理趣，承秦漢以至唐各家各派哲思之薈萃，所謂「捍衛道統」無疑來自道統淪喪的危機意識，然通變、辯證進而匯流發展，卻也揭示著「道」的活潑生動，交相豐富滋養著學術、文藝風潮之意蘊內涵。從王弼「言、象、意」的《易》學研究方法，到僧肇以「極象外之談」論般若妙智，其間的衍義發展，不難見出儒、道、釋諸學會通的根由，乃在於道之普現萬物及道體之本一。「言」與「象」僅為其表徵，「言外」、「象外」方尚有體味無盡之「意」，這是詩畫審美主體接受之，而出以「言外之意」、「象外之意」品評美學思維的初衷，而審美意識無非乃自覺地，意欲透過「藝」體現「道」之無盡境界。《文選》收有孫興公《遊天台山賦》中曰：

> 挹以玄玉之膏，嗽以華池之泉，散以象外之說，暢以無生之篇，悟遣有之不盡，覺涉無之有閒……渾萬象以冥觀，兀同體於自然。〔註24〕

唐人李善注「象外謂道也」〔註25〕，此「道」乃玄學佛學之會通，透過「渾萬象以冥觀」，始能「得之於象外」，而「道」即在「兀同體於自然」之中。南齊謝赫首先以「象外」入畫論品評用語，而唐詩僧釋皎然於《詩議·論文意》中引「象外」入詩論，其曰：

> 固須繹慮於險中，採奇於象外，狀飛動之句，寫冥奧之思。

〔註26〕

〔註23〕 朱熹《雜學辨》指出：「蘇侍郎晚為是書（指蘇轍《老子解》），合吾儒於老子以為未足，又并釋氏而彌縫之，可謂舛矣！然其自許甚高，至謂當世無一人可與語此者。而其兄東坡公亦以為，不意晚年見此奇特。以予觀之，其可謂無忌憚者，與因為之辨……。」收於《景印文淵閣四庫全書》（臺北：臺灣商務印書館），第六九九冊，頁496。
〔註24〕 見蕭統編《文選》（臺北：藝文印書館，1989年），頁170。
〔註25〕 同上注，頁170。
〔註26〕 見釋皎然《詩議》，收於張伯偉編著《全唐五代詩格彙考》（南京：江蘇古籍出版社，200年4月），頁208。

又劉禹錫論詩以「境生象外」曰：

> ……詩者其文章之蘊邪？義得而言喪，故微而難能；境生於象外，故精而寡和。千里之繆，不容秋毫，非有的然之姿，可使戶曉，必俟知者，然後鼓行於時。〔註27〕（〈董氏武陵集〉）

而後司空圖則將「象外」說會合鍾嶸「滋味」說，以「味外」、「韻外」論詩，其以「象外」入詩論曰：

> 戴容州云：「詩家之景，如藍田日暖，良玉生煙，可望而不可置於眉睫之前也。」象外之象‧景外之景，豈容易可譚哉！然題紀之作，目擊可圖，體勢自別，不可廢也。〔註28〕（〈與極浦書〉）

> 大用外腓，真體內充，返虛入渾，積健為雄。具備萬物，橫絕太空，荒荒油雲，寥寥長風。超以象外，得其環中，持之匪強，來之無窮。〔註29〕

（《二十四詩品‧雄渾》）

對照其〈與李生論詩書〉中曰：

> 文之難，而詩之難尤難。古今之喻多矣，而愚以為辨於味，而後可以言詩也。江嶺之南，凡是資於適口者，若醯，非不酸也，止於酸而已；若鹺，非不鹹也，止於鹹而已。華之人以充飢而遽輟者，知其鹹酸之外，醇美者有所乏耳。彼江嶺之人，習之而不辨也，宜哉。詩貫六義，則諷諭、抑揚、渟蓄、溫雅，皆在其間矣。然直致所得，以格自奇。……王右丞、韋蘇州澄澹精緻，格在其中，豈妨於道舉哉？……噫！近而不浮，遠而不盡，然後可以言韻外之致耳。……蓋絕句之作，本於詣極，此外千變萬狀，不知所以神而自神也，豈容易哉？今足下之詩，時輩固有難色，儻復以全

〔註27〕見劉禹錫《劉夢得文集》卷二十三，四部叢刊本，第35冊，頁142下。

〔註28〕見司空圖《司空表聖文集》卷三，四部叢刊本，第38冊，頁15下。

〔註29〕見司空圖《二十四詩品》，收於《叢書集成續編》（台北：新文豐出版），頁677。

美爲工，即知味外之旨矣。〔註30〕

可見司空圖「韻外之致」、「味外之旨」，是前人以「象外」說契入畫論、詩論，更細微辨析的發展，其脈絡理路可謂出之一系。可以如此說：「象外」由論「道」，而論畫論詩，其由「道」而「藝」的發展脈絡，呈顯出審美主體藝術精神境域的開拓，此中《易》學「言、象、意」之詮釋，與佛老莊禪諸學的會通，自可視爲乃別開「詩言志」、「詩緣情」〔註31〕傳統，而另立審美標準的思想源頭。而蘇軾承續此一詩畫評論脈絡，其所謂「摩詰本詩老，佩芷襲芳蓀。今觀此壁畫，亦若其詩清且敦。……摩詰得之於象外，有如仙翮謝籠樊」，似乎也將「詩清且敦」，與畫「得之於象外」，在「詩畫本一律」基礎中，反映其審美主體視「清」與「象外」爲一相屬範疇，且由於接受以「味」論詩而多所發揮，本章將就第二節於此部分予以探究，以明蘇軾詩畫鑑賞通論之藝術精神。

要之，透過諸學「言、象、意」詮釋理路之概略陳述，顯現儒道釋於「象外」說——由論「道」而論「藝」的發展歷程中，發揮彼此圓通、會通的精神，而開拓出詩畫「言外」、「象外」，以至「味外」之品評理論。而蘇軾承此品評理路，立基於其「道」論諸學會通之本質，而呈現詩畫鑑賞通論之逸趣，此待下節詳論。

第二節　「象外」與「至味澹泊」藝術精神析論

僧肇所謂「極象外之談」〔註32〕（〈般若無知論〉），直指其爲虛空無盡之佛道；而孫興公於〈遊天台山賦〉中所說：「散以象外之說」〔註33〕，亦指涉玄佛會通之「道」。至唐皎然才將此論「道」用語契

〔註30〕同注28，前揭書卷二，頁9～10。
〔註31〕「詩言志」傳統之界義，參見拙著〈從「群體意識」與「個體意識」論文學史「詩言志」與「詩緣情」之對舉關係〉（新竹教育大學人文社會學報，第二卷第一期，2009年3月），頁6～8。
〔註32〕同注19引文出處。
〔註33〕同注24引文出處。

入詩論，此多少受到南齊謝赫以「象外」品評繪畫的啓迪，故「象外」
由畫論而詩論的說法，在發展時間歷程而言是合理的見解。然而，更
值得我們關注的是：「象外」由論「道」到論詩、畫的衍義發展，事
實的例證可能作爲蘇軾詩畫通論的思想底蘊，並亦可作爲其「道一」
觀念與「詩畫本一律」之關聯的輔證。

　　從皎然「探奇於象外」〔註34〕（《詩議・論文意》），到劉禹錫「境
生象外，……非有的然之姿」〔註35〕（〈董氏武陵集〉），前者指稱詩
歌創作之靈思可來自「象外」；後者指稱「象外」之境，乃與宇宙本
體之太虛、世界實相之空無相應，故具有不確定、含蓄及多義性的美
學特徵，因而說其爲「非有的然之姿」。〔註36〕可以這麼說：皎然和
劉禹錫兩者詩論中的「象外」，雖爲論詩之「思」與「境」，但似乎亦
不離「道」境的融入文藝創作和表現。而司空圖「詩辨於味」的論點，
則頗獲蘇軾認同。下列本節將就蘇軾對「象外」此一詮釋脈絡的接受
與發展，並聯繫其以「味」論詩影響之及於畫，而進行其詩畫鑑賞通
論之藝術精神的探討。

一、軼出「象外」

　　蘇軾以「象外」論畫，一者指王維「得之於象外」〔註37〕（〈王
維吳道子畫〉）；另一則見其〈題文與可墨竹〉詩云：
　　　　斯人定何人，游戲得自在。詩鳴草聖餘，兼入竹三昧。時
　　　　時出木石，荒怪軼象外。舉世知珍之，賞會獨予最。〔註38〕
徐復觀論及「東坡的常理與象外」時說：
　　　　他所說的常理，實出於《莊子・養生主》庖丁解牛的「依

〔註34〕同注 26 引文出處。
〔註35〕同注 27 引文出處。
〔註36〕見韓林德《境生象外：華夏審美學與藝術特徵考察》（北京：生活・
　　　　讀書・新知三聯書店，1995 年），頁 174～177。
〔註37〕同注 1 引文出處。另亦見王文誥《蘇文忠公詩編註集成》，嘉慶二十
　　　　四年鐫，武林韻山典藏版，（台北：臺灣學生書局），頁 1642。
〔註38〕同上注，王文誥《蘇文忠公詩編註集成》前揭書，頁 2820。

乎天理」的理，乃指出於自然地生命構造，及由此自然地
生命構造而來的自然地情態而言。……他的所謂常理，與
顧愷之所說的「傳神」的神，和宗炳所說的「質有而趣靈」
的靈，乃至謝赫所說的「氣韻生動」的氣韻，及他所說的
「窮理盡性」的性情，郭熙所說的「取其質」的質，「窮其
要妙」的「要妙」，「奪其造化」的「造化」，實際是一個意
思。……再用西方的名言說，是要求突破山水的第一自然
而畫出它的第二自然來。這種第二自然，是由突破形似的
第一自然而來，所以他又稱之為象外。〔註39〕

並由此一「常理」的概括性詮釋，聯繫蘇軾對於王維以及文與可之有
關「象外」評論的精神內涵。〔註40〕徐氏將六朝至宋「傳神」論的發
展，和蘇軾「常理」與「象外」二說相聯貫，並指出兩者源於莊學庖
丁解牛之「依乎天理」，此論述本有理路依循。再說，蘇軾亦言「物
一理也，通其意，則無適而不可。」〔註41〕（〈跋君謨飛白〉）因此，
「常理」說和「象外」說有其內在聯貫，應也是合理的推論。只是若
以蘇軾佛老莊禪會通之哲思特質，指稱「常理」與「象外」皆僅源出
莊學，恐怕忽略佛禪對蘇軾詩畫鑑賞理論的影響。尤其，當我們透過
蘇軾文本用語的詮釋，不難見出：其於王維、文與可畫作賦予「象外」
的評價，實有佛禪思想底蘊於其中，值得我們深入探究。

蘇軾在〈書文與可墨竹〉詩敘中說：

亡友文與可有四絕：詩一，楚辭二，草書三，畫四。與可
嘗云：「世無知我者，惟子瞻一見，識吾妙處。」〔註42〕

可見蘇軾所稱「詩鳴草聖餘，兼入竹三昧」，是「賞會獨予最」，也是
文與可所指「識吾妙處」。此作者與讀者互為知音，所評論應不是誤
讀杜撰。由此，蘇軾指出文與可的畫作，之所以「荒怪軼象外」，其

〔註39〕見徐復觀《中國藝術精神》（台北：臺灣學生書局，1998 年），頁 359
　　　　～360。
〔註40〕同上注，頁 360～361。
〔註41〕見孔凡禮點校《蘇軾文集》（北京：中華書局，2004 年），頁 2181。
〔註42〕同注37，王文誥《蘇文忠公詩編註集成》前揭書，頁 2781。

源乃在創作主體「游戲得自在」。而「游戲」、「自在」、「三昧」之用語，在佛學經典則屢見不鮮，其中和〈題文與可墨竹〉詩意較貼近者，屬《華嚴經》中云：

> 如是等而爲上首，其數無量，皆勤精進，觀一切法，心恒快樂，自在遊戲。〔註43〕（〈世主妙嚴品第一之一〉）
>
> 一切諸佛有無邊際無礙解脱，示現無盡大神通力……一切諸佛，有無邊際菩薩行願，得圓滿智，遊戲自在，悉能通達一切佛法。〔註44〕（〈佛不思議法品第三十三之一〉）
>
> 自在遊戲清淨禪，入佛三昧，知無我故。〔註45〕（〈離世間品第三十八之六〉）

又《大智度論》卷七曰：

> 菩薩心生諸三昧，欣樂出入自在，名之爲戲，……自在無畏，故名爲戲。〔註46〕

而《景德傳燈錄》卷八，則記載池州南泉普願禪師曰：

> 池州南泉普願禪師者，鄭州新鄭人也。姓王氏，唐至德二年依大隈山大慧禪師受業，三十詣嵩嶽受戒。初習相部舊章，究毗尼篇聚。次遊諸講肆，歷聽楞伽華嚴，入中百門觀精練玄義。後扣大寂之室，頓然忘筌，得遊戲三昧。〔註47〕

〔註43〕見實叉難陀譯：《大方廣佛華嚴經》（80卷本），收於《大正藏》第十冊，頁4上。

〔註44〕同上注，頁242中。

〔註45〕同上注，頁305中。而《華嚴經・入法界品》又曰：「佛子!菩薩摩訶薩有十種遊戲，何等爲十？……入於三昧而示現行住坐臥一切業，亦不捨三昧正受，是菩薩遊戲……。」（大正十，頁295）關於《華嚴經》之指「遊戲三昧」，詳論見陳琪瑛「《華嚴經・入法界品》空間美感的當代詮釋」（台北：法鼓文化，2007年），頁192～196。

〔註46〕見龍樹菩薩著，後秦鳩摩羅什譯《大智度論》，收於《趙城金藏》（北京：北京圖書館出版社）第三十冊，頁211～212。

〔註47〕見《景德傳燈錄》，收於《大正藏》第五一冊，頁257中。而唐代敦煌本《壇經》解釋「般若三昧」曰：「自性心地，以智惠觀照，內外明徹，識自本心，若識本心，即是解脱，既得解脱，即是般若三昧。悟般若三昧，即是無念。何名無念？無念法者，見一切法，不著一切法，遍一切處，不著一切處，常淨自性，……來去自由，即是般

我們若引上列文獻，來詮釋蘇軾「游戲得自在」、「兼入竹三昧」之與
「荒怪軼象外」的關聯性，可以理出幾條線索：

（一）「三昧」是悟定之靜妙，「游戲」乃生命活潑之靈動，「游
　　　戲三昧」是動中禪定，即動中有定，定中寓動，故而得以
　　　由論佛道而論文藝創作。至於「游戲」與「自在」乃無礙
　　　通達之精神境界顯現，非等同兒童嬉戲，而「游戲」與「自
　　　在」亦意味「無礙解脫」、「來去自由」，亦即「入佛三昧，
　　　知無我故」。

（二）蘇軾化用「入佛三昧」為「入竹三昧」，意指文與可創作
　　　時進入「無我」的禪境，可對照「與可畫竹時，見竹不見
　　　人。豈獨不見人，嗒然遺其身。其身與竹化，無窮出清新。」
　　　〔註48〕（〈書晁補之所藏與可畫竹三首〉其一）此兩處皆
　　　涉及主體修養與創作之即體即用〔註49〕，並見出其莊禪

若三昧，自在解脫，名無念行。……悟無念法者，萬法盡通……。」
見慧能著、郭朋校釋《壇經校釋》（北京：中華書局，1983年），頁
60。筆者認為：若依《壇經》所指「般若三昧」，進而詮釋「入竹三
昧」，即「以智惠觀照，內外明徹，識自本心」，而得「自在解脫」。
由於「自在解脫」，因而「見一切法，不著一切法」，因而「來去自
由」。又由於不為法所限（無念法者），故而「萬法盡通」。本文認為
此處論述若得以成立，則與蘇軾「意造本無法」之創作論互涉。另
元代宗寶本《壇經》則記載：「若於一切處而不住相，於彼相中，不
生憎愛，亦無取捨，不念利益成壞等事，安閒恬靜，虛融澹泊，此
名一相三昧。若於一切處，行住坐臥，純一直心，不動道場，真成
淨土，此名一行三昧。」又錄曰：「若悟自性，亦不立菩提涅槃，亦
不立解脫知見。無一法可得，方能建立萬法。……見性之人，立亦
得，不立亦得，去來自由，無滯無礙，應用隨作，應語隨答，普見
化身，不離自性，即得自在神通，游戲三昧，是名見性。」筆者按：
「游戲三昧」一詞，於唐敦煌本《壇經》未見。至於「安閒恬靜，
虛融澹泊」與「一相三昧」合論，應亦是後人衍義。至於敦煌本「萬
法盡通」，則宗寶本〈般若品第二〉曰：「一切即一，一即一切、去
來自由，心體無滯，即是般若」，可與之互相發明。故可見《壇經》
版本雖異，然其精神仍相貫通。

〔註48〕同注37，見王文誥《蘇文忠公詩編註集成》前揭書，頁2890。
〔註49〕主體修養之即體即用為下一章論述主旨，詳論與之互見。

會通之「道一」觀念，貫穿其論畫思維。〔註 50〕更可作
為「清新」之詩、畫風格，與創作者之主體修養實有關聯
之例證，而「象外」之品評，當亦不離此一審美範疇。
（三）從「次遊諸講肆，歷聽楞伽華嚴，入中百門觀精練玄義。
後扣大寂之室，頓然忘筌，得遊戲三昧。」可見莊學「得
魚忘筌」和「遊戲三昧」之會通，已見於宋時釋道源所編
《景德傳燈錄》之佛學文獻。並約略可見「遊戲三昧」之
原旨，似乎可溯源自華嚴學「遊戲自在」、「入佛三昧」的
相聯繫。因而，「遊戲」、「三昧」本可分論，而「遊戲三
昧」當亦可視為是「遊戲」、「三昧」合論之發展。並由此
可以之詮釋蘇軾〈題文與可墨竹〉詩中「遊戲」、「三昧」、
「象外」合論，其中寓有華嚴學與莊學之會通意義，實既
有所本亦有所承。

統合而言，〈題文與可墨竹〉詩中所云：「荒怪軼象外」之「象外」，
除了和蘇軾「常理」說互通之外，透過「游戲得自在」、「兼入竹三昧」
之藝術精神溯源，其比附《華嚴經》等諸佛經「游戲」、「自在」、「三
昧」之用語，可見其指涉僧肇〈般若無知論〉中，所謂「斯則窮神盡
智，極象外之談」的「象外」。而「象外」契入繪畫品評源自謝赫，
蘇軾對此一傳承，則有其莊禪會通之精神領域的開拓。姑且不論文與
可是否真如蘇軾所言，在畫作中體現游戲自在、入竹三昧的精神境
界，然蘇軾比附佛學證悟解脫之道境，以契入「象外」藝術精神之品
評，其以禪喻畫之審美理想，實際上對元明「文人畫」的發展，起著
前導的作用與影響。另外，我們也可由此一論述，約略可以見到蘇軾
文藝創作論、鑑賞論、主體修養論皆互有關涉，可謂是即體即用之體
用不二的關係，而此「體」即為諸學會通之本體——「道一」觀念。

延續前述觀察視角，蘇軾評論詩、書、畫多見契入「游戲」、「三

〔註 50〕「身與竹化」有其莊禪會通之處，詳見陳中浙《蘇軾書畫藝術與佛
教》（北京：商務印書館，2004 年），頁 238～244。

昧」、「游戲三昧」……等佛學用語，如〈跋魯直爲王晉卿小書爾雅〉
曰：「魯直以平等觀作欹側字，以眞實相出游戲法」；又〈與參寥子〉
（十八）文曰：「老師年紀不小，尚留情句畫間爲兒戲事耶？然此回
示詩，超然眞游戲三昧也。」〔註51〕此外也有以「王晉卿得破墨三昧，
又嘗聞祖師第一義，故畫刑和璞、房次律論前生圖，以寄其高趣……」
〔註52〕爲詩題者，由此可略見蘇軾化用佛禪「游戲三昧」之靜定與動
態之辯證，而應用於論「藝」，並成其「游戲三昧」之藝術觀。他也
曾在〈龜山辯才師〉詩中云：

> 羨師游戲浮漚間，笑我榮枯彈指內。嘗茶看畫亦不惡，問
> 法求詩了無礙。〔註53〕

此「游戲」即證道自在之生命欣樂狀態，況且嘗茶、看畫、作詩也皆
在道中而得以寄趣，並在〈送參寥師〉詩中更加深化「問法求詩了無
礙」的見解，指出：

> 欲令詩語妙，無厭空且靜。靜故了群動，空故納萬境。……
> 鹹酸雜眾好，中有至味永。詩法不相妨，此語當更請。
>
> 〔註54〕

所謂「詩法不相妨」，即指「詩不礙禪」、「禪不妨詩」，汪師韓於《蘇
詩選評箋釋》卷二評此曰：

> ……正得詩法三昧者。其後嚴羽遂專以禪喻詩，至爲分別

〔註51〕上述兩條引文，見同注17，孔凡禮點校《蘇軾文集》前揭書，頁2195；
　　　　及頁1865。
〔註52〕同注1，王文誥輯註、孔凡禮點校《蘇軾詩集》前揭書，頁2625。
〔註53〕同上注，頁1296。筆者按：蘇軾於黃州之前已接觸佛學，但在黃州
　　　　之後，則問法更勤，其於〈黃州安國寺記〉中自述：「元豐二年十二
　　　　月，余自吳興守得罪，上不忍誅，以爲黃州團練副使，使思過而自
　　　　新焉。其明年二月，至黃。舍館初定，衣食稍給，閉門却掃，收召
　　　　魂魄，退伏思念，求所以自新之方，……。得城南精舍曰安國寺，
　　　　有茂林修竹，陂池亭榭。間一二日輒往，焚香默坐，深自省察，則
　　　　物我相忘，身心皆空，求罪垢所重生而不可得。一念清靜，染汙自
　　　　落，表裡翛然，無所附麗。私竊樂之。旦往而暮還者，五年於此矣。」
　　　　（見同注17，頁391）
〔註54〕同上注，《蘇軾詩集》前揭書，頁906～907。

宗乘，此篇早已爲之點出光明。王士禛嘗謂李、杜如來禪，

蘇、黃祖師禪，不妄也。〔註55〕

而紀昀評《蘇文忠公詩集》，於卷一七曰：

結處「詩法不相妨」五字，乃一篇之主宰，非專拈「空」、

「靜」也。〔註56〕

汪師韓此語即指出本詩「以禪喻詩」之妙；而紀昀則指出「靜故了羣動，空故納萬境」二句，乃意在說明「詩法不相妨」之詩眼。而詩之所以反映「空」、「靜」，無非寄寓「象外之象」、「味外之味」，方得以證成「詩法不相妨」之命題。〔註57〕因此，從文本上考察，蘇軾似乎未曾直接以「象外」一詞作爲詩歌評論語，然其「問法求詩了無礙」、「詩法不相妨」的論點，卻也必然走向「超以象外」的審美與創作，而「至味」當然亦即不離與「象外」之內在關聯了！我們可以如此說：蘇軾以禪喻詩、以禪喻畫的傾向，必然導引其嚮往「象外」審美理想的實現，而「象外」之審美理想，亦爲其融通詩畫禪三者「無礙」之藝術精神所在，而此中「游戲三昧」之藝術觀，當亦可列入同系相屬之探討範疇，並更能深契所謂「靜故了群動」之詩義。

〔註55〕見曾棗莊、曾濤編《蘇詩彙評》（台北：文史哲出版社，1998 年），頁 734。

〔註56〕同上注，頁 734。亦可另見同注 37，王文誥《蘇文忠公詩編註集成》前揭書，頁 2371。

〔註57〕詳論見劉衛林《蘇軾詩法不相妨說初探》（新亞學報，21 期，2001 年 11 月），頁 313～320。氏者於結論指蘇軾此詩乃在說明：「從禪的角度來說，詩僧在藝術創作之中，既無礙其淡泊無所起之心，反得以藉此深入空寂，見萬物之眞而有助證性；而從詩的角度來說，此一空靜禪心，不但不足以影響創作，反而以此得詩人所追求的象外之象、味外至味，可以獲致在文字之表的韻外之致，由此令筆下清妙而又雄逸變態。故此無論從佛教思想的角度，抑或從藝術創作的角度來說，詩之與法不但不足以相妨，而且更有相輔相成之妙。」筆者按：詩與禪有無相礙，是一爭議的論題，自韓愈之後，宋人劉克莊亦有「詩之不可爲禪，猶禪之不可爲詩」的意見，然「以禪喻詩」仍在正反辯證中有其發展，主因乃在華嚴無礙說消融一與多之對立，直契妙悟本心，概括詩禪共通之本質。

　　由此一詮釋理路，我們重新回顧蘇軾對王維——「得之於象外」
之評論的藝術精神所在，若依王弼「得意忘象」、僧肇「極象外之談」、
謝赫「取之象外」、皎然「探奇於象外」、劉禹錫「境生象外」以至司
空圖「象外之象」的脈絡而言，《易》學與莊禪之「道」論契入「詩
畫通論」乃有跡可尋，此有跡乃「無跡之跡」〔註58〕，專就「虛實」
之「虛」而言，亦即以「虛」寫「實」，皎然曾於《詩議・論文意》
中說：

> 夫境象不一，虛實難明。有可睹而不可取，景也。可聞而
>
> 不可見，風也。雖繫乎我形，而妙用無體，心也。〔註59〕

正因為「可睹而不可取」、「可聞而不可見」，故「境象」具有「虛」
「實」之雙重本質，亦即司空圖所謂「可望而不可置於眉睫之前」的
「象外之象」、「景外之景」。〔註60〕而劉禹錫「境生象外」，指的也就
是此種「妙用無體」而需心領神會之境。因此「象外」之「外」並非
與「象」無關者，而是指在表象之外，直涉「象」之核心藝術精神。
由此，「祇園弟子盡鶴骨，心如死灰不復溫。門前兩叢竹，雪節貫霜
根。交柯亂葉動無數，一一皆可尋其源。」（〈王維吳道子畫〉）其所
謂「鶴骨」、「心如死灰不復溫」皆非形象所能表現，至於「交柯」二
句，更顯「妙契微茫」〔註61〕，其所反映王維畫作不但如其詩「清且
敦」，且有無盡禪意於其中。而王文誥評此詩說：「道玄雖畫聖，與文
人氣息不通，摩詰非畫聖，與文人氣息通。此中極有區別。自宋、元

〔註58〕語出滕守堯《道與中國藝術》（台北：揚智文化，1996 年），頁 62。
　　　　氏者指出：「無跡之跡」，是中國傳統繪畫藝術的主心骨。「它往往在
　　　　有形中發掘出無形；在『有跡』中發掘出『無跡』；在有限中展示出
　　　　無限；在空間中展示出時間；在物質中發掘出精神……種種平時拒
　　　　絕向凡人凡目展示自身的『無跡』的東西不僅無所不在，而且往往
　　　　層層遞進，直引人走到『無』或『一』的空靈廣大而又含蓄充實的
　　　　境界。」
〔註59〕同注 26，《全唐五代詩格彙考》前揭書，頁 205。
〔註60〕見張文勛《儒道佛美學思想源流》（昆明：雲南人民出版社，2004 年），
　　　　頁 372～373。
〔註61〕語出紀昀，同注 55，《蘇詩彙評》前揭書，頁 119。

以來，爲士大夫畫者，瓣香摩詰則有之，而傳道玄衣鉢者，則絕無其
人也。公畫竹實始於摩詰。今讀此詩，知其不但詠之、論之，并已摹
之、繪之矣。非久，與文同遇於岐下，自此畫日益進，而發源則此詩
也。」〔註62〕我們若再深入探究「心如死灰」之語源出處，可見諸於
《莊子》：

> 形固可使如槁木，而心固可使如死灰乎？〔註63〕（〈齊物論〉）
> 身若槁木之枝而心若死灰。若是者，禍亦不至，福亦不來。
> 禍福無有，惡有人災也！〔註64〕（〈庚桑楚〉）

唐西華法師成玄英爲《莊子》注作疏，於其序曰：「夫《莊子》者，……
暢無爲之恬淡，明獨化之窅冥，……實象外之微言也。」〔註65〕其疏
「禍福無有，惡有人災也」曰：

> 夫禍福生乎得喪，人災起乎美惡。今既形同槁木，心若死
> 灰，得喪兩忘，美惡雙遣，尚無冥昧之責，何人災之有乎！
> 〔註66〕

顯然，王文誥所曰：「與文人氣息通」用語過於籠統，確切的說法應
可爲：蘇軾對於王維畫作之所以推崇，其曰「又於維也斂衽無間言」，
乃因王維將主體心靈體道證悟之領會，反映於其所寄寓畫作上「祇園
弟子」的形象之核心精神〔註67〕，實則是「得喪兩忘」、「美惡雙遣」

〔註62〕同注1，《蘇軾詩集》前揭書，頁110。
〔註63〕同注14，《莊子集釋》前揭書，頁43。
〔註64〕同上注，頁790。另《法苑珠林・禪定部》曰：「書亦有言：當使形
　　　如枯木，心若死灰。」可見禪學會通莊學，時有所見。
〔註65〕收於同上注，頁6。
〔註66〕同上注，頁791。
〔註67〕「祇園」乃佛陀說法的地方，《金剛經》經首云：「如是我聞，一時
　　　佛在舍衛國，祇樹給孤獨園。與大比丘眾千二百五十人俱。」故「祇
　　　園弟子」，即佛弟子。據宋人羅適校刊《金剛經六祖口訣》釋曰：「祇
　　　者太子名也。樹是祇陀太子所施，故言祇樹也。給孤獨者，須達長
　　　者之異名。園本屬須達，故言給孤獨也。佛者梵語，唐言覺也。
　　　覺義有二：一者外覺，觀諸法空；二者內覺，知心空寂，不被六塵
　　　所染。外不見人過，內不被邪迷所惑，故名覺。覺即是佛也。」蘇
　　　軾於此將「祇園弟子」之「覺性」，與莊學「心如死灰」之「吾喪我」
　　　的體道精神融會互用，仍爲其「道一」觀念會通的本質。

之「象外」意，亦即是體道精神的體現。而「交柯亂葉動無數」寫的是風中之竹，蘇軾於此讚嘆王維寫竹能得「常理」，亦盡得禪之意境。因此，所謂「與文人氣息通」，似乎重點在畫者及閱讀者的身份，其實身份是一次要的問題，核心主旨是在於畫作「得之於象外」之詮釋理路的開顯，以及「以藝進道」之「道」與「藝」體用不二藝術精神的所在，這也是深爲蘇軾感動，而詠之、論之、讚嘆之，甚至摹之、繪之的原因了！

此外，順帶一提的是主體審美評價可能有別於社會審美價值的問題〔註 68〕，在繪畫評論史上，屢常有此兩者差異所引起之爭議。如南齊謝赫於《古畫品錄》，將顧愷之列入第三品，評其「格體精微，筆無妄下；但迹不逮意，聲過其實。」〔註 69〕唐人李嗣眞於《續畫品錄》中指出：「……謝評甚不當也。顧生思侔造化，得妙物於神會。」〔註 70〕又唐人張懷瓘則於《畫斷》曰：「顧公運思精微，襟靈莫測。……謝氏黜顧，未爲定鑒。」〔註 71〕又如詩聖杜甫在〈丹青引贈曹將軍霸〉所引發曹霸、韓幹畫馬優劣之爭議〔註 72〕，亦有其主體別出世俗之審美評價，未必要服膺於社會審美價值的統一。至於蘇軾所謂「吳生雖妙絕，猶以畫工論。摩詰得之於象外，有如仙翮謝籠樊。吾觀二子皆神俊，又於維也斂衽無間言。」（〈王維吳道子畫〉）我們認爲可從下

〔註 68〕何謂審美評價？何謂審美價值？兩者有何差異？簡略相對地説：審美評價是主觀的；而審美價值是客觀的。審美價值是在社會歷史實踐過程中形成的客觀價值，而審美評價是主體審美判斷之主觀表現。因爲審美主體之藝術涵養、心靈意識及其情志，往往影響著他對審美客體的審美評價；但審美價值則是既取決於審美主體的實踐活動和需要，又取決於審美客體本身的客觀屬性，因此審美價值相對於審美評價是較具有客觀社會性。故審美評價可能符合也可能不符合審美價值，因爲審美評價與審美價值是兩個不同的概念，他們之間有關聯，但不是附屬關係。見拙著《杜甫題畫詩之審美觀研究》（臺灣師範大學國文研究所碩士論文，2003 年），頁 231。

〔註 69〕同注 6，《中國畫論類編》前揭書，頁 360。

〔註 70〕同上注，頁 394。

〔註 71〕同上注，頁 402。

〔註 72〕詳論見同注 68，《杜甫題畫詩之審美觀研究》前揭書，頁 206～243。

列三種思考方式試圖理解：首先，蘇軾於此是針對鳳翔開元寺王維及吳道子之畫作的評論，並非是就其兩者終身繪畫成就作成定論。故於開元寺，蘇軾認為王維畫作較能呈顯佛道「象外」之意，就王維於佛禪之修養〔註73〕，不能謂其沒有根據。其次，在蘇軾接受莊學「技進於道」的思維下，「猶以畫工論」反映出其審美判準不僅僅在畫師之「技」，而在「道」「技」兩進、以「藝」寓「道」，此自有其審美理想。甚至，事實上蘇軾有意提升繪畫創作由工匠至寓「道」的位階，若以此指其貶低畫工，似乎未曾考察唐宋以前畫工地位本就不高的事實。嚴格地說：文人（或詩人）介入畫論的品評，就中國繪畫發展而言，提供了深刻的思想底蘊及精神意境於其中，不盡為當代繪畫獨立於文學之外、自為存在之目的，而屏斥其歷程相互滋養的重要性。最後本文要指出的是：王維「得之於象外」，乃蘇軾開其說，然最終「逸品」典範的確立，仍在後人繪畫創作意識的選擇與接受，是集體審美意識辯證發展而成，宜深入探究其中原由，發掘其中藝術精神所在，並於其中發現後續創新的可能。

二、淡之味「道」

　　於前文，我們約略提到司空圖吸收「象外」說，與「韻外之致」、「味外之旨」的提出，似有其內在脈絡發展的一貫性。今人杜道明於〈從「物中之道」到「味外之旨」──中國古代的直覺思維對象從哲學向藝術的演化〉一文中，從「物中之道」、「形中之神」、「文外之味」、「味外之旨」論述此中相關美學概念的聯繫性，直接點出老莊「道」論和形神論的發展，以及「象外」、「味外」的關聯性，並直指「淡」的精神核心在其中可供玩味的本質。〔註74〕更指出蘇軾以「味」論詩，

<hr>

〔註73〕詳論見蕭麗華〈論王維宦隱與大乘般若空性的關係〉、〈從禪悟的角度看王維自然詩中空寂的美感經驗〉二文，皆收於氏者《唐代詩歌與禪學》（台北：東大圖書，2000 年），頁 73～141。

〔註74〕詳論見杜道明〈從「物中之道」到「味外之旨」──中國古代的直覺思維對象從哲學向藝術的演化〉（中國文化研究，2003 年，冬之卷），頁 106～114。

與司空圖「味外」說的相屬，他說：

> 司空圖所說的「鹹酸」之外的「醇美」究竟何所指呢？蘇軾在〈送參寥師〉一詩中說：「鹹酸雜眾好，中有至味永。」可說是對「醇美」的極好注腳，「醇美」亦即兼有眾味之長，且能雋永不盡的「至味」，在文學作品中，就是司空圖所說的「韵外之致」和「味外之旨」。〔註75〕

而從文本探求，蘇軾在〈書黃子思詩集後〉一文，即對司空圖「鹹酸之外」有精彩的詮釋及發展，他說：

> 予嘗論書，以謂鍾、王之迹，蕭散簡遠，妙在筆畫之外。至唐顏、柳，始集古今筆法而盡發之，極書之變，天下翕然以爲宗師，而鍾、王之法益微。至於詩亦然。蘇、李之天成，曹、劉之自得，陶、謝之超然，蓋亦至矣。而李太白、杜子美以英瑋絕世之姿，凌跨百代，古今詩人盡廢，然魏晉以來高風絕塵，亦少衰矣。李、杜之後，詩人繼作，雖間有遠韻，而才不逮意，獨韋應物、柳宗元發纖穠於簡古，寄至味於澹泊，非餘子所及也。唐末司空圖，崎嶇兵亂之間，而詩文高雅，猶有承平之遺風。其論詩曰：「梅止於酸，鹽止於鹹。」飲食不可無鹽、梅，而其美常在鹹、酸之外。……信乎表聖之言，美在鹹、酸之外，可以一唱而三歎也。〔註76〕

又於〈評韓柳詩〉文中曰：

> 柳子厚詩在陶淵明下，韋蘇州上。退之豪放奇險則過之，而溫麗靖深不及也。所貴乎枯澹者，謂其外枯而中膏，似澹而實美，淵明、子厚之流是也。若中邊皆枯澹，亦何足道！佛云：「如人食蜜，中邊皆甜。」人食五味，知其甘苦者皆是；能分別其中邊者，百無一二也。〔註77〕

在〈題柳子厚詩〉文中則曰：

〔註75〕同上注，頁 114。文中司空圖「醇美」語出〈與李生論詩書〉，文見注 30 所引。
〔註76〕同注 41，《蘇軾文集》前揭書，頁 2124～2125。
〔註77〕同上注，頁 2109～2110。

詩須要有爲而作，用事當以故爲新，以俗爲雅。好新務奇，
乃詩之病。柳子厚晚年詩，極似陶淵明，知詩病者也。
〔註78〕

我們根據上引三篇文本，試圖尋索蘇軾所謂「至味」，對司空圖「醇
美」、「味外」的接受與開拓，下列條述其要點：

　　（一）蘇軾在〈書黃子思詩集後〉文中，從流變的歷史觀點，探
　　　　　詩、書通論的觀察視角，指出唐朝爲詩、書創變時代──
　　　　　書至顏柳、詩至李杜，審美風潮隨其絕出而丕變。而所謂：
　　　　　「鍾、王之迹，蕭散簡遠，妙在筆畫之外」，以及「魏晉
　　　　　以來高風絕塵」，卻也在顏柳「始集古今筆法而盡發之，
　　　　　極書之變」，以及「李太白、杜子美以英瑋絕世之姿」的
　　　　　縱橫崛起後，而益微、少衰。此中既有讚歎顏、柳、李、
　　　　　杜之文藝史地位，然亦不免遺憾唐以前「蕭散簡遠，妙在
　　　　　筆畫之外」、「高風絕塵」美學的失落。「筆畫之外」〔註79〕
　　　　　爲蘇軾意欲重新和司空圖所指「美在鹹、酸之外」相提並
　　　　　論者，此乃其由「味外」而「至味」之藝術精神的歷史傳
　　　　　承脈絡。〔註80〕

　　（二）蘇軾於李、杜之後，樹立「韋應物、柳宗元發纖穠於簡
　　　　　古，寄至味於澹泊」之詩歌史地位，此與司空圖於〈與
　　　　　李生論詩書〉所指：「王右丞、韋蘇州澄澹精緻，格在其
　　　　　中」〔註81〕相應。並將此系「澹泊」鑑賞品評追溯至陶

〔註78〕同上注，頁2109。
〔註79〕蘇軾於〈傳神記〉中說：「南都程懷立，眾稱其能。於傳吾神，大得
　　　　其全。懷立舉止如諸生，蕭然有意於筆墨之外者。」（同上注，頁401）
　　　　可見蘇軾重視「傳神」和「筆墨之外」的相關處。
〔註80〕詩文以「味」評論，自劉勰《文心雕龍》已開肇端，詳論見楊星映
　　　　〈劉勰論「味」蠡測〉（西南師範大學學報，第28卷第6期，2002
　　　　年11月），頁142～145。而後鍾嶸論詩始有「滋味」說，司空圖即
　　　　是在此一論述傳承下，提出「味外之旨」。
〔註81〕語出同註30引文。

淵明〔註82〕，故曰：「柳子厚詩在陶淵明下，韋蘇州上」

（〈評韓柳詩〉），又曰：「好新務奇，乃詩之病。柳子厚晚

年詩，極似陶淵明，知詩病者也。」（〈題柳子厚詩〉）而

司空圖《二十四詩品・纖穠》曰：「與古爲新」，似也爲

蘇軾所接受，並以此評柳詩。

（三）蘇軾接受司空圖「美在鹹、酸之外」，開拓出「外枯而中

膏，似澹而實美」、「中邊皆甜」之論點。此與其於書信告

蘇轍曰：「吾於詩人，無所甚好，獨好淵明之詩。淵明作

詩不多，然其詩質而實綺，癯而實腴，自曹、劉、鮑、謝、

李、杜諸人皆莫及也」。〔註83〕其中「質而實綺，癯而實

腴」，和「外枯而中膏，似澹而實美」，大抵是詮釋其所謂

「中邊皆甜」之重要線索。

法國學者余蓮曾於《淡之頌──論中國思想與美學》書中，〈在

味的「邊緣」和「中心」〉一章中，對蘇軾「中有至味永」（〈送參寥

師〉）及「中邊皆甜」，有頗深入的觀察和詮釋，他指出：

平淡「之外」於是變成味道的「中心」，而平淡則爲其「邊

緣」。此時，超越的邏輯與先前的一樣，但多了一種自佛

教啓發的新直觀。……外邊枯澹而內裡豐美，所以應當

從味道上叫人失望的「邊」，過渡到圓滿飽和的「中」。

〔註84〕

他運用佛學「中觀」理解蘇軾的「中邊」，然後接著說：

如果「酸」和「鹹」都能迎合「眾好」，那麼我們應當立於

「中」（相對於鹹酸二味），並且超越這種二元對立關係，

〔註82〕梅堯臣曾詩曰：「詩本道情性，不須大厥聲。方聞理平淡，昏曉在淵
明。」（《宛陵集》，第二十四卷）蘇軾對梅氏此說，應有所接受，然
後開其「外枯中膏」之說。

〔註83〕見蘇轍《欒城後集》，收於陳宏天、高秀芳點校《蘇轍集》（北京：
中華書局，2004 年），頁 1110。

〔註84〕見余蓮著，卓立譯《淡之頌──論中國思想與美學》（台北：桂冠圖
書，2006 年），頁 110。

　　才能獲得眞正的味道，即引文中所說的「至味永」。〔註85〕
並且將此一詮釋和「清」相互聯繫。〔註86〕我們認爲余蓮此一觀察，
相當貼近蘇軾引用「中邊皆甜」的意旨，而此亦是蘇軾對司空圖「味
外之旨」的開拓與發展。

　　楊星映詮釋司空圖「倘復以全美爲工，即知味外之旨」〔註 87〕
說：

> 「全美」者，老莊以「道」爲全美。「道」即宇宙自然的本
> 源與總規律，惟「道」集虛，「道」是形而上的，「全美」
> 即無垠之美。詩人情意寓於具體審美物象之中，而又寄於
> 物象之外，超越語言的局限而虛擬，幻化出一個廣闊深邃
> 的藝術境界，寓於其中與寄於其外的統一，就是全美，就
> 是有味外之旨。〔註88〕

也就是說：司空圖提出「象外之象」，「味外之旨」，實則指涉「道」。
「象外」由論「道」而論「藝」的歷程，我們於前文已略作分析，至
於「味外」亦淵源於論「道」，則可追溯老莊以及《中庸》所論及「味」
與「淡」的關係。而蘇軾「中邊皆甜」，即如余蓮前引所述，則又契
入佛學中觀會通而成。而爲要呈顯此中脈絡，我們將引文本再行論證
說明。

　　首先，我們先觀察「淡」「味」之論述中，和諸學論「道」之關
聯，如《老子》三十五章曰：

> 道之出口，淡乎其無味……。〔註89〕

〔註85〕同上注，頁 113。
〔註86〕余蓮指出：「只有當人懂得不被限制、不迷戀任何一種特殊的味道、
　　　　但也不消除任何特殊的味道時，只有當人不特別高舉某種味道而忽
　　　　略其他的味道時，當人隨時都能接受各種味道時，當人通過所有的
　　　　味道而自由自在地變化時，當各種味道之間的不相容消失時，他才
　　　　可領會中心的味道。那是「清」的味道，那種以它的平淡使各種味
　　　　道結合起來，並且使它們互相融合的味道。」同上注，頁 113～114。
〔註87〕引文出處同注 30。
〔註88〕同注 80，楊星映前揭期刊，頁 145。
〔註89〕收於同注 9，《王弼集校釋》前揭書，頁 88。另《老子》三十一章曰：
　　　　「恬淡爲上」。

又於《莊子》曰：

> ……澹然无極而眾美從之。此天地之道，聖人之德也。
> 〔註90〕（〈刻意〉）
>
> 水靜猶明，而況精神！聖人之心靜乎！天地之鑑也，萬物之鏡也。夫虛靜恬淡寂漠无爲者，天地之平而道德之至，故帝王聖人休焉。休則虛，虛則實，實者倫矣。虛則靜，靜則動，動則得矣。靜則无爲，无爲也則任事者責矣。……夫虛靜恬淡寂漠无爲者，萬物之本也。……靜而聖，動而王，无爲也而尊，樸素而天下莫能與之爭美。〔註91〕（〈天道〉）

而《禮記・表記》中則曰：

> 子曰：「君子不以辭盡人……。是故君子於有喪者之側，不能賻焉，則不問其所費；於有病者之側，不能饋焉，則不問其所欲；有客不能館，則不問其所舍。故君子之接如水，小人之接如醴。君子淡以成，小人甘以壞。〔註92〕

另《中庸》亦曰：

> 君子之道，淡而不厭，簡而文，溫而理，知遠之近，知風之自，知微之顯，可與入德矣。〔註93〕

從以上引文，我們可以觀察到：「道」與「淡」之於「味」的關聯，始於《老子》。莊學承其說，更加深入闡釋其內容，如「澹然无極而眾美從之」；又如「虛靜恬淡寂漠无爲者」，既爲「道德之至」，亦是「萬物之本」，並指其「樸素而天下莫能與之爭美」。也可由此看出，「淡」與「澹」在此論述之中，其內在意涵雖不完全等同，但彼此密切相關。另外，莊學由此論及「道」與「美」的相屬，其實來自精神之「澹然無極」、「虛靜恬淡寂漠无爲」。這裏，我們可以見出：司空圖所謂「全美」、蘇軾所謂「似澹而實美」，其所指涉主體藝術精神與

〔註90〕同注14，《莊子集釋》前揭書，頁537。

〔註91〕同上注，頁457～458。

〔註92〕見孫希旦撰《禮記集解》，收於《十三經清人注疏》（北京：中華書局，2007年），頁1316。

〔註93〕見《中庸》，收入於《禮記》（四部叢刊初編經部，上海商務印書館縮印宋刊本），卷第十六。

萬物之道相應，此「美」之精神，實則可溯源自先秦「道」的討論。

而「美」的文字原始意涵，中西有文化的差異〔註94〕，於中國「美」和「味」覺相聯繫之發展則有其根據。〔註95〕另外，我們若再尋索儒家「美」的意涵，事實上亦指涉君子德行之美〔註96〕，因此《禮記》所謂「君子淡以成，小人甘以壞」，以及《中庸》所指：「君子之道，淡而不厭，簡而文，溫而理」，兩者皆涵括在君子合乎「道」之表現於外的人格美，這種人格美，就儒家而言，亦是一種「德」。如此，儒家、道家兩者雖對「道」之內涵有其分殊的論述，然在「味」之「淡」，與「道」之「美」，卻有歸於「一」的共識。即「淡」乃體味「道」的美，所不同的只是他們對淡（澹）的應用層面，分殊於精神或外顯德行的呈現而已。因此劉邵《人物志》中曰：「凡人之質量，中和最貴矣。中和之質，必平淡無味。故能調成五材，變化應節。」〔註97〕〈九徵第一〉其實表徵的是「平淡無味」此一「精神或外顯德行的呈現」，已由論「道」走向人品鑑賞的發展，而此一發展在劉勰、鍾嶸、司空圖的接受傳承之下，終究將其應用於詩文品評鑑賞，成為中國文學批評一個重要品評範疇。而此一品評範疇，在蘇軾接受之後，又開展出「外枯而中膏，似澹而實美」、「中邊皆甜」、「中有至味永」的論點。張伯偉在《鍾嶸詩品研究》中，溯源「滋味說」的提出與玄學之相關，並指出「味」之涉入詩論的大致發展歷程，他說：

> 在審美思想的發展史上，由追求「滋味」到追求「平淡」，也就是追求「以恬淡為味」（王弼《老子道德經注》六十三章），是從晚唐開始，而至北宋乃成為審美思潮的主流。司空圖認為「辨於味而後可以言詩也」（〈與李生論詩書〉，《司空表聖文集》卷二），他欣賞的是王維、韋應物的「澄澹精

〔註94〕詳見林盛彬《孔子「美」論思想研究》（淡江大學中國文學系博士論文，2010年），頁12～42。

〔註95〕同上注，頁23～25。筆者按：味覺出於飲食之甘美，而後發展由論道而論人而論藝。

〔註96〕同上注，頁54～57。

〔註97〕見劉邵《人物志》（上海：上海古籍出版社，1990年），卷上，頁4。

緻」（同上），故其《二十四詩品》也專列「冲淡」一品。
至北宋，梅堯臣標舉「平淡」之境，歐陽修說他的詩「以
閑遠古淡爲意」（《六一詩話》）……。發展至蘇軾，其〈書
黃子思詩後〉云：「韋應物、柳宗元發纖穠於簡古，寄至味
於澹泊，非余子所及也。」（《東坡後集》卷九）也正是這
種審美思想的作用，才使得蘇軾發現了陶詩的意義——「質
而實綺，癯而實腴」（〈與蘇轍書〉）。〔註98〕

而清人王士禎則融會魏晉玄學、司空圖味外味說、以及嚴羽興趣、妙
悟說而成其神韻說〔註99〕，並多少亦接受蘇軾「中有至味永」、「似澹
而實美」……等觀點，他在〈芝廛集序〉中，記錄與清畫家王原祁之
對話而後指出：

　　（王原祁）又曰：「凡爲畫者，始貴能入，繼貴能出，要以
沈著痛快爲極致。」予難之曰：「吾子於元推雲林，於明推
文敏，彼二家者，畫家所謂逸品也，所云沈著痛快者安在？」
給事笑曰：「否，否。見以爲古澹閒遠，而中實沈著痛快，
此非流俗所能知也。」予聞給事之論，嗒然而思，渙然而
興，謂之曰：「子之論畫也至矣。雖然，非獨畫也。古今風
騷流別之道，固不越此，請因子言而引伸之，可乎？唐宋
以還，自右丞以逮華原、營丘、洪谷、河陽之流，其詩之
陶、謝、沈、宋、射洪、李、杜乎？董、巨其開元之王、
孟、高、岑乎？降而倪、黃四家以逮近世董尚書，其大歷、

〔註98〕見張伯偉《鍾嶸詩品研究》（南京：南京大學出版社，1999年），頁
　　　63。
〔註99〕見王小舒《神韻詩史研究》（台北：文津出版社，1994年，頁369
　　　～385。筆者按：王士禎曾指出「唐司空圖教人學詩，須識味外味。
　　　坡公常舉以爲名言。若學陶王韋柳等詩，則當於平淡中求眞味。初
　　　看未見，愈久不忘。如陸鴻漸品嘗天下泉味，楊子中櫃爲天下第一。
　　　水味則淡，非果淡，乃天下至味，又非飲食之味可比也。但知飲食
　　　之味者巳鮮，知泉味者又極鮮矣。」由此可見其接受蘇軾的「至味
　　　澹泊」觀點，但王士禎亦有不同意蘇軾之處，其曰：「東坡謂『柳柳
　　　州詩在陶彭澤下，韋蘇州上。』此言誤矣。余更其語曰：韋詩在陶
　　　彭澤下，柳柳州上。……又常謂陶如佛語，韋如菩薩語，王右丞如
　　　祖師語也。」（《分甘餘話》卷二）

元和乎？非是則旁出，其詩家之有嫡子正宗乎？入之出
之，其詩家之舍筏登岸乎？沈著痛快，非惟李、杜、昌黎
有之，乃陶、謝、王、孟而下莫不有之。子之論，論畫也，
而通於詩，詩也而幾於道矣。〔註100〕

文中，王原祁所謂「見以爲古澹閒遠，而中實沈著痛快」，理路上應
是承繼蘇軾「外枯而中膏，似澹而實美」之「中邊」辯證法，只是蘇
軾以之論詩，而王原祁以之論畫。因此，王士禎在「嗒然而思，渙然
而興」後，對「古今風騷流別之道」作了一翻梳理，而後說：「子之
論，論畫也，而通於詩，詩也而幾於道矣。」本文認爲王士禎於此之
觀點，是對蘇軾「詩畫本一律」、以及「似澹實美」兩個觀念的統合
與延伸。我們也可從上述引文約略見到：「淡」（或「澹」）的藝術品
評進入畫論，在元朝倪瓚（雲林）、明朝董其昌（諡號文敏），皆以「淡」
爲宗〔註101〕，並和「逸品」的發展有直接的關聯。故而，蘇軾引入
「中邊」的說法進入「淡」此一傳統論述之中，顯然對偏執一邊的品
評鑑賞，開啓另一種思考的空間。這也就是說：站在「儒」、「道」兩
家「淡」的論述基礎上，「中邊」觀念的引入，豐富了「淡」內涵之
多元性，以及停息兩極意見的紛爭。並顯見蘇軾於「淡」此一鑑賞論
之思想淵源，仍然具有儒道釋三家會通的特色，並也理出蘇軾於「淡」
與「美」之間，契入佛學「中邊」觀念，在「味」此一審美思想發展
中，有其承先、創變、啓後的影響。

那麼，何謂「中邊」呢？論述上爲破除二元對立之辯證法，其源
應爲《中論》。《中論》有二十七品，每品皆稱爲「觀」，故古稱《中
論》爲中觀。《中論》是龍樹所著，西元四、五世紀間，由鳩摩羅什
傳來，譯有《般若經》的釋論──《大智度論》，以及《華嚴經》〈十
地品〉的釋論──《十住毘婆沙論》……皆屬之。其核心思想乃「中
道的緣起」，其旨本在觀行而不在思辯，乃究竟「緣起」爲「空性」

〔註100〕見王士禎《蠶尾集》卷七〈芝廛集序〉，收入《叢書集成三編》（台
北：新文豐出版），第 39 冊，頁 747。
〔註101〕同注39，徐復觀《中國藝術精神》前揭書，頁 408～414。

之本質論述。〔註102〕印順法師說：

《中論》也以觀一切法，離見而契入空性爲宗的。〔註103〕

他引佛陀教化二十億耳所譬喻說：「彈琴調弦，不急不緩，適得其中，爲有和音可變樂」。因此修行時「極大精進，令心調（掉舉）亂；不極精進，令心懈怠。是故汝當分別此時，觀察此相」。進一步說明修行乃「行中道」而「不落二邊」之旨趣。〔註104〕又引《大智度論》所曰：

菩薩住二諦中，爲眾生說法。不但說空，不但說有：爲愛著眾生故說空，爲取相著空眾生故說有，有無中二處不染。

（卷九一）

有相是一邊，無相是一邊，離是二邊行中道，是諸法實相。

（卷六一）

常是一邊，斷滅是一邊，離是二邊行中道。〔註105〕（卷四十三）

然後指出：善說中道，乃爲著空者說有，爲著有者說空，以對治眾生的偏執；又「有相」、「無相」及「常」、「斷滅」亦各爲二邊，若取「中道行」，則以不取著爲原則，不落於二邊，則方爲「中」。〔註106〕余蓮援用佛學「中」的觀念，觀察蘇軾「外枯而中膏」、「中有至味永」之「中」的意涵，頗有開創性。〔註107〕然其於佛學之「中」與蘇軾論詩味之「中」，兩者差異則未曾加以深入辨別。若依印順法師所釋「中道」來看，佛學之「中」的提出，旨在說明「眞空妙有」之不落

〔註102〕見印順法師《空之探究》（新竹：正聞出版社，2000年），頁201～207；又見頁216～218。

〔註103〕同上注，頁253。

〔註104〕同上注，頁256～257。印順法師指出若以修行來說，《拘樓瘦無諍經》曰：耽著庸俗的欲樂是一邊，無義利的自苦行是一邊，「離此二邊，則有中道」……。又說：「正確而恰當的中道，不是折中，不是模稜兩可，更不是兩極端的調和，而是出離種種執見，息滅一切戲論的。」

〔註105〕以上印順法師所引《大智度論》諸條，見同上注，頁259～260。

〔註106〕同上注，頁260。

〔註107〕同注84，余蓮前揭書，頁110～114。氏者所引，爲僧肇〈不眞空論〉。

二邊的修行法門，辯證只是善巧方便；至於蘇軾論詩味之「中」，則取其藝術辯證之統一，著眼不在「空性」。故蘇軾論詩，指陶詩「質而實綺，癯而實腴」；指柳詩「外枯而中膏，似澹而實美」；另外於文論也有相似的論點，如〈與二郎姪一首〉中曰：

> 凡文字，少小時須令氣象崢嶸，采色絢爛，漸老漸熟乃造平淡；其實不是平淡，絢爛之極也。汝只見爺伯而今平淡，一向只學此樣，何不取舊日應舉時文字看，高下抑揚，如龍蛇捉不住，當且學此。〔註108〕

又於〈與李公擇十七首〉之十曰：

> 僕行年五十，始知作活。大要是慳爾，而文以美名，謂之儉素。然吾儕為之，則不類俗人，真可謂淡而有味者。〔註109〕

而十一首則又曰：

> 吾儕雖老且窮，而道理貫心肝，忠義填骨髓，直須談笑於死生之際，若見僕困窮便相於邑，則與不學道者大不相遠矣。〔註110〕

蘇軾認為文字「漸老漸熟乃造平淡」之「平淡」，是「絢爛之極」；又說自己「文以美名，謂之儉素」，故曰：「真可謂淡而有味者」，然又自剖「道理貫心肝，忠義填骨髓，直須談笑於死生之際」，乃一派豪放痛快之姿，事實上都呈顯出「不落兩邊」之「中」的「至味」。因此，蘇軾所謂「至味澹泊」，除了於北宋承自梅堯臣、歐陽修之「淡」的文藝理論〔註111〕，其曰：「能分別其中邊者」（〈評韓柳詩〉），實則

〔註108〕同注 41，《蘇軾文集》前揭書，頁 2523。

〔註109〕同上注，頁 1499。

〔註110〕同上注，頁 1500。另蘇軾於〈李端叔真贊〉中曰：「鬚髮之奉然，眉宇之淵然，披胸腹之掀然，以為可得而見歟？則漠乎其無言。以為不可得而見歟？則已見畫于龍眠矣。嗚呼，其將為既琢之玉，以役其天乎？其將為不雨之雲，以抱其全乎？抑將游戲此世，而時出於兩者之間也？」（頁606）似也以「不落二邊」的論述品畫。

〔註111〕見壽勤澤《北宋蜀學與文人畫意識的興起》（浙江大學人文學院博士論文，2008 年），頁 78～80。又見同注 2，楊娜前揭博士論文，頁 45～48。

擴大豐富了「淡」（或「澹」）的意涵及其蘊含之藝術精神。「淡」在蘇軾的詮釋下不僅僅只是「淡」，「淡」之中不但多層次，而且涵蓋了其相對概念「絢爛之極」，也就是說：「至味」不但要從「味外之旨」、「象外之象」尋索，更要「不落二邊」，不偏執於某一極端的審美品評，更甚的是能在「淡」之中欣賞到其中「醇美」、「全美」的部分，因此他才能說出像陶詩「質而實綺，癯而實腴」如此具正反辯證的評論〔註112〕，而「外枯而中膏，似澹而實美」，實亦有同理於其中。清畫家王原祁解釋「逸品」，乃「見以爲古澹閒遠，而中實沈著痛快」，其辯證觀念應是啓蒙自蘇軾「似澹而實美」的理路，王士禎不但接受王原祁觀點，且延伸其義然後曰：「子之論，論畫也，而通於詩，詩也而幾於道矣。」實則也是對蘇軾「詩畫通論」的接受。

陶文鵬指出：

> 從藝術上看，司空圖推崇王維、韋應物這一詩派「澄澹精緻」的藝術風格，是爲了強調詩歌應有「象外之象」（〈與極浦書〉）和「味外之旨」（〈與李生論詩書〉）。蘇軾繼承並發揮司空圖推崇自然平淡風格的理論，同樣是要倡導詩、書、畫藝術創作都應有「得之於象外」（〈王維吳道子畫〉）、「蕭散簡遠，妙在筆墨之外」和「其美常在鹹酸之外」的深遠意境。這就把對詩、書、畫創作藝術規律的探討推進了一步。〔註113〕

陶氏此一論點統合了司空圖「象外之象」、「味外之旨」，與蘇軾推崇

〔註112〕見袁行霈〈陶淵明崇尚自然的思想與陶詩的自然美〉，收於氏者《中國詩歌藝術研究》（北京：北京大學出版社，2009 年），頁 189～206。氏者以爲：陶詩富於理趣，其詩思想核心爲崇尚自然，並反映其「抱樸含真」的社會理想，實則與老莊之「道」相契合。筆者以爲：蘇軾指陶詩「質而實綺，癯而實腴」，即是在其「質」、「癯」中體味出其「全美」、「醇美」的部分（即「綺」、「腴」）。因此，我們可以如此說：蘇軾所指稱陶詩中「綺」、「腴」，其實指涉的是陶詩思想與老莊之「道」的相應。

〔註113〕見陶文鵬〈蘇軾論藝術風格〉，收於《蘇軾詩詞藝術論》（上海：上海古籍出版社，2006 年），頁 76。

「至味澹泊」，以及詩、畫「得之於象外」的要求，清理出其間承繼與開拓之關係。至於「質而實綺，癯而實腴」、「外枯而中膏，似澹而實美」，以及「發纖穠於簡古，寄至味於澹泊」……等深富辯證性之論述，我們認爲實與蘇軾契入「離是二邊行中道」之佛學思想有關。而蘇軾於〈送參寥師〉詩中云：

> 上人學苦空，百念巳灰冷。……新詩如玉屑，出語便清
> 警。……頹然寄淡泊，誰與發豪猛？細思乃不然，眞巧非
> 幻影。欲令詩語妙，無厭空且靜。靜故了群動，空故納萬
> 境。閱世走人間，觀身臥雲嶺。鹹酸雜眾好，中有至味永。
> 詩法不相妨，此語當更請。〔註114〕

此詩可說是觀察蘇軾論詩──尙「清」、「新」、「淡泊」、「至味」之相聯繫的重要文本〔註115〕，而此間關鍵仍在：有「道」於其「中」。

　　值得我們注意的是：「至味澹泊」是蘇軾論詩之核心精神，而且通用於論畫。在蘇軾論詩畫關係，最重要的〈書鄢陵王主簿所畫折枝二首〉之一詩中曰：

> 詩畫本一律，天工與清新。邊鸞雀寫生，趙昌花傳神。何
> 如此兩幅，疏淡含精勻。〔註116〕

關於此，徐復觀認爲：「蘇氏的所以知畫，實因其深於莊學。莊學的精神，必歸於淡泊。……因此，他論畫的極詣，也必會歸結到這一點上面來；這也可以說是由中國自然畫的基本性格而來的歸結。」〔註117〕而清人汪師韓評〈王維吳道子畫〉曰：「道子下筆如神，篇

〔註114〕同注37，王文誥《蘇文忠公詩編註集成》前揭書，頁2369～2371。
〔註115〕同注57，劉衛林前揭期刊，頁6～16。氏者指出：所謂「新詩如玉
　　　　屑」，「玉屑」出《周禮・天官・玉府》「王齊，則共食玉。」鄭司
　　　　農注：「王齊，當食玉屑。」賈公彥等疏：「知玉是陽精之純者，但
　　　　玉聲清，清則屬陽。」可見「新詩如玉屑」一句，實以精純美玉喻
　　　　道潛詩之「清」，正與下句「出語便清警」之意緊扣。（頁7）又於
　　　　結論總說：詩僧以此頹然淡泊之心，既得以在空靜中納萬境於方
　　　　寸，在心如止水明鏡之下照見萬物眞性，而得味外至味。（頁16）
〔註116〕同注37，王文誥前揭書，頁2893～2894。
〔註117〕同注39，徐復觀《中國藝術精神》前揭書，頁367。

中摹寫亦不遺餘力。將言吳不如王，乃先於道子極意形容，正是尊題法。後稱王維只云畫如其詩，而所以譽其畫筆者甚淡。顧其妙在筆墨之外，自能使人於言下領悟，更不必如《畫斷》鑿鑿指為神品妙品矣。」〔註118〕因此，我們可以說：「至味澹泊」，是「詩畫本一律」鑑賞通論之藝術精神。至於「論畫以形似，見與兒童鄰。賦詩必此詩，定非知詩人。」（〈書鄢陵王主簿所畫折枝二首〉）若能與司空圖《二十四詩品》之「沖淡」曰：

> 素處以默，妙機其微，飲之太和，獨鶴與飛。猶之惠風，
> 苒苒在衣，閱音修篁，美曰載歸。遇之匪深，即之愈稀，
> 脫有形似，握手已違。〔註119〕

對照來看，司空圖所稱「脫有形似，握手已違」，亦為蘇軾接受，並發展為「論畫以形似，見與兒童鄰。」我們若能把握蘇軾「得之於象外」、「至味澹泊」之詩畫鑑賞通論的藝術精神，正如趙翼批沈德潛《宋金元三家詩選・蘇東坡詩選》下卷曰：「坡公生平詩俱超詣象外，此處自己說出。」〔註120〕亦不至於如楊慎於《升菴詩話・論詩畫》所稱：「東坡先生詩曰：『論畫以形似，見與兒童鄰。作詩必此詩，定知非詩人。』言畫貴神詩貴韻也。然其言有偏，非至論也。晁以道和公詩云：『畫寫物外形，要物形不改。詩傳畫外意，貴有畫中態。』其論始為定，蓋欲以補坡公之未備也。」〔註121〕晁以道所和詩，意在詩、畫之創作技巧層面，而蘇軾則著重在「詩畫本一律」之藝術精神的「至味」；而楊慎固然知曉蘇軾言在「畫貴神詩貴韻」，又舉晁以道所和詩，指東坡「其言有偏，非至論」，顯然對蘇軾詩畫理論不能得其要，更不解蘇軾並非「不求形似」，而是要求於「形似」之外（「象外」）達致藝術理想。

　　蘇軾詩畫理論固然並非條條皆為定律，尤其並無成一理論系統之

〔註118〕同注55，曾棗莊、曾濤編《蘇詩彙評》前揭書，頁118。
〔註119〕同注29，頁677。
〔註120〕同注55，《蘇詩彙評》前揭書，頁1232。
〔註121〕同上注，頁1230。

意識，其論點大多隨興而作，但由於其核心藝術精神統一於「道一」之體現，故無論創作、鑑賞通論，皆與創作主體之修養相即而成其體用不二。若從創作技巧的層面來論，技若僅爲技藝，於莊子「技進於道」之深入蘇軾而言，是不能得到如「又於維也歛衽無間言」這般讚譽的。〔註122〕若能以蘇軾「道」、「藝」關係的理路脈絡，進而理解其於王維、吳道子優劣之爭議，以及「形似」重不重要諸問題，相信可能得到較爲確切的答案，亦不至於各是其所是，各非其所非。

〔註122〕筆者按「道」、「藝」理路去理解，蘇軾以此表明佩服王維，終極並非僅就繪畫技巧而言，而在王維對於佛禪的體會，並能「得之於象外」。因而，重點仍在於王維能「以藝顯道」。

第三章　天機之所合
——「寓意於物」之體用實踐通論

蘇軾於〈寶繪堂記〉中說：

> 君子可以寓意於物，而不可以留意於物。寓意於物，雖微
> 物足以爲樂，雖尤物不足以爲病。留意於物，雖微物足以
> 爲病，雖尤物不足以爲樂。老子曰：「五色令人目盲，五音
> 令人耳聾，五味令人口爽，馳騁田獵令人心發狂。」然聖
> 人未嘗廢此四者，亦聊以寓意焉耳。……凡物之可喜，足
> 以悅人而不足以移人者，莫若書與畫。然至其留意而不釋，
> 則其禍有不可勝言者。……始吾少時，嘗好此二者，家之
> 所有，惟恐其失之，人之所有，惟恐其不吾予也。既而自
> 笑曰：吾薄富貴而厚於書，輕死生而重於畫，豈不顛倒錯
> 繆失其本心也哉？自是不復好。見可喜者雖時復蓄之，然
> 爲人取去，亦不復惜也。譬之烟雲之過眼，百鳥之感耳，
> 豈不欣然接之，然去而不復念也。於是乎二物者常爲吾樂
> 而不能爲吾病。〔註1〕

在這段文章裡相當清楚地，表達了自我參與書畫之審美活動的終極價
值觀——「寓意於物」。他又在〈書李伯時山莊圖後〉中讚嘆李伯時

〔註 1〕見孔凡禮點校《蘇軾文集》（北京：中華書局，2004 年），頁 356～
357。

所作《山莊圖》，之所以能「使後來入山者信足而行，自得道路，如見所夢，如悟前世，見山中泉石草木，不問而知其名；遇山中漁樵隱逸，不名而識其人」[註2]，乃因：

> 天機之所合，不強而自記也。居士之在山也，不留於一物，
> 故其神與萬物交，其智與百工通。[註3]

也就是說李伯時「天機之所合」、「神與萬物交」，與其「不留於一物」之主體修養工夫，實有密切相關。而此處所謂「不留於一物」，若與〈寶繪堂記〉所稱「不可以留意於物」對照來看，似有相通之處。本章先就蘇軾「游於藝」之「樂得其道」，梳理此一典型實現及開顯的可能，以明其審美理想並非空論。再進一步概述蘇軾於北宋詩畫傾向「寫意」之美學風潮中，如何陳述其關於「天機」、「意」、「神」……等範疇所涉及之主體修養論，並以此作為其所提「有道有藝」說之例證。也進一步可以佐證，其詩畫創作、鑑賞理論，與主體修養論三者合一，乃主體精神爲其藝術功用自身之體用相即的整體通盤思維。

第一節　蘇軾「游」於藝之「樂得其道」

蘇軾於北宋，詩成東坡體，詞開豪放派，文列唐宋八大家，書亦爲四大家之首，而墨竹則與文同（與可）同爲湖州派，且各具新意。宋人鄧椿作《畫繼》，在卷三〈軒冕才賢〉首列蘇軾，指其曰：

> 據德依仁之餘，游心茲藝，所作枯木枝幹，虬屈無端倪，
> 石皴亦奇怪，如其胸中盤鬱也。作墨竹從地一直起至頂，
> 或問何不逐節分，曰：「竹生時何嘗逐節生耶？」雖文與可
> 自謂：「吾墨竹一派在徐州。」而先生亦自謂：「吾爲墨竹，
> 盡得與可之法。」然先生運思清拔，其英風勁氣來逼人，
> 使人應接不暇，恐非與可所能拘制也。……雖然，先生平
> 日胸臆宏放如此，而蘭陵胡世將家收所畫蟹，瑣屑毛介，

〔註2〕同上注，頁2211。
〔註3〕同上注，頁2211。

　　曲畏芒縷，無不備具，是亦得從心不逾矩之道也。〔註4〕

這段話將蘇軾繪畫創作之時人評價，作了簡約的介紹，亦點出蘇軾「游於藝」之創作精神及本質。從鄧氏引錄蘇軾論畫之頻，可見鄧氏對蘇軾的推崇，他在《畫繼》卷九〈雜說・論遠〉中直接說：

> 予嘗取唐、宋兩朝名臣文集，凡圖畫紀詠，考究無遺，故於群公略能察其鑒別。……少陵、東坡兩翁，雖注意不專，而天機本高，一語之確，有不期合而自合者。杜云「妙絕動宮牆」，則壁傳人物，須「動」字始能了。「請公放筆爲直幹」，則千丈之姿，於用筆之際，非「放」字亦不能辦。至東坡又曲盡其理，如「始知眞放本細微，不比狂華生客慧。當其下筆風雨快，筆所未到氣已吞。」非前身顧陸，安能道此等語耶！〔註5〕

〔註4〕見鄧椿《畫繼》，收於張彥遠等著《歷代名畫記》（北京：京華出版社，2000年），頁157。鄭椿所錄蘇軾畫蟹，引自晁補之〈跋翰林東坡公畫〉，文曰：「翰林東坡公《畫蠏》，蘭陵胡世將得於開封夏大詔，以示補之。補之曰：本朝初以辭律謀議參取人。東坡公之始中禮部第一也，其啓事有『博觀策論、精取詩賦』之言，言有所縱者有所拘也。其謝主司而譽其能如此，曰：『奇文高論，大或出於繩檢；比聲協句，小亦合於方圓。』蓋公平居胸中闊放，所謂『吞若雲夢，曾不芥蒂』者。而此畫水蟲瑣屑，毛介曲隈，芒縷具備，殊不類其胸中，豈公之才固若是，大或出於繩檢，小亦合於方圓耶？抑孔子之教人，『退者進之，兼人者退之』，君之治氣養心，亦固若是耶？嘗試折衷於孟子之言曰：『觀水有術，必觀其瀾，日月有明，容光必照焉。』歸墟盪沃，不見水端，此觀其大者也；牆隙散射，無非大明，此觀其小者也；而後可以言成全。或曰：『夜光之劍切玉如泥，以之挑菜不如兩錢之錐。』此不善用大者也。余於公知之。」文見四川大學中文系唐宋文學研究室編《蘇軾資料彙編》（北京：中華書局，2004年），頁145～146。筆者按：晁補之此處既以道藝體用之觀點來詮釋蘇軾之畫作，另又可於此處所記蘇軾蟹畫乃出以「寫眞」，可見蘇軾主張「得象外之意」，並非規避技巧的追求，而是以「寓意於物」爲核心精神之鑑賞品評的審美理想。

〔註5〕同上注，《歷代名畫記》，頁191。鄧椿引錄蘇軾論王詵、鄢陵王主簿、朱象先……等之詩文於《畫繼》，分見同上注，《歷代名畫記》前揭書，頁156、165、167，可見引錄之頻。且又同列蘇軾季子蘇過於卷三〈軒冕才賢〉之中，可見對東坡之推崇備至。

從以上所引兩段論述，可見鄧椿觀察到蘇軾「據德依仁之餘，游心茲藝」，以及由於「天機本高」，故而論畫「一語之確，有不期合而自合者」的特點。更由於鄧氏自言「予作此錄，獨推高雅二門」，因此對蘇軾「游於藝」之主體藝術精神有所認同，可謂給予極高的評價。

值得我們關注的是：「游於藝」一語雖然出自孔子，然而由於「游」一義於莊禪本各具藝術精神之本源，莊子取於「遊」之作爲精神狀態獲得自由解放的象徵，並呈顯其藝術精神爲主體心靈之無限開展；至於禪宗之「游戲三昧」，「三昧」意指禪定證悟之身心狀態，而「游戲三昧」落實於藝術創作，便意謂創作之時處於「動中禪定」之狀態，和莊子「以技進道」，事實上皆揭示著體道和藝術創作，有其可以互相聯繫的共通性，而蘇軾於此藝術評論及創作實踐，皆有其開創性的影響。〔註6〕下列本文再就「游於藝」與「樂得其道」之於孔儒，所爲蘇軾與佛老莊禪會通者，略行論述；並就「情性」盡致的開顯，以明蘇軾「游於藝」之「樂得其道」，有其典型的確立，而在其「道本於人情」的基調下，有其可以實踐、可以實現的可能。

一、樂在「道」中的實現

我們在本論第一章述及蘇軾論「道」，觀察其認爲「樂」於「道」和「知」「道」，前者之主體精神境界更高，並指出「樂」才是驅動主體趨向於「道」的內在力量。所以他在〈中庸論〉上篇說：「孔子蓋長而好學，適周觀禮，問於老聃、師襄之徒，而後明於禮樂，五

〔註6〕關於莊子「遊」之藝術精神，詳論見徐復觀《中國藝術精神》（台北：臺灣學生書局，1998 年），頁 64～70。另又見顏崑陽《莊子藝術精神析論》（台北：華正書局，2005 年），頁 154～171。此外，惠洪《石門文字禪》卷一九贊歎說：「東坡居士，游戲翰墨，作大佛事，如春形容藻飾萬象。」陳岩肖《庚溪詩話》卷下也說：「東坡謫居齊安時，以文筆游戲三昧。」可見後人詮釋蘇軾創作，已形成「游戲三昧」的特殊藝術觀。周裕鍇有〈游戲三昧：從禪宗解脫到藝術創造〉一文專門討論這點，收入《中國第十屆蘇軾研討會論文集》（山東：齊魯書社，1999 年），頁 268～291。而惠洪和明代詩畫評論皆對此藝術觀有所接受。

十而後讀《易》。蓋亦有晚而後知者。然其所先得於聖人者，是樂之而已。……故夫弟子之所爲從孔子遊者，非專以求聞其所未聞，蓋將以求樂其所有也。」〔註7〕這是蘇軾根據孔子所說：「知之者，不如好之者，好之者，不如樂之者」的推論。〔註8〕《論語·述而》記錄子曰：

> 志於道，據於德，依於仁，游於藝。〔註9〕

而《禮記·少儀》則承前述而後曰：

> 士依於德，游於藝；工依於法，游於說。〔註10〕

此時此處的「藝」，按鄭玄的解釋指的是：禮、樂、射、御、書、數等六藝〔註11〕，而〈學記〉中則又曰：

> 大學之教也，時教必有正業，退息必有居學。不學操縵，
> 不能安弦；不學博依，不能安詩；不學雜服，不能安禮；
> 不興其藝，不能樂學。故君子之於學也，藏焉，脩焉，息
> 焉，游焉。〔註12〕

可見「游於藝」具有君子「樂」學──「志於道，據於德，依於仁」的功能。所謂「大道不器」〔註13〕（〈學記〉），鄭玄釋之爲「聖人之道，不如器施一物。」〔註14〕而清人孫希旦則釋曰：

> 大道不器，言大道之體，不偏主一器，《易》所謂「形而上
> 者謂之道，形而下者謂之器」也。〔註15〕

此外，《禮記·樂記》又曰：

〔註7〕同注1，《蘇軾文集》前揭書，頁61。
〔註8〕同上注，頁60。
〔註9〕見《論語釋疑》，收於王弼著、樓宇烈校釋《王弼集校釋》（北京：中華書局，2009年），頁624。
〔註10〕見孫希旦撰，沈嘯寰、王星賢點校《禮記集解》（北京：中華書局，1989年），頁933。
〔註11〕同上注，頁933。
〔註12〕同上注，頁962。
〔註13〕同上注，頁972。
〔註14〕同上注，頁972。
〔註15〕同上注，頁972。

　　「樂者，樂也。」君子樂得其道，小人樂得其欲。以道制

　欲，則樂而不亂；以欲忘道，則惑而不樂。〔註16〕

若上述溯源鄧椿之「游於藝」的觀點所評，契合蘇軾作畫、論畫初衷，
那麼「樂得其道」應是其主要精神所在。另外，在「聲音之道，與政
通」〔註17〕的思維中，儒家乃詩樂合論，所謂「樂者，音之所由生也，
其本在人心之感於物也。」〔註18〕此「感物」說，實則是儒家樂教、
詩教之共同基調。由此一理路論述而來，我們可以觀察到：宋人論畫
藝，將之納入「道」、「藝」關係的脈絡，並非是後設觀點，此又可於
《宣和畫譜》開宗明義所說：

　　「志於道，據於德，依於仁、游於藝。」藝也者，雖志道

　之士所不能忘，然特游之而已。畫亦藝也，進乎妙，則不

　知藝之為道，道之為藝。此梓慶之削鐻，輪扁之斫輪，昔

　人亦有所取焉。〔註19〕

再得到一明確的證據。因此，蘇軾以論詩畫文藝通向體道的藝術精
神，既承自先秦以降「道」「藝」關係之論述脈絡，且其間所影響後
人者，不能說不大，尋其因由乃將儒道釋會通進而論「藝」，故廣為
後人接受而傳述。

　　蘇軾此一「道」「藝」辯證思維，正由於廣受流傳，又因與理學
家「道本藝末」之精神相左，故南宋朱熹頗不以為然，他一者基於「道
學」純儒之立場，二者主張「藝」當輔出於「道」而存在，在〈與汪
尚書〉（己丑）中，駁斥自蘇軾之文求「道」的評論，他說：

　　去春賜教語及蘇學，以為世人讀之，止取文章之妙，初不

〔註16〕同上注，頁 1005。

〔註17〕見〈樂記〉，同上注，頁 978。

〔註18〕見〈樂記〉，同上注，頁 976。另〈樂記〉中錄師乙所曰：「寬而靜，
　　　柔而正者，宜歌〈頌〉。廣大而靜，疏達而信者，宜歌〈大雅〉。恭
　　　儉而好禮者，宜歌〈小雅〉。正直而靜，廉而謙者，宜歌〈風〉。肆
　　　直而慈愛者，宜歌〈商〉。溫良而能斷者，宜歌〈齊〉。夫歌者，
　　　直己而陳德也，動己而天地應焉，四時和焉，星辰理焉，萬物育焉。」
　　　等等說法，應亦可視之為「詩樂合論」。引文見同上注，頁 1036。

〔註19〕收於同注4，《歷代名畫記》前揭書，頁 317。

於此求道，則其失自可置之。夫學者之求道，固不於蘇氏
之文矣！……道自道，文自文也。道外有物，固不足以為
道；且文而無理，又安足以為文乎？蓋道無適而不存者也。
故即文以講道，則文與道兩得而一以貫之。〔註20〕

何寄澎曾於〈朱子的文論〉中，分析其「道學文論」說：

從本質上說，文從道出；道為本，文為末，道文一貫。〔註21〕

又於結論指出朱子的文論，在實踐上有其矛盾，因其：

在道學立場上，既視韓、歐等為「文士」，否認其知「道」、
行「道」，又無法在歷史人物中標舉具體「道文合一」的典
型，結果還是迫使後人或重入偏狹，扭曲文之所以為文；
或終不得不將「道」、「文」分開。〔註22〕

顯然，朱熹既不願容括唐宋散文家對「道」的表述，又主「文以講
道」，其「道」且需專指「純儒」而講，甚至連韓愈亦不在其認同之
列。〔註23〕至於蘇軾會通儒道釋之「道一」觀念，本為其斥為「雜
學」，更遑論於蘇文中求「道」。蘇軾認為「道」難以言語表出，是
要「使吾心曉然，知其當然，而求其樂」（〈中庸論〉中），他這種「君
子樂得其道」的核心論調，是無法對理學集大成之巨擘——朱熹的批

〔註20〕見朱熹《晦庵先生朱文公文集》，收於《四部備要》子部（中華書局據
明胡氏刻本校刊），頁11。此處出現「蘇學」一詞，雖為朱子所批駁，
然亦可見「蘇學」自成一說，並由此可以窺知其於宋風行之一斑。

〔註21〕見何寄澎《典範的遞承——中國古典詩文論叢》（台北：文史哲出版
社，2002年），頁179。氏者指出：「無論本質論、表現論、工夫論，
都一致地顯示了朱子道學化的文章觀點。……三種論點其實完整地
架構了一個具有系統的高度的『道學文論』。」

〔註22〕同上注，頁194。

〔註23〕朱熹於〈讀唐志〉時指出：「孟軻氏沒，聖學失傳。天下之事背本趨
末，不求知道養德以充其內，不汲汲乎徒以文章為事業。……韓愈
氏出，始覺其陋，慨然號於一世，欲去陳言，以進《詩》、《書》六
藝之作，而其弊精神、縻歲月，又有甚於前世諸人之所為者。……
然今讀其書，則其出於詼諧戲豫放浪而無實者，自不為少。若夫所
原之道，則亦徒能言其大體，而未見其有探討服行之效，使其言之
為文者，皆必由是以出也。……其師生之間，傳授之際，蓋未免裂
道與文以為兩物。」見同注20，《文集》卷七十。

駁回應了！蘇軾曾在〈與李通叔四首〉其一曰：「竊恐著書講道，馳騁百氏，而游於藝學，有以自娛，忘其窮約也。」〔註24〕相對道學家朱熹而言，鄧椿指蘇軾之繪畫創作，是「據德依仁之餘，游心茲藝」，可說是深得蘇軾以道為體、以藝為用而樂於「道」中的主體精神之知音。

二、「情性」盡致的開顯

在「大江東去浪濤盡，千古風流人物」的人生如夢之中，蘇軾心靈始終意識到自我存在之幽微寂寞〔註25〕，是誤觸塵網、墮入軒冕與世爭逐的千古寂寞，更是：

> 人生到處知何似，應似飛鴻踏雪泥。泥上偶然留指爪，鴻飛那復計東西。〔註26〕（〈和子由澠池懷舊〉）

一種天才早慧的禪機，夾帶著「往日崎嶇還記否，路長人困蹇驢嘶」〔註27〕——人間汲汲奔走的困頓，而所形成「嗟我獨何求」〔註28〕心靈原鄉失落的無所依歸。政治權力傾軋的人性黑暗，讓蘇軾時而回顧自我從政與本性之相違〔註29〕，而他在〈與劉宜翁使君書〉中自稱：

> 軾齠齔好道，本不欲婚宦，為父兄所強，一落世網，不能自逭。然未嘗一念忘此心也。〔註30〕

卻又點放出「窮不忘道」的生命光芒。因此，他所推崇的詩人杜甫、陶潛也皆具有如此生命特質。蘇軾在〈王定國詩集敘〉中說：

〔註24〕同注1，《蘇軾文集》前揭書，頁1726。
〔註25〕見黃啓方《東坡的心靈世界》（台北：臺灣學生書局，2002年），頁59～87。
〔註26〕見王文誥《蘇文忠公詩編註集成》，嘉慶二十四年鐫，武林韻山堂藏版，（台北：臺灣學生書局），頁1629。
〔註27〕同上注，頁1629。
〔註28〕語出蘇軾〈秋懷〉二首之二，見同注26，頁1897。另於頁1552，〈夜泊牛口〉亦詩云：「人生本無事，苦為世味誘。……今予獨何者，汲汲強奔走。」皆可見詩人無所依歸的漂泊心境。
〔註29〕見同注25，《東坡的心靈世界》，頁72～73。
〔註30〕同注1，《蘇軾文集》前揭書，頁1415。

昔先王之澤衰，然後變風發乎情，雖衰而未竭，是以猶止
於禮義，以爲賢於無所止者而已。若夫發於性止於忠孝者，
其詩豈可同日而語哉！古今詩人眾矣，而杜子美爲首，豈
非以其流落饑寒，終身不用，而一飯未嘗忘君也歟。〔註31〕

又曾書告子由，其和陶詩好陶詩之緣由，實乃「欲以晚節師範其萬
一」，蘇轍於〈子瞻和陶淵明詩集引〉文中錄其說：

然吾於淵明，豈獨好其詩也哉？如其爲人，實有感焉。淵
明臨終，疏告儼等：「吾少而窮苦，每以家貧，東西遊走。
性剛才拙，與物多忤，自量爲己必貽俗患，黽勉辭世，使
汝等幼而饑寒。」淵明此語，蓋實錄也。吾今眞有此病而
不蚤自知，半生出仕，以犯世患，此所以深服淵明，欲以
晚節師範其萬一也。〔註32〕

杜甫、陶潛雖在中國詩歌史上爲不同類型的典範，然於蘇軾而言，兩
者卻有一共通之人格特質：忠於情性，亦即是一個體對其主體情性的
自覺，並有所貫徹實踐，這是蘇軾在不同時期，對詩歌創作之審美典
範的確立。並也由此兩種不同類型典範的確立，約略見出蘇軾審美理
想由「忠君」典型歸向「清眞」〔註33〕典型的游移，而此一游移則仍
統一於其「忠於情性」主體精神之中。

另從〈書朱象先畫後〉中，蘇軾讚歎曰：

松陵人朱君象先，能文而不求舉，善畫而不求售，曰：「文
以達吾心，畫以適吾意而已。」……今朱君無求於世，雖
王公大人，其何道使之，遇其解衣盤礴，雖余亦得攫攘其
旁也。〔註34〕

〔註31〕同上注，頁 318。
〔註32〕見蘇轍《欒城後集》，收於陳宏天、高秀芳點校《蘇轍集》（北京：
中華書局，1990 年），頁 1110。
〔註33〕「清眞」語出蘇軾〈和陶飲酒〉二十首之三，其詩云：「道喪士失己，
出語輒不情。江左風流人，醉中亦求名。淵明獨清眞，談笑得此生。
身如受風竹，掩冉眾葉驚。俯仰各有態，得酒詩自成。」見同注 26，
頁 3197。
〔註34〕同注 1，《蘇軾文集》，頁 2211～2212。另蘇軾於〈書李簡夫詩集後〉

可見《莊子・田子方》中，對「眞畫者」﹝註35﹞的敘述，於蘇軾論畫家之主體精神有直接的影響。而在詩人兼畫家中，王維受到蘇軾極高的推崇，不僅稱其畫「得之於象外」，也讚其「詩中有畫」、「畫中有詩」，更在〈題鳳翔東院王畫壁〉中說：

> 嘉祐癸卯上元夜，來觀王維摩詰筆。時夜已闌，殘燈耿然，
> 畫僧踽踽欲動，恍然久之。﹝註36﹞

所謂「畫僧踽踽欲動」，實則是對王維畫作「畫妙通神」﹝註37﹞審美經驗的頌揚，又於〈題王維畫〉詩云：

> 摩詰本詞客，亦自名畫師。平生出入輞川上，鳥飛魚泳嫌
> 人知。山光盎盎著眉睫，水聲活活流肝脾。行吟坐詠皆自
> 見，飄然不作世俗辭。高情不盡落縑素，連山絕澗開重帷。
> 百年流落存一二，錦囊玉軸酬不貲。……細氈淨几讀文史，
> 落筆璀璨傳新詩。青山長江豈君事，一揮水墨光淋漓。手
> 中五尺小橫卷，天末萬里分毫釐。謫官南出止均潁，此心
> 通達無不之。﹝註38﹞

此詩雖名爲題畫，實則詠歎王維隱居輞川之高情逸興，而寓於詩、畫不計名利之主體精神的體現。「能文而不求舉，善畫而不求售」，是蘇軾「游於藝」審美理想的外顯，也是他品評詩畫創作者主體藝術精神的一個重要指標。這是閱盡官場爾虞我詐、權力迭替的心靈，抽離競技場得以棲止虛靜的淨地，是一條通向「體道」可能的場域。如此推論，反映了蘇軾「道」「藝」體用不二之「樂在道中」的思維，其實

文中，指其「平生不眩於聲利，不戚於窮約，安於所遇而樂之終身
者，庶幾乎淵明之眞也。」亦與上引「不求舉」、「不求售」之精神
相似。

﹝註35﹞見郭慶藩《莊子集釋》（台北：頂淵文化，2005 年），頁 719。
﹝註36﹞同注1，《蘇軾文集》，頁 2209。
﹝註37﹞語出顧愷之，引自同注 4，張彥遠等著《歷代名畫記》前揭書，頁
　　　47。今人又有「感神通靈」說，參見拙著《杜甫題畫詩之審美觀研
　　　究》（臺灣師範大學國文研究所碩士論文，2003 年 12 月），頁 85～
　　　87。
﹝註38﹞見曾棗莊、曾濤編《蘇詩彙評》（台北：文史哲出版社，1998 年），
　　　頁 1962～1963。

來自他「好道」的童年願景，亦即其心靈原鄉的嚮慕。「技」不是他的終極目標，「形似」當然也就不是他所追求的審美理想，「由技進道」、「以藝顯道」，才是蘇軾以藝「味」道、以藝「樂」道之「游於藝」的精神所在。但這不代表他反對「技」、「形似」〔註39〕、貶抑「畫工」，重點在「有道有藝」，而不在其外在形式及創作者的身份。這當然牽涉到主體修養，《莊子‧達生》中梓慶為鐻所述「以天合天」，相當程度啟蒙了蘇軾「天機之所合」的提出，此容後評論。

　　但不管蘇軾如何追慕王維「飄然不作世俗辭」、「高情不盡落縑素」，畢竟只能從詩、畫作品去懷想心中的理想典型。從蘇軾文本觀察，在其身邊週遭擅詩、畫，而又實現他「道」「藝」體用不二之審美理想者，非文與可莫屬。蘇軾於詩、文敘及文與可者甚多〔註40〕，我們擇要略見梗概，其有詩云：

　　　　清詩健筆何足數，逍遙齊物追莊周。〔註41〕（〈送文與可出守陵州〉）

　　　　與可畫竹時，見竹不見人。豈獨不見人，嗒然遺其身。其身與竹化，無窮出清新。莊周世無有，誰知此疑神〔註42〕。（〈書晁補之所藏與可畫竹三首〉其一）

　　　　斯人定何人，游戲得自在。詩鳴草聖餘，兼入竹三昧。時

〔註39〕金人王若虛《滹南詩話》指出「東坡云：『論畫以形似，見與兒童鄰。賦詩必此詩，定非知詩人。』夫所貴於畫者，為其似耳；畫而不似，則如勿畫。命題而賦詩，不必此詩，果為何語？然則坡之論非歟？曰：論妙在形似之外，而非遺其形似，不窘於題，而要不失其題，如是而已耳。世之人不本其實，無得於心，而借此論以為高，畫山水者，未能正作一木一石，而托雲煙杳靄，謂之氣象。賦詩者茫昧僻遠，按題而索之，不知所謂，乃曰格律貴爾。一有不然，則必相嗤點，以為淺易而尋常。不求是而求奇，……豈坡公之本意也哉？」收於《滹南遺老集》卷三十九，四部叢刊本。

〔註40〕見李福順編著《蘇軾與書畫文獻集》（北京：榮寶齋出版社，2008年），頁105～112。另見同注1，《蘇軾文集》前揭書，頁558；頁613～615，頁2183……。又蘇軾與文與可相唱和的詩歌亦多，兩人既是至交，而蘇軾亦是與可「從表弟」。

〔註41〕同注26，王文誥《蘇文忠公詩編註集成》，頁1774。

〔註42〕同上注，頁2890。

時出木石，荒怪軼象外。〔註43〕（〈題文與可墨竹〉）

其又在〈文與可畫墨竹屏風贊〉中說：

> 與可之文，其德之糟粕。與可之詩，其文之毫末。詩不能
> 盡，溢而為書。變而為畫，皆詩之餘。〔註44〕

又說：

> 與可所至，詩在口，竹在手。〔註45〕（〈題趙杼屏風與可竹〉）

可見文與可詩畫兼擅〔註46〕，而論及其墨竹畫，則曰：

> 自植物而言之，四時之變亦大矣，而君獨不顧。雖微與可，
> 天下其孰不賢之。然與可獨能得君之深，而知君之所以賢。
> 雍容談笑，揮灑奮迅而盡君之德。稚壯枯老之容，披折偃
> 仰之勢。風雪凌厲以觀其操，崖石犖确以致其節。得志，
> 遂茂而不驕；不得志，瘁瘠而不辱。群居不倚，獨立不懼。
> 與可之於君，可謂得其情而盡其性矣。〔註47〕（〈墨君堂記〉）

此處以君子喻「竹」，更指出與可墨竹畫為「情性」極致之作，蘇軾
又在〈跋與可紆竹〉中說：

> 竹生於陵陽守居之北崖，蓋岐竹也。其一未脫籜，為蝸所
> 傷，其一困於嵌嵒，是以為此狀也。吾亡友文與可為陵陽
> 守，見而異之，以墨圖其形。余得其摹本以遺玉冊官祁永，
> 使刻之石，以為好事者動心駭目詭特之觀，且以想見亡友
> 之風節，其屈而不撓者，蓋如此云。〔註48〕

可見蘇軾指文與可「身與竹化」，並非虛辭，而是有所依據而發，而
在敘述文與可避免墨竹為聞名的工具時，指出：

> 昔時，與可墨竹，見精縑良紙，輒憤筆揮灑，不能自已，
> 坐客爭奪持去，與可亦不甚惜。後來見人設置筆硯，即逡

〔註43〕同上注，頁2820。
〔註44〕同注1，《蘇軾文集》，頁614。
〔註45〕同上注，頁2212。
〔註46〕蘇軾在〈書文與可墨竹〉詩敘中說：「亡友文與可有四絕：詩一，楚
　　　辭二，草書三，畫四。」見同注26，王文誥《蘇文忠公詩編註集成》
　　　前揭書，頁2781。
〔註47〕同注1，《蘇軾文集》，頁356。
〔註48〕同上注，頁2213。

巡避去。人就求索，至終歲不可得。或問其故。與可曰：「吾
乃者學道未至，意有所不適，而無所遣之，故一發於墨竹，
是病也。今吾病良已，可若何？」〔註49〕（〈跋文與可墨竹〉）
與可畫竹，初不自貴重，四方之人持縑素而請者，足相蹑
於其門。與可厭之，投諸地而罵曰：「吾將以爲韈材。」士
大夫傳之，以爲口實。及與可自洋州還，而余爲徐州。與可
以書遺余曰：「近語士大夫，吾墨竹一派，近在彭城，可往
求之。韈材當萃於子矣。」〔註50〕（〈文與可畫篔簹谷偃竹記〉）

而文與可「善畫而不求售」、不求聞名的情性，深得蘇軾的讚賞及佩
服，從他於文與可辭世以後，一再追念其德，如：

孰能惇德秉義如與可之和而正乎？孰能養民厚俗如與可之
寬而明乎？孰能爲詩與楚詞如與可之婉而清乎？孰能齊寵
辱、忘得喪如與可之安而輕乎？……然余嘗聞與可之言，
是身如浮雲，無去無來，無亡無存。〔註51〕（〈祭文與可文〉）
道德爲膏，以自濯薰。藝學之多，蔚如秋蒷。脫口成章，粲
莫可耘。馳騁百家，錯落紛紜。〔註52〕（〈黃州再祭文與可文〉）
與可，文翁之後也。蜀人猶以石室名其家，而與可自謂笑
笑先生。蓋可謂與道皆逝，不留於物者也。顧嘗好畫竹，
客有贊之者曰：「先生閒居，獨笑不已。問安所笑，笑我非
爾。物之相物，我爾一也。先生又笑，笑所笑者。笑笑之
餘，以竹發妙。竹亦得風，天然而笑。」〔註53〕（〈石室先生
畫竹贊〉並敘）

可見，蘇軾不僅以「象外」論文與可之墨竹〔註54〕，亦以「清」論其
詩，評價可謂居眾人之上。究其因由，仍在文與可寄寓詩畫文藝之創
作實踐，乃其「樂得其道」的體現，其中既是主體「情性」盡致的開

〔註49〕同上注，頁2209。
〔註50〕同上注，頁366。
〔註51〕同上注，頁1942。
〔註52〕同上注，頁1942。
〔註53〕同上注，頁613。
〔註54〕評論互見「得之於象外」一章。

顯，亦是「游於藝」、「游戲三昧」、「逍遙遊」會通之審美理想的實現。
這裏凸顯出蘇軾出於主體審美評價，以及「寓道於藝」的藝術精神，
是基於創作主體「情性」之盡致，非矯揉造作而來，更非附庸於「道」
論，即回歸主體「情性」之本「眞」。從他評論文與可「與道皆逝」、
「不留於物」，可見其墨竹創作是「寓意於物」，而非「留意於物」〔註
55〕，是「道」之所開顯，而非「病」之所在。文與可不願淪為創作
「職業化」，而自稱「吾乃者學道未至，意有所不適，而無所遣之，
故一發於墨竹，是病也。」實則即是其「不留於物」的明證；至於蘇
軾所贊「物之相物，我爾一也」，既是「身與竹化」的另一說法，更
是文與可之主體情性與「道」之顯於「藝」，體用相即不二的讚歎。

此外，蘇軾於〈畫水記〉中記曰：

> 近歲成都人蒲永昇，嗜酒放浪，性與畫會，始作活水……
> 王公富人或以勢力使之，永昇輒嘻笑捨去。遇其欲畫，不
> 擇貴賤，頃刻而成。嘗與余臨壽寧院水，作二十四幅，每
> 夏日挂之高堂素壁，即陰風襲人，毛髮為立。〔註56〕

亦可作為其「善畫而不求售」之審美評價的另一例證。而所謂「性與
畫會」，仍顯見其以「藝」為「情性」盡致的體現，此皆在蘇軾同一
藝術批評的理路脈絡之中。李青在《以藝觀道》中論及「藝術批評家
的人文素養」時指出：

> 一時代的藝術批評發展程度，必與其藝術批評主體的成分
> 與素質有著密切的關係，可以說藝術批評主體的人文素養

〔註55〕此處「留意於物」，語出〈寶繪堂記〉，同注 1 所引。另蘇軾於〈跋
文與可論草書後〉則說：「留意於物，往往成趣。」（同注 1，頁 2191。）
可見此二文之「留意於物」，並非同解。按文本所指，前者「留意於
物」指「意」執於「物」，後者則指對「物」之細心觀察體會，兩者
不致相混。而〈寶繪堂記〉所指「留意於物」之病，同於蘇軾在〈石
氏畫苑記〉中記曰：「獨好法書、名畫、古器、異物，遇有所見，脫
衣輟食求之，不問有無。居京師四十年，出入閻巷，未嘗騎馬。在
稠人中，耳目諔諔然，專求其所好。……今幼安好畫，乃其一病……。」
（同注 1，頁 364～365。）

〔註56〕同注 1，《蘇軾文集》，頁 409。

狀況，往往是決定一時代藝術批評發展的先決條件。……
從某種意義上講，批評家實質上還充當著藝術作品完成其
整體價值的一個重要角色。〔註57〕

又於〈藝術批評之批評〉一文中指出「藝術批評的標準」爲：

所謂藝術批評標準，即是衡量、鑑別藝術價值的尺度、準
則。批評標準導源於藝術觀念和批評觀念，導源於人們對
藝術和批評的認識。誠然，批評的標準具有多元化的特徵，
同時也不存在著唯一的一成不變的標準模式，它是一個多
角度、多樣化、不斷發展的有機結構。〔註58〕

由此，我們可以如此理解：觀察北宋一時代「道」「藝」相互辯證的
風潮中，蘇軾以其「好道」、「樂於道中」的理趣，形成其「游於藝」
之「道藝兩進」的藝術世界，其中有著那一時代文人社群共同的語言
基調，而核心思維卻更是立足於蘇軾出於主體情性之審美價值及判
斷。這也就是說：蘇軾的「道」不離人之主體「情性」，是盡致「情
性」而可以實踐的「道」，他的「道」在「藝」中，也在生活之中，
可以實踐，可以品味，故而可以成其「道」、「藝」體用不二。

第二節　「天機」與「寓意」之相合

蘇軾除了在〈書李伯時山莊圖後〉中，提過創作主體「天機之所
合」外，尚有多處詩文亦出現「天機」二字，以下舉其中意涵相似、
且彼此關聯者相互對照，以深入探究，如詩云：

貪看翠蓋擁紅粧，不覺湖邊一夜霜。卷卻天機雲錦段，從
教匹練寫秋光。〔註59〕（〈和文與可洋川園池三十首──横湖〉）
羅浮高萬仞，下看扶桑卑。默坐朱明洞，玉池自生肥。從
來性坦率，醉語漏天機。相逢莫相問，我不記吾誰。〔註60〕

〔註57〕見李青《以藝觀道》（北京：中國社會科學出版社，2010 年），頁 95
～96。
〔註58〕同上注，頁 94。
〔註59〕同注 26，頁 2147。
〔註60〕同上注，頁 3392。

（〈次韻定慧欽長老見寄八首〉其三）

子舟之筆利如錐，千變萬化皆天機。未知筆下鸜鵒語，何
似夢中蝴蝶飛。〔註61〕（〈戲詠子舟畫兩竹兩鸜鵒〉）

又有文曰：

恭惟皇帝陛下，欽明文思，剛健純粹。天機默運，灼知萬
化之情；人材並收，各取一長之用。〔註62〕（〈揚州謝到任表
二首〉其二）

《禹貢》：「青州有鉛松怪石。」解者曰：怪石，石似玉者。
今齊安江上往往得美石，與玉無辨，多紅黃白色。其文如
人指上螺，精明可愛，雖巧者以意繪畫有不能及。豈古所
謂怪石者耶？凡物之醜好，生於相形，吾未知其果安在也。
使世間石皆若此，則今之凡石復爲怪矣。……故夫天機之
動，忽焉而成，而人真以爲巧也。……禪師嘗以道眼觀一
切，世間混淪空洞，了無一物，雖夜光尺璧與瓦礫等，而
況此石……。〔註63〕（〈怪石供〉）

綜合以上所引，我們可見出蘇軾詩文中所謂「天機」，大約可分從三
個方面去了解其義，如下分析：

一、純粹於萬物造化之本然而言，「天機」是「物」形態之自然
天成，如〈怪石供〉中「天機」，以及「卷卻天機雲錦段」
（〈和文與可洋川園池——橫湖〉）之「天機」，大抵指的即
是這種自然造化之「天工」。

二、「物」爲「天機之動，忽焉而成」，而人雖非「物」，然卻亦
有其「本然之天性」，故「從來性坦率，醉語漏天機」之「天
機」，指的則是情性本然之「天真」。此「天真」，應未涉後
天修養，乃純粹天賦。

三、人之於自然造化入神而致於用，「天機默運」（〈揚州謝到任
表〉）應是指此種合乎「自然」之用；至於人之於自然造化

〔註61〕同注38，頁2040。
〔註62〕同注1，《蘇軾文集》，頁695。
〔註63〕同上注，頁1986～1987。

而入神並形之於「藝」，指的即是「天機之所合，不強而自記也。居士之在山也，不留於一物，故其神與萬物交，其智與百工通。」〔註64〕（〈書李伯時山莊圖後〉）而蘇軾指此「天機之所合」，爲「有道有藝」，應不離《莊子·達生》所曰：「以天合天」的論述。值得注意的是：此以人之「天機」合於自然造化之「天機」，前者非等同上述情性本然「天眞」之純粹天賦，實已涉及後天主體修養，此主體修養涵攝前述所謂「不留於一物」。

何謂「不留於一物」呢？前引〈怪石供〉中所曰：「以道眼觀一切，世間混淪空洞，了無一物」〔註65〕提供了探索的線索，而其於〈書六一居士傳後〉又曰：

> 蘇子曰：居士可謂有道者也。或曰：居士非有道者也。有道者，無所挾而安，居士之於五物，捐世俗之所爭，而捨其所棄者也。烏得爲有道乎？蘇子曰：不然。挾五物而後安者，惑也。釋五物而後安者，又惑也。且物未始能累人也，軒裳圭組，且不能爲累，而況此五物乎？物之所以能累人者，以吾有之也。吾與物俱不得已而受形於天地之間，其孰能有之？而或者以爲己有，得之則喜，喪之則悲。今居士自謂六一，是其身均與五物爲一也。不知其何物耶，物有之也？居士與物均爲不能有，其孰能置得喪於其間？
>
> 故曰：居士可謂有道者也。〔註66〕

蘇軾於此指出：「有道者」與「非有道者」，並非是「釋」或「挾」於「物」之別，乃是否執物以爲己有之別，此即「物未始能累人」，「而物所以能累人者，以吾有之也。」這種觀點，若和〈寶繪堂記〉中所

〔註64〕同上注，頁 2211。
〔註65〕蘇軾此語，反映後期禪宗吸取了華嚴宗的思想，而有了：「青青翠竹，盡是法身；郁郁黃花，無非妙道」之一眞法界的學說。以此思想看來，諸法性空，夜光寶玉與瓦礫、石頭都是「平等」的，都有法身妙道，都是一眞法界的體現。見黃河濤《禪與中國藝術精神的嬗變》（北京：商務印書館，1994 年），頁 289。
〔註66〕同注1，《蘇軾文集》，頁 2048～2049。

說：「君子可以寓意於物，而不可以留意於物」，其與〈書六一居士傳後〉所述：「身」與「物」均爲不能有，其中所互爲指涉之虛靜精神是相通的。蘇軾於〈雪堂記〉中曾說：

> 靜則得，動則失。黃帝，古之神人也。游乎赤水之北，登乎崑崙之丘，南望而還，遺其玄珠焉。游以適意也，望以寓情也。意適於游，情寓於望，則意暢情出，而忘其本矣。
> 〔註67〕

此處「忘其本」即以「黃帝」爲喻之「遺其玄珠」，而之所以「忘其本」，按其文意應指精神因「游」與「望」而「動」，是不能以「靜」守住心神的結果。〈書黃道輔品茶要錄後〉中又說：

> 達者寓物以發其辯，則一物之變，可以盡南山之竹。學者觀物之極，而游於物之表，則何求而不得。故輪扁行年七十而老於斲輪，庖丁自技而進乎道，由此其選也。黃君道輔諱儒，建安人。博學能文，淡然精深，有道之士也。作《品茶要錄》十篇，委曲微妙，皆陸鴻漸以來論茶者所未及。非至靜無求，虛中不留，烏能察物之情如此其詳哉？〔註68〕

在此文中，蘇軾則直言點出「游」要「游於物之表」，則此「游」與輪扁、庖丁「由技進道」有相通之處。故我們若作如此詮釋：「寓意於物」和「游於物之表」，有著可以相互闡發之處，則「不留於一物」之審美精神，無異亦在同一理路脈絡之中。蘇軾認爲黃道輔《品茶要錄》，之所以能「委曲微妙」，乃「非至靜無求，虛中不留」，否則不至於能「察物之情如此其詳」。言下之意，「虛」、「靜」之主體修養，是其能「不留於一物」，能「游於物之表」的涵養工夫，而品茶是如此，「游於藝」亦是如此。而所謂「游於物之表」，和〈超然臺記〉中所謂「以見余之無所往而不樂者，蓋遊於物之外也」〔註69〕，兩者似

〔註67〕同上注，頁412。同文又藉客曰：「人之爲患以有身，身之爲患以有心。」（頁411）。

〔註68〕同上注，頁2067。

〔註69〕同上注，頁352。本文開宗明義即曰：「凡物皆有可觀。苟有可觀，皆有可樂，非必怪奇瑋麗者也。餔糟啜漓皆可以醉，果蔬草木皆可

乎互有關涉。〈超然臺記〉開宗明義旨在表明：禍福美醜之二元對立的分別，其實是喜悲、憂樂之來源，而對物之喜好與厭棄，則是心識執取的反映。「游於物之表」、「游於物之外」，顯現的是蘇軾「齊物」觀以及「一眞法界」會通的體道精神，而由此一主體而致用於「藝」之審美，「寓意於物」的提出，既與「不可以留意於物」爲一相屬的對應觀念，則暗示著蘇軾「道」與「藝」之體用關係，涉及佛老莊禪之主體修養工夫。並基於上述推論，「不留於一物」乃亦同屬一系的論述範疇，是蘇軾「游於藝」的審美態度。

　　法國學者 Jean-Jacques Wunenburger 論及「讓物脫離表象框架」時，指出：

> 爲了達成這種感性的隱蔽深處，必須操作一種雙重否定，必須參與兩種實在的一種消逝、一種清空（安置一種空）：第一種實在是視覺自我的清空，應該不創造自己，清空自己讓物、世界全然地顯現並趨近我們；另一種實在則是在缺席不在場上打開物的呈前，讓物接近某種形變，也揭示出隱蔽於其中的不可見者、超可見者。〔註70〕

其目的是要「在更廣世界的邊界——海德格所謂的『場域』（die Gegende, la "contrée"）——中重新發現物，這個世界是諸『物』所隸屬、但是卻被對象化知覺以一種抽象作用（孤立、裂解）的方式所遮蔽。」〔註71〕當然，這個說法不能完全等同蘇軾所說的「游於物之表」、

以飽。推此類也，吾安往而不樂。夫所爲求福而辭禍者，以福可喜而禍可悲也。人之所欲無窮，而物之可以足吾欲者有盡。美惡之辨戰乎中，而去取之擇交乎前，則可樂者常少，而可悲者常多。是謂求禍而辭福。夫求禍而辭福，豈人之情也哉。物有以蓋之矣。彼遊於物之內，而不遊於物之外。物非有大小也，自其內而觀之，未有不高且大者也。彼挾其高大以臨我，則我常眩亂反覆，如隙中之觀鬥，又烏知勝負之所在。是以美惡橫生，而憂樂出焉。可不大哀乎。」（頁351）其中即明言：禍福美醜之二元對立的分別，是人於其中產生喜悲、憂樂的來源。

〔註70〕見 Jean-Jacques Wunenburger 著、黃冠閔譯〈揭露自然的想像力〉（哲學與文化，第37卷第4期），頁40。

〔註71〕同上注，頁40。

「游於物之外」、「不留於一物」。但其中所指：「自我的清空」，而後「在缺席不在場上打開物的呈前」，和「神與萬物交」中對「物」的觀照，有著相似的精神。「神」是人本然之「天機」，對應「物」本然之「天機」，其間自我的「清空」進而「顯物」（打開物的呈前）的歷程，蘇軾又稱之為「忘」。而此中「忘」的工夫，其實即是蘇軾以莊學「以天合天」契入「天機之所合」的修養論，其中自然涉及「心齋」、「坐忘」之體道精神。此外，他在《東坡易傳》卷四詮釋「咸」卦時又指出：

> 咸者以神交，夫神者將遺其心，而況於身乎？身忘而後神存。心不遺則身不忘，身不忘則神忘，故神與身非兩存也，必有一忘。〔註72〕

而另亦在〈書王定國所藏王晉卿畫著色山二首〉其一詩云：

> 我心空無物，斯文何足關。君看古井水，萬象自往還。

〔註73〕

〈送參寥師〉詩云：

> 欲令詩語妙，無厭空且靜。靜故了群動，空故納萬境。

〔註74〕

〈徐州蓮華漏銘〉則又文曰：

> ……蓋以為無意無我，然後得萬物之情。〔註75〕

可見「忘」以及「虛」、「空」、「靜」等主體「體道」精神，和蘇軾所指「不留於一物」互有密切關聯。而蘇軾亦曾提到靜坐的方法，他說：

> 視鼻端白，數出入息，綿綿若存，用之不勤。數至數百，此心寂然，此身兀然，與虛空等，不煩禁制，自然不動。數至數千，或不能數，則有一法，其名曰隨，與息俱出，

〔註72〕見蘇軾著、龍吟點評《東坡易傳》（長春：吉林文史出版社），頁139。「忘」的工夫修養，蘇軾論藝時有涉及，互見「本論」第三章第三節「天工與清新」藝術精神之探究。

〔註73〕同注38，《蘇詩彙評》，頁1307。

〔註74〕見王文誥輯註、孔凡禮點校《蘇軾詩集》（台北：莊嚴出版社，1990年），頁906。

〔註75〕同注1，《蘇軾文集》，頁562。

復與俱入，或覺此息，從毛竅中，八萬四千，雲蒸霧散，
無始以來，諸病自除，諸障漸減，自然明悟。譬如盲人忽
然有眼，此時何用求人指路。〔註76〕（〈養生說〉）

由「此心寂然，此身兀然，與虛空等，不煩禁制，自然不動」之敘述
看來，其於「忘」、「虛」、「空」、「靜」等心靈境界是有實證體驗，而
非認知或說理而已。就蘇軾諸學會通之論「道」本質，上述「忘」、「虛」、
「空」、「靜」除了禪坐之實證外，必也會合自《莊子》「心齋」、「坐
忘」、「以天合天」等論述而相互啓發。〔註77〕「天機之所合」的提出，
即是蘇軾有意識地，將體道精神致用於「藝」的傳承。〔註78〕並也由

〔註76〕見蘇軾《東坡志林》（台北：商務印書館，1939 年），卷一，頁 6。
他又於〈讀壇經〉中指出：「何謂所見是化身，根性既全，一彈指頃，
所見千萬，縱橫變化，俱是妙用。」（同上，頁 24）

〔註77〕筆者按：《莊子・內篇》〈人間世〉、〈大宗師〉所述「心齋」、「坐忘」
之體道境界，實可相互闡明發微。而心齋所指「無聽之以心而聽之
以氣」的「氣」，乃爲一精神主體乘物遊心，無限自由開展的心靈狀
態，是「虛而待物」、「同於大通」之體道精神比擬性用語，是莊學
契入創作主體藝術精神的核心。而《莊子・內篇》〈養生主〉之庖丁
解牛，以及《莊子・外篇》〈天道〉、〈達生〉之輪扁斲輪、梓慶爲鐻
三則寓言，當可視爲是「以技進道」的言說方式，旨皆在揭示「道」
朗現於主體虛靜心靈的狀態，遍照萬相而各有個殊之不同面貌，道
則寓於言外之意。而此一「以技進道」的主旨，見諸於庖丁之「神
遇」、梓慶之「以天合天」，不僅體現了莊子心齋「氣也者，虛而待
物」之核心思想，其審美直觀的思維亦爲「以藝爲道」思想的啓蒙，
蘇軾論「道」論「藝」，皆顯見契入莊學體道精神之用語比附，其「道」
「藝」體用關係，是立基於「以技進道」論述的基礎上。詳論亦可
參見拙著〈論道與藝──以《莊子》心齋「氣」觀念與「氣韻生動」
之關聯性爲考察核心〉（鵝湖月刊，第三十六卷第二期，2010 年 8 月），
頁 32〜36。

〔註78〕唐人論畫已開比附莊子「以技進道」寓言之用語的風氣，諸如輪扁
「得之於手而應於心」，梓慶「忘吾有四枝形體」……等等，已見諸
繪畫鑑賞之文獻記載，並初步述及「道」與「藝」的關係。而宋人
承其緒，郭若虛、蘇軾、董逌等人所開展出的「天機」說，與「以
天合天」之體道精神，有密切關聯。詳論見同上注前揭期刊，頁 36
〜41。另《淮南子・道應訓》、《列子・說符》在記載九方臯相馬時
稱：「所觀者天機也，得其精而忘其粗，在內而忘其外，見其所見而
不見其所不見，視其所視而遺其所不視。」其所謂「忘」，應與蘇軾

此可以見出，禪坐（或靜坐）是蘇軾「體道」之進路，並透過此一「體道」精神融入創作。因此，〈養生說〉中所曰「數息」法以至「隨息」法，是其達致「忘」的修養工夫之一。另蘇軾在〈戲詠子舟畫兩竹兩鸜鵒〉中引用《莊子·齊物論》曰：

> 昔者莊周夢爲胡蝶，栩栩然胡蝶也，自喻適志與！不知周也。俄然覺，則蘧蘧然周也。不知周之夢爲胡蝶與，胡蝶之夢爲周與？周與胡蝶，則必有分矣。此之謂物化。〔註79〕

因而，所謂「子舟之筆利如錐，千變萬化皆天機。未知筆下鸜鵒語，何似夢中蝴蝶飛。」和其論文與可「身與竹化」，也直接可以見出，莊學「心」「物」之分的消融，「忘」主客之別的身心統一，大抵皆可視爲是蘇軾以「藝」之用而顯「道」之體的論述，其「道」與「藝」體用不二的觀念亦反映於其上。元人黃溍贊美唐子華詩、畫得自「天機」時說：

> 若夫天機之精，而造乎自得之妙者，其應也無方，其用也不窮，如泉之有源，不擇地而皆可出。……人知詩之非色，畫之非聲，而不知造乎自得之妙者，有詩中之畫焉，有畫中之詩焉，聲色不能拘也。非天機之精而幾於道者，孰能與於此乎！……蓋其詩即畫，畫即詩，同一自得之妙也。
>
> 〔註80〕

可謂是深得蘇軾「詩畫本一律」、「天機」說之眞諦。〔註81〕

之所謂「忘」不同，然「天機」一詞的出現，堪足並錄備考。

〔註79〕同注35，郭慶藩《莊子集釋》，頁112。

〔註80〕見黃溍〈唐子華詩集序〉，收於《金華黃先生文集》卷十八，四部叢刊本，第六十九冊，頁179上。

〔註81〕當代論「詩畫關係」：如饒宗頤在〈詩畫通義〉一文中也指出：「天下有大美而不言，能言之者，非畫即詩。畫人資之以作畫，詩人得之以成詩；出於沈思翰藻謂之詩，出於氣韻骨法謂之畫。」既點出詩畫在形式（表現媒介）上的差異，卻也具體說明了兩者在精神（表現美的藝術）上的統一。見饒宗頤《畫䫊：國畫史論集》（台北：時報文化，1993年初版），頁213。又何懷碩在《苦澀的美感》（台北：立緒文化，1998年）〈中國藝術的人文主義精神〉一文中（頁3）指出：「……詩與文學是一切藝術意義的靈魂。雖然詩與文學的『解說』

　　另蘇軾於〈跋蒲傳正燕公山水〉中所說：「畫以人物爲神……而
山水以清雄奇富變態無窮爲難。燕公之筆，渾然天然，粲然日新，已
離畫工之度數而得詩人之清麗也。」〔註82〕更聯繫「神」、「天成」以
及「清」、「新」之評論用語，他又說：

> 傳神之難在目。顧虎頭云：「傳形寫影，都在阿睹中。」其
> 次在顴頰。吾嘗於燈下顧自見頰影，使人就壁模之，不作
> 眉目，見者皆失笑，知其爲吾也。目與顴頰似，餘無不似
> 者。……傳神與相一道，欲得其人之天，法當於眾中陰察
> 之。……凡人意思各有所在，或在眉目，或在鼻口。虎頭
> 云：「頰上加三毛，覺精采殊勝。」則此人意思蓋在鬚頰間
> 也。優孟學孫叔敖抵掌談笑，至使人謂死者復生。此豈舉
> 體皆似，亦得其意思所在而已。使畫者悟此理，則人人可
> 以爲顧、陸。〔註83〕（〈傳神記〉）

可見，蘇軾認爲「傳神」與「得其人之天」有關，而「得其人之天」
與「得其意思所在」有關，而所謂「凡人意思各有所在」，其實即是
其「情性」反映於其眉目鼻口之間，故「法當於眾中陰察之。」除此

本身絕不能與繪畫作品本身等量齊觀，但是作品的意義，即內涵，
在每個創作者與鑑賞者心中沈吟的時候，無法不是詩或文學。」上
述兩者對詩與畫之共通處有其深刻的認知，然與本文所探討之蘇軾
所論詩畫關係，仍有時空背景之差異。而元人黃溍所言：「天機之精
而幾於道」、「同一自得之妙」，相對當代而言，較爲深契蘇軾原旨。
〔註82〕同注1，《蘇軾文集》，頁2212。
〔註83〕同上注，頁401。蘇軾另於〈與何浩然書〉指出：「寫眞奇絕，見者
皆言十分形神，甚奪眞也。」可見其對形神兼備，採讚賞之態度。
又〈高郵陳直躬處士畫雁二首〉其一曰：「君從何處看，得此無人態？
無乃槁木形，人禽兩自在。」亦在指出「得其天」，而後方可得以
傳神。此外，〈書戴嵩畫牛〉、〈書黃筌畫雀〉二文則指出：得物之「常
理」，不離生活之審物觀照。而於詩歌，他亦指出：「詩有寫物之
功。……林逋〈梅花〉詩云：『疏影橫斜水清淺，暗香浮動月黃昏。』
決非桃李詩也。皮日休〈白蓮〉詩云：『無情有恨無人見，月曉風清
欲墮時。』決非紅蓮詩。此乃寫物之功。」又說：「陶靖節云：『平
疇交遠風，良苗亦懷新。』非古之耦耕植杖者，不能道此語；非余
之世農，亦不能識此語之妙也。」（〈題淵明詩〉）則皆也在說明：得
物之「常理」，與生活眞實體驗與詩歌創作之關聯。

之外，蘇軾對下述張彥遠將「神」、「造化之功」、「意」的相互聯繫亦有所接受，《歷代名畫記》中曰：

> 或問余曰：「吳生何以不用界筆直尺，而能彎弧挺刃、植柱構梁？」對曰：「守其神，專其一，合造化之功，假吳生之筆，向所謂意存筆先，畫盡意在也。凡事之臻妙者，皆如是乎，豈止畫也。與乎庖丁發硎、郢匠運斤，效矉者徒勞捧心，代斲者必傷其手，意旨亂矣，外物役焉，豈能左手劃圓，右手劃方乎？夫用界筆直尺，界筆是死畫也。守其神專其一，是眞畫也。死畫滿壁，曷如污墁。眞畫一劃，見其生氣。夫運思揮毫，自以爲畫，則愈失於畫矣；運思揮毫，意不在於畫，故得於畫矣。不滯於手，不凝於心，不知然而然，雖彎弧挺刃、植柱構梁，則界筆直尺豈得入於其間矣！」〔註84〕

我們於上述張彥遠所論，約可見出蘇軾論畫，將「天機之所合」與「神與萬物交」同論之來處；而張彥遠「盡意」說，則爲蘇軾發展成其「寓意」說，其「寓意」之「意」乃在「不留於一物」，所指涉者爲「忘」、「虛」、「空」、「靜」之主體「體道」精神。

值得一提的是，蘇軾曾讚歎韓幹畫馬之「寫眞」，詩云：

> 二馬並驅攢八蹄，二馬宛頸騣尾齊。一馬任前雙舉後，一馬卻避長鳴嘶。老髯奚官騎且顧，前身作馬通馬語。後有八匹飲且行，微流赴吻若有聲。前者既濟出林鶴，後者欲涉鶴俛啄。最後一匹馬中龍，不嘶不動尾搖風。韓生畫馬眞是馬，蘇子作詩如見畫。世無伯樂亦無韓，此詩此畫誰當看。〔註85〕（〈韓幹馬十四匹〉）

且詩云：

> 眾工舐筆和朱鉛，先生曹霸弟子韓。廄馬多肉尻脽圓，肉中畫骨誇尤難。金羈玉勒繡羅鞍，鞭箠刻烙傷天全，不如

〔註84〕 見（唐）張彥遠《歷代名畫記》（台北：廣文書局，1971 年），頁 64～65。

〔註85〕 同注 38，《蘇詩彙評》，頁 629。

此圖近自然。〔註86〕（〈書韓幹牧馬圖〉）

卻又在〈次韻子由書李伯時所藏韓幹馬〉中詩云：

> 潭潭古屋雲幕垂，省中文書如亂絲。忽見伯時畫天馬，朔
> 風胡沙生落錐。天馬西來從西極，勢與落日爭分馳。龍脣
> 豹股頭八尺，奮迅不受人間羈。元狩虎脊聊可友，開元玉
> 花何足奇。伯時有道真吏隱，飲啄不羨山梁雌。丹青弄筆
> 聊爾耳，意在萬里誰知之？幹惟畫肉不畫骨，而況失實空
> 留皮。煩君巧說腹中事，妙語欲遣黃泉知。君不見韓生自
> 言無所學，廄馬萬匹皆吾師。〔註87〕

既說「韓生畫馬真是馬」，且爲其翻案，並讚其〈牧馬圖〉「近自然」，
然卻又將之與李伯時比較，然後說：「忽見伯時畫天馬，朔風胡沙生
落錐。……幹惟畫肉不畫骨，而況失實空留皮。」所謂「君不見韓生
自言無所學，廄馬萬匹皆吾師。」實則已指出韓幹畫馬講究寫實，但
畫馬卻不見其中思想，故不若李伯時筆下之「天馬」。所謂「意在萬
里誰知之？」無非是在強調創作主體於畫馬之際，反映於其上的思
想。而蘇軾既稱「伯時有道真吏隱」，且指其「有道有藝」、「天機之
所合……不留於一物，故其神與萬物交，其智與百工通」。（〈書李伯
時山莊圖後〉）如此看來，似乎李伯時亦是其審美理想的實現，然蘇
軾在〈憩寂圖〉卻又詩云：

> 東坡雖是湖州派，竹石風流各一時。前世畫師今姓李，不
> 妨還作輞川詩。〔註88〕

言下之意，李伯時追步王維〈憩寂圖〉，尚不能盡主體「情性」本「真」
之臻至，又未能「自出新意」，故對其略有嘲諷。元人夏文彥撰《圖
繪寶鑑》卷三評李伯時曰：

> 繪事集顧、陸、張、吳及前世名手所善以爲己有，專爲一
> 家。……論者謂鞍馬逾韓幹，佛像追吳道玄，山水似李思

─────────────────

〔註86〕同上注，頁586。此詩乃針對杜甫〈丹青引贈曹將軍霸〉之翻案詩。
〔註87〕同上注，頁1215。
〔註88〕同註40，《蘇軾與書畫文獻集》，頁70。

訓，人物似韓滉，瀟灑如王維，當為宋畫中第一，照映前
古者也。〔註89〕

從上述蘇軾對於韓幹、李伯時看似自相矛盾的評論，以及不同於繪畫
史審美評價的觀點，就「道」「藝」即體即用之觀察路徑看來，其根
由主要在蘇軾接受莊學——「眞畫者」〔註90〕及「以天合天」〔註91〕
為評論之典範原型。其中宋元君之所以青睞「史後至者」，主要在其
觀察出畫史「解衣般礴」之體現「道」。而身體意態得以體現「道」
的思維，〈齊物論〉子綦之「吾喪我」，〈大宗師〉女偊之「色若孺子」、
顏回之「離形」，〈達生〉梓慶之「忘吾有四枝形體」，在在意指體道
境界布諸形體而釋放形體。畫史「僵僵然不趨，受揖不立，因之舍」
之形體意態，亦反映出「無公朝，其巧專而外骨消」之「去知」心靈
境界。而梓慶「坐忘」之「離形去知」的體道體現，朗現「心齋」中
「聽之以氣」的「道」之境界，是「以天合天」主要精神所在，也是
蘇軾有意識地將之契入論畫之精神核心，並成為其審美判準。因此，
關於蘇軾「道」「藝」之即體即用的見解，諸如「天機之所合」、「寓
意於物」、「不留於一物」、「游於物之表」……等觀點的提出，或許與
西方藝術創作動機不同，也或許因其傾向莊禪「無目的性」〔註92〕藝

〔註89〕收於同注4，張彥遠等著《歷代名畫記》前揭書，頁229。

〔註90〕同注35，《莊子集釋》，頁719。文本即：「宋元君將畫圖，眾史皆至，
受揖而立：舐筆和墨，在外者半。有一史後至者，僵僵然不趨，受
揖不立，因之舍。公使人視之，則解衣般礴贏。君曰：『可矣，是眞
畫者也。』」（《莊子·田子方》）

〔註91〕同上注，頁658～659。文本即：「臣將為鐻，未嘗敢以耗氣也，必齊
以靜心。齊三日，而不敢懷慶賞爵祿；齊五日，不敢懷非譽巧拙；
齊七日，輒然忘吾有四枝形體也。當是時，無公朝，其巧專而外骨
消；然後入山林，觀天性；形軀至矣，然後成見鐻，然後加手焉；
不然則已。則以天合天，器之所以疑神者，其是與！」（《莊子·達
生》）

〔註92〕見顏崑陽《莊子藝術精神析論》（台北：華正書局，2005年），頁172
～184。另「無目的性」亦為「游戲三昧」作為藝術精神之特性，周
裕鍇指出：「以蘇軾為首的元祐文人集團用『游戲三昧』的觀念為文
字游戲辯護時，這意味著他們對文學的多元性功能有了自覺的認

術精神的最高境界，是「道」、「藝」之即體即用，因而在實踐上並非人人皆可企及，但終究並非是「謬論」。

此外，蘇軾一再指吳道子「出新意於法度之內，寄妙理於豪放之外」〔註93〕（〈跋吳道子地獄變相〉），又指其畫得「天契」，詩云：

> 吳生已與不傳死，那復典刑留近歲。人間幾處變西方，盡作波濤翻海勢。細觀手面分轉側，妙算毫釐得天契。始知真放本精微，不比狂花生客慧。〔註94〕（〈子由新修汝州龍興寺吳畫壁〉）

但根據記載，吳道子此一宮廷畫家，乃「授內閣博士、非有詔不得畫」〔註95〕，縱然技藝如神，畢竟無法如蒲永昇般「性與畫會」，終究亦不得如王維「高情不盡落縑素」，這就是為何蘇軾尊崇王維高於吳道子的主要原因。畫工身份並非蘇軾主要著眼之處，而在於創作主體能否呈顯心靈自由，與經過一番鍛鍊洗滌、澡雪精神的「二度和諧」。〔註96〕

識，詩文不僅可以『載道』、『言志』或『緣情』，而且可以純粹只供個人愉悅或朋友相戲，可以成為無外在目的的純粹語言藝術。這種認識衝破了長期以來在文學領域占統治地位的道德論和情感論觀念，為文學發展的多元性開闢了更廣闊的前景。」見氏著〈游戲三昧：從禪宗解脫到藝術創造〉，收入《中國第十屆蘇軾研討會論文集》（山東：齊魯書社，1999年），頁284～285。

〔註93〕此語除了見〈書吳道子畫後〉以外，尚見本文。同注1，《蘇軾文集》，頁2213。

〔註94〕同注26，《蘇文忠公詩編註集成》，頁3323。

〔註95〕見畢彬《中國宮廷繪畫史》（瀋陽：遼寧美術出版社，2003年），頁37。

〔註96〕語出施友忠《二度和諧及其他》（台北：聯經出版，1976年），頁76。氏著指出：嬰兒原始之天真為初度和諧，而莊子寓言中庖丁之「神遇」、輪扁之「得手應心」、梓慶之「以天合天」皆為經過精煉後的自然，則是「二度和諧」。（頁63～75）他詮釋「以天合天」說：「第一天字，指初度和諧；第二天字，指二度和諧。至於所謂『齊』，是溝通二者中間的橋樑——一段鍛鍊洗滌，澡雪精神的工夫也。『以天合天』，先要超越感官經驗，如『無聽之以耳，而聽之以心』；其次超越心能理路，如『無聽之以心，而聽之以氣』。」筆者按：藝術創作者之「天機」，是需要透過工夫修養精煉，然後得以體現，故這種

　　順帶一提，蘇軾認爲畫作得以出「象外」者，一者王維，另一即文與可。落實於文藝創作之實踐，能切合蘇軾「道」「藝」體用不二者，從下列詩文可見一斑：

> 與可之於竹石枯木，眞可謂得其理者矣。如是而生，如是而死，如是而孿拳瘠蹙，如是而條達暢茂根莖節葉，牙角脉縷，千變萬化，未始相襲，而各當其處。合於天造，厭於人意。蓋達士之所寓也歟。〔註97〕（〈淨因院畫記〉）
> 故畫竹必先得成竹於胸中，執筆熟視，乃見其所欲畫者，急起從之，振筆直遂，以追其所見，如兔起鶻落，少縱則逝矣。與可之教予如此。予不能然也，而心識其所以然。夫既心識其所以然而不能然者，内外不一，心手不相應，不學之過也。……子由爲《墨竹賦》以遺與可曰：「庖丁，解牛者也，而養生者取之。輪扁，斲輪者也，而讀書者與之。今夫夫子之託於斯竹也，而予以爲有道者，則非耶？」子由未嘗畫也，故得其意而已。若予者，豈獨得其意，并得其法。〔註98〕（〈文與可畫篔簹谷偃竹記〉）

其中所謂：「成竹於胸中」，而「執筆熟視，乃見其所欲畫者，急起從之，振筆直遂，以追其所見，如兔起鶻落，少縱則逝矣。」類似的創作體驗之描述，蘇軾則又另於〈臘日遊孤山訪惠勤惠思二僧〉詩云：

> 道人之居在何許？寶雲山前路盤紆。孤山孤絕誰肯廬，道人有道山不孤。……出山迴望雲木合，但見野鶻盤浮圖。兹遊淡薄歡有餘，到家怳如望蓬廬。作詩火急追亡逋，清景一失後難摹。〔註99〕

創作主體經過工夫修養所致，即「二度和諧」的精神境界。因而「以天合天」，第一「天」字似乎即涵括「初度和諧」與「二度和諧」，而第二「天」字爲「自然」，乃指涉「道」，可能較貼近莊學體道精神。

〔註97〕同注1，《蘇軾文集》，頁367。
〔註98〕同上注，頁365～366。蘇轍曾轉錄文與可所説：「始予隱乎崇山之陽，廬乎修竹之林。視聽漠然，無概乎予心。朝與竹乎爲游，莫與竹乎爲朋。飲食乎竹間，偃息乎竹陰。觀竹之變也多矣。」（〈墨竹賦〉）
〔註99〕同注38，《蘇詩彙評》，頁229。

其中所指「作詩火急追亡逋，清景一失後難摹」，與上述靈思一湧「如兔起鶻落」，兩者同時點出胸中「清景」（亦即「胸中成竹」）一旦出現，即要當下把握急起直追，實則說明：心手相應之時，稍縱即逝，把握「天機之所合」，當下體現，即不刻意造作因應自然的「無法之法」。而「合於天造，厭於人意」，及「達士之所寓」，同時統括了蘇軾「天機之所合」與「寓意於物」之精神所在，是對於得以實踐「道」「藝」兩進的藝術家之讚語，是承自唐山水畫家張璪所提出「外師造化，中得心源」之創作法則，更是對張彥遠「盡意」說，以及歐陽修詩、畫「寫意」說的進一步發展。

在「道」作為「藝」之體現精神，本文所謂「天機」與「寓意」之相合，應是窺探蘇軾「道」「藝」即體即用之可能門徑，並由此觀察「詩畫通論」之可能實踐的體道進路，實足以另立「蘇軾道藝體用論」一題，並涵蓋儒道釋之「游」的藝術精神，再行深入之研究討論。

結　論

結　論

　　詩與畫之互涉的討論，六朝後即普徧見於文獻存錄之中，在中國詩、畫發展過程中，並不是陌生的議題。然而由於近代西學的引進，以及詩歌、繪畫之創作形式與理論也漸趨西化，因此在探究中國詩畫關係時，時而在歷史語境的理解上，產生本義的偏離。本論文立基於回歸文本詮釋，試圖跨越當代與宋人文化意識之疏離，重以「道藝關係」之觀察視域，進而探究蘇軾詩畫理論之原旨。

　　「緒論」旨在透過「論題界定」及「問題導出與詮釋視域的導入」，作爲「本論」、「分論」探討分析之前導。首先，「詩畫通論」命題之成立，即開宗明義表明：本論文詮釋蘇軾詩畫理論，著重於其與「本一」、「道一」、「以一含萬」之諸學會通的藝術精神，其相互闡發觀察的研究宗旨之確立。而「藝術精神」界義，則亦明定「精神」涵攝主體之「體」「用」相即，根據蘇軾「有道有藝」的論述，界定其「藝術精神」亦指涉儒、道、釋諸學會通之「道一」觀念。並透過「文獻回顧」條析近代與本題相關蘇軾之詩畫理論的研究概況，以說明本論文立論之參考基礎，而由此所形成問題意識之有待發覆，及文本範圍、研究方法的運用和研究視角的聚焦。「問題的導出」則旨在導出：本論文以「道」、「藝」關係作爲觀察視角之必要，乃在釐清近代探討詩畫關係，以及「寫意」、「士人畫」以至「文人畫」，和先秦以來至

宋元明清，其間與歷史語境剝離，所時而產生詮釋的困境及糾葛。故「詮釋視域的導入」，無非意欲透過先秦「道」「藝」關係的開展，進而觀察蘇軾詩畫理論「通」於「一」之思想底蘊，及其理路脈絡和歷史文化意識之傳承與開拓。

主要論述在「本論」與「分論」兩篇，而「本論」意欲透過蘇軾「道」論概說、水喻「道體」與「有道有藝」溯源，以及其「道一」觀念與「詩畫本一律」藝術精神之相涉，擬以詮釋蘇軾「道」論與詩畫通論之關聯。經過「本論」共三章的論證，首先要指出者，即蘇軾「道」論會通儒、道、釋諸學的「通學」特質，實出於其主體之融會貫通，由於其主張「樂」在「道」中，方始得以驅動主體而趨向「道」，又主張「道」可「味」可「致」，故而其論「道」本質，便與主體「游於藝」之藝術精神有相通之處。因此其論「道」得以與詩畫理論有所關聯，實源自蘇軾主體「有道有藝」概念的呈顯，非吾人之後設。而所謂「有道有藝」，實則亦是蘇軾「道一」觀念下，「道」「藝」體用不二的論述立說。循此理路探索其「詩畫通論」之藝術精神，能得出「詩畫本一律」之「本」乃在其「通於一」，亦即詩畫創作主體之藝術精神本自不二。而吾人以為：此一透過「道」「藝」關係之觀察視角，所詮釋「詩畫本一律」之藝術精神，有別於以西方論述「詩畫換位」之概念，似乎可能較接近北宋歷史語境之義涵。而由此蘇軾論「道」與論「藝」之關聯探究，更可見出「以一含萬」之藝術精神本質，其提出於北宋實有別具意義之處，並可作為釐清「詩畫本一律」，指涉「通二於一」之論證基礎。故而，蘇軾「有道有藝」一說，直接提昇「藝」的位階，而使「道」與「藝」成為「形於心」與「形於手」之心手相應的關係。可視為是宋《宣和畫譜》卷一〈道釋敘論〉中所說：「藝之為道，道之為藝」論點的前導。

再者，蘇軾提出「水之無常形」，雖不完全等同「道」，但他認為水具有「不囿於一物」、「不爭」的本質，且能「因物以為形」，所以能「迕物而無傷」、「行險而不失其信」。又說：「所遇有難易，然而未

嘗不志於形，是水之心也。」其水喻「道體」的詮釋思路，是由水的特質，擴及至將水人格化，而此一水的人格化具有道體的類比。可以這麼說：水的精神特質爲蘇軾內化爲自我人格特質，其儒道釋三教合流會通、詩畫合論會通，大抵不離此一「不囿」之流動、靈動的精神特質，並可由此觀察其慕「道」的傾向。而蘇軾「道」論之主要歸指爲「一」，此「一」是孔子「吾道一以貫之」、老子「道可道，非常道；名可名，非常名」，以及華嚴學圓通無礙、和「一月普現一切水，一切水月一月攝……」等諸學思想的會通，並透過「通其意，則無適而不可」，成其殊於北宋「道學」之論「道」的「通學」特質。總之，經由分析蘇軾「水喻『道體』的學思性格」，再考諸其「觀水之變的人生體察」，以水之無常形而有必然之理，透過描述水的特質以反覆辯證其道「一」的哲思，此中恆常地印證其諸學會通的學養。而其思想的邏輯，我們認爲即來自於其「通二爲一」、「剛柔變化本出於一」、「二觀立，無往而不一」，即所有事物現象之千變萬化本來自於相對概念的相摩相盪，而此相對概念究極本於「一」。且接受佛禪思想，而具「無心而一」、「一不可執」之核心精神。本文基於上述推論，合理地認爲蘇軾對於「道」「藝」二者，和詩、畫二者之間關係的辯證思維，亦不出其「通二爲一」的思辯。而由此一理路脈絡去理解，便能清楚蘇軾「有道有藝」、以及「詩畫本一律」的論點，其來有自並有其思想根據。由此，我們從蘇軾透過「水」的譬喻，見出其「藝」通於「道」的詩畫理論思維，其中「隨物賦形」一說，即是蘇軾以詮釋易學——「水之無常形幾道」的概念運用於論「藝」，以貫穿其「精義入神以致用」之本體與致用的體用關係之最佳佐證。至於本文所稱儒道釋會通，是「道通爲一」的概念；而「道」「藝」會通，則是本體與致用之體用不二；至於詩與畫會通，則立基於創作主體藝術精神指歸之本「一」，三者皆源於「通」的本質，然所屬層面各有不同。

　　此外，本文試圖透過論析「天工」與「清新」之藝術精神，通向蘇軾「道一」觀念的探討，以重新釐清「詩畫本一律」之歷史語境，

並非當代以詩畫界限之詮釋所理解——詩畫藝術表現媒介之功能的互位、換位。所謂「本一律」，實爲蘇軾論「道」「藝」關係之「以一含萬」的概念，所外延而更明確的論點。而由此詮釋視域所觀察之蘇軾「詩畫通論」，乃凸顯於北宋美學「道」「藝」辯證過程中，其「道」「藝」體用不二之觀點的特殊性，以及此一觀點對宋以後詩畫關係發展演變中的重要地位與影響。

而基於「本論」對蘇軾「道」論與「詩畫通論」之關聯的確立，「分論」則旨在深化探討：此一關聯於詩畫創作論、鑑賞論之論證剖析，並溯源其與先秦以來「道」「藝」關係理路脈絡之相承，梳理出蘇軾論詩論畫，以至提出「意造本無法」、「得之於象外」、「天機之所合」的觀點，皆立意於藝術精神指涉「道」，而此「道」之特質不僅爲儒道釋諸學會通於「一」，且具「道」與「藝」之即體即用不二的實踐精神，實則即其「藝之爲用」爲主體精神自身之體現。而「蘇軾詩畫通論之藝術精神」，亦可謂乃承繼先秦以來「藝」觀念的嬗變，與「道」相互辯證的一種創新發展。

「分論」亦分三章，首先，本文將「意造本無法」與「隨物賦形」對照聯繫，以見「無有定法」及「道法自然」之契入創作論之「道」「藝」關係；又以「得之於象外」與「至味澹泊」對照觀察，見其「象外」、「至味」、「中邊皆甜」之論「藝」，亦「道」論之致其用；另「天機之所合」和「寓意於物」相互參照，則在發現蘇軾論藝及創作實踐，多著重在主體修養「虛」、「靜」、「空」、「忘」精神之「寓」於物。而「分論」雖分三章，各章亦可單獨成立，然實則爲「三合一」的結構。一、二章雖立以「創作通論」、「鑑賞通論」分別論之，然由於宋人創作論、鑑賞論時而合述，故而論證舉例偶有混合，自難避免。但又爲要指出蘇軾「詩畫通論」之與「道」的關聯，實已致用於「創作論」、「鑑賞論」，故而爲探究剖析之需，仍一分爲二，亦有論述之必要。「體用實踐通論」一章，目的在呈顯蘇軾「詩畫通論」之可能實踐，以及其確立審美典型的完成，而概述其藝術精神體用相即的特質，亦作爲

「有道有藝」說的輔助例證，並強化其「創作通論」、「鑑賞通論」在實際審美活動之中，乃有典型的實現、以及作為「體道」進路的可能。綜括「分論」三章所論，即「本論」所立「以一含萬」、「有道有藝」、「詩畫本一律」……等蘇軾「詩畫通論」之重要議題，所外延而藉著「意造本無法」和「隨物賦形」的聯繫，以見「盡水之變」、「無有定法」、「道法自然」以成「自然之數」的會通，並見出蘇軾於「法度」、「無法」之辯證統一的理路脈絡；又藉著「得之於象外」、「至味澹泊」的聯繫，見出以「象外」論詩、畫，有其諸學薈萃相互會通之源遠流長的審美意識，而蘇軾進而以「游戲」、「三昧」契合「象外」，成其詩、畫與玄學、佛禪「通於一」的藝術觀。更承鍾嶸、司空圖以「味」論詩，擴而「淡」之味「道」論及詩、畫，又融入「中觀」學成其「中邊皆甜」、「似澹實美」……等辯證美學，此一系的品評論述，對文人畫「逸品」的提出，應有相當的啟發性。至於「天機之所合」和「寓意於物」的對照，則在證成由「本論」至「分論」之論述，於蘇軾之審美理想——「道」「藝」相即之即體即用典型的確立及實踐，其中「天機」、「寓意」說的提出，是對北宋「寫意」說的更進一步發展。

　　除以上論述之外，究本論文，可延伸至蘇軾「意」、「氣」、「理」、「神」之美學範疇的探究，可能亦歸屬於其「道」「藝」關係之思維，此尚待立基於本論文之研究成果，並進行後續深論。再者，本論文所指稱蘇軾「道一」觀念，確立於儒道釋…諸學會通的基礎上，然對其所謂「一」之實質統攝義涵的分析探究，其究極與諸學「道一」論述有無異同、以及如何會通諸問題，其文獻搜集考據、比對條縷分析，其中理路脈絡之釐清，尚待方家發揭，或後續另題解析。而在此一詮解蘇軾「道一」範疇中，如何以「藝」為「體道」之進路，此中涉及如何之工夫修養方法、以及如何實踐，當並納入此一系之後續議題，尤其當代詮釋《東坡易傳》者，多會以老莊之觀點探討，故而《東坡易傳》中之佛學思想應也是其中另可以著力之處。此外，在以「道」「藝」關係為觀察視角，其相屬蘇軾「詩畫通論」——關於接受或影

響，如於「游戲三昧」、「文字禪」，以及「文人畫」的發展歷程起了如何的作用……等等諸問題，實又是一頗為龐大重要之論題，仍需後續考察探究。而綜合上述尚待延續探究的論題，足以再命「蘇軾道藝體用論」為題，以本論文為基礎研究，進行更為深入之探究，相信論述體系將得以周詳完備。

歸諸上述，本論文主要研究成果如下：

一、本文開出立基於《東坡易傳》「本一」之論「道」精神，旁以蘇軾論「道」、論「藝」諸文為詮釋輔證，並參與蘇軾「通學」之學思特質，後設蘇軾論「道」之「道一」觀念，作為揭櫫「詩畫本一律」本義之詮釋理路，並佐以蘇軾詩畫理論之溯源儒道釋諸學所論「道」的會通，確立在北宋「道」「藝」之「本」「末」位階互相辯證的氛圍中，凸顯蘇軾「道藝體用不二」（「道藝相即」）之思維，於詩畫理論之承先啟後，有其特出的意義。並由此論述，期能開啟當代與蘇軾「詩畫通論」之對話，以明中國詩畫互涉，乃源於藝術精神「通於一」之原旨。

二、根據「以一含萬」、「有道有藝」、「詩畫本一律」之「詩畫通論」的核心思想，展延「天工與清新」之歸於「道一」觀念，擴向「意造本無法」、「得之於象外」、「天機之所合」，以至「隨物賦形」、「至味澹泊」、「寓意於物」之參照聯繫以作為輔證。證成蘇軾儒道釋「道通於一」之「通學」本質，乃其主體「體道」之致用於「藝」的思想底蘊，其中理路脈絡，透過探究蘇軾文本關於「水」之觀照與「道」的互相關聯，並將之致用於文藝理論的廣泛陳述，足見其中「道」與「詩畫通論」關聯之密切程度。

三、就「道藝相即」觀察蘇軾「道」論，其「道一」觀念對應於「藝」，具有下列特質：

甲、可「味」可「致」，故通用於論「藝」，具有審美體味之實踐

性，其本質向具「道」、「藝」即體即用之可能性發展。

乙、就水喻「道體」，其核心精神乃「無心而一」、「一不可執」，
此「一」契入「無住」之禪宗心法，著重活參妙悟，故而「忤
物而不傷」、「因物以爲形」、「不囿於一物」。而其「道一」
可能指稱的是：人之主體精神對應宇宙萬事萬物之紛乘變
化，居於其間如水一般，無所執、無所拘、無所惑，而達致
「性命自得」與天地一理的生活態度。因而，蘇軾的「道」，
必與主體精神與情性相涉，乃人之主體對應宇宙本體之合一
關係。此亦即其契入莊學「以天合天」，而提出「天機之所
合」的思想底蘊。總而歸之，其「道一」之「一」，具有「通
變」、「無住」、「自然天契」之本質，而主要落實於人對應宇
宙萬變而「性命自得」的主體心靈體悟。

丙、強調「道」本於「人情」，因而以「樂」作爲趨動主體「體
道」之動力，亦主張「樂得其道」，因而相應於「游於藝」，「以
藝進道」成其「體道」之進路。而「游於藝」既與「樂得其
道」相屬，則其「游」在「一」的本質中，本具有以儒學會
通莊禪「逍遙遊」、「游戲三昧」之藝術精神。故而其藝術創
作，傾向「無目的性」，亦其來有自。

綜而言之，蘇軾詩畫理論「通於一」之藝術精神，其本質本屬二
元對立統一之「道藝相即」的概念，既深富歷史文化意識之底蘊，亦
可「不踐古人，自出新意」，誠有其承又有其變，而蘇軾在「道」「藝」
即體即用的體道進路上，則有其理論、創作之理想典型的確立，以及
自我實踐文藝創作的呈現。

引用書目

一、蘇軾著作

1. 蘇軾：東坡易傳，收於《景印文淵閣四庫全書》，台北：臺灣商務印書館，第九冊。

2. 王文誥：蘇文忠公詩編註集成，嘉慶二十四年鐫，武林韻山堂藏版，台北：臺灣學生書局。

3. 王文誥輯註、孔凡禮點校：蘇軾詩集，台北：莊嚴出版社，1990 年。

4. 蘇軾著，紀昀評點：紀昀評點東坡編年詩，北京：北京圖書館出版社，2001 年。

5. 曾棗莊、曾濤編：蘇詩彙評，台北：文史哲出版社，1998 年。

6. 蘇軾著、朗曄選注：經進東坡文集事略，上海：涵芬樓，1932 年，據吳興張氏南海潘氏藏宋刊本影印，收於四部叢刊集部。

7. 孔凡禮點校：蘇軾文集，北京：中華書局，2004 年。

8. 曾棗莊、曾濤編：蘇文彙評，台北：文史哲出版社，1998 年。

9. 蘇軾：東坡七集，收於《四部備要》，中華書局據匋齋校刊本。

10. 蘇軾：東坡志林，台北：商務印書館，1939 年。

11. 蘇軾著、龍吟點評：東坡易傳，長春：吉林文史出版社，2002 年。

12. 李福順編著：蘇軾與書畫文獻集，北京：榮寶齋出版社，2008 年。

二、古典文獻

（一）經部

1. 毛傳、鄭箋、孔穎達疏：毛詩注疏，台北：藝文印書館，十三經注

疏，嘉慶二十年重刊宋本。

2. 尚書注疏，台北：藝文印書館，十三經注疏本，1979 年。

3. 秦繼宗撰：書經彙解，明萬曆刻本，收於四庫未收書輯刊編纂委員會編《四庫未收書輯刊》，北京：北京出版社。

4. 孫希旦撰：禮記集解，收於《十三經清人注疏》，北京：中華書局，2007 年。

5. 孫希旦撰，沈嘯寰、王星賢點校：禮記集解，北京：中華書局，1989 年。

6. 王弼著：周易注，收於樓宇烈校釋《王弼集校釋》，北京：中華書局，1980 年。

7. 王弼著：周易略例，收於樓宇烈校釋《王弼集校釋》，北京：中華書局，1980 年。

8. 王弼著：論語釋疑，收於樓宇烈校釋《王弼集校釋》，北京：中華書局，1980 年。

9. 保巴撰、陳少彤點校：周易原旨，北京：中華書局，2009 年。

10. 惠棟撰，鄭萬耕點校：周易述，北京：中華書局，2007 年。

11. 劉寶楠、劉恭冕撰：論語正義，台北：世界書局，1992 年。

12. 中庸：收入於《禮記》，四部叢刊初編經部，上海商務印書館縮印宋刊本。

（二）史部

1. 漢・司馬遷：史記三家注，台北：文興書坊，1985 年。

2. 宋史紀事本末，收於《景印文淵閣四庫全書》，台北：臺灣商務印書館。

（三）子部

1. 王弼著：老子道德經注，收於樓宇烈校釋《王弼集校釋》，北京：中華書局，1980 年。

2. 郭慶藩：莊子集釋，台北：頂淵文化，2005 年。

3. 王叔岷：莊子校詮，台北：中央研究院歷史語言研究所，1994 年。

4. 孫念劬著：金剛經彙纂，據清光緒甲午年重鐫善本。

5. 實叉難陀譯：大方廣佛華嚴經，80 卷本，收於《大正藏》第十冊。

6. 龍樹菩薩著，後秦鳩摩羅什譯：大智度論，收於《趙城金藏》，北京：北京圖書館出版社。

7. 慧能著，郭明校釋：壇經校釋，北京：中華書局，1983 年。

8. 劉邵：人物志，上海：上海古籍出版社，1990 年。

9. 釋道原編：景德傳燈錄，台北：彙文堂，1987 年。

10. 朱熹：雜學辨，收於《景印文淵閣四庫全書》，台北：臺灣商務印書館。

11. 朱熹：朱子語類，收於《景印文淵閣四庫全書》，台北：臺灣商務印書館。

12. 朱熹：晦庵先生朱文公文集，收於《四部備要》子部，中華書局據明胡氏刻本校刊。

13. 黃宗羲、黃百家、全祖望：增補宋元學案，收於《四部備要》子部，中華書局據清道光道州何氏刻本校刊，冊六。

（四）集部

I. 詩文類

1. 蕭統編：文選，台北：藝文印書館，1989 年。

2. 黃叔琳等注：增訂文心雕龍校注，北京：中華書局，2005 年。

3. 杜甫著、仇兆鰲注：杜詩詳注，台北：里仁書局，1980 年。

4. 張伯偉編著：全唐五代詩格彙考，南京：江蘇古籍出版社，2002 年。

5. 劉禹錫：劉夢得文集，四部叢刊本，第三十五冊。

6. 司空圖：司空表聖文集，四部叢刊本，第三十八冊。

7. 司空圖：二十四詩品，收於《叢書集成續編》，台北：新文豐出版。

8. 蘇洵：嘉祐集，台北：臺灣商務印書館，1968 年。

9. 蘇洵：嘉祐集，收於《四部叢刊正編》，台北：臺灣商務印書館。

10. 蘇轍：欒城後集，收於陳宏天、高秀芳點校《蘇轍集》，北京：中華書局，1990 年。

11. 秦觀：淮海集，台北：臺灣商務印書館，1968 年。

12. 黃溍：金華黃先生文集，收於四部叢刊本，第六十九冊。

13. 張岱：瑯嬛文集，台北：淡江書局，1956 年。

14. 王士禎：蠶尾集，收入《叢書集成三編》，台北：新文豐出版，第三十九冊。

15. 郭紹虞主編：中國歷代文學論著精選，台北：華正書局，1991 年。

16. 四川大學中文系唐宋文學研究室編：蘇軾資料彙編，北京：中華書局，2004 年。

II. 書畫類

1. 衛夫人：筆陣圖，收於吳永編《續百川學海》（明刊本）壬集。

2. 張彥遠：歷代名畫記，收於《景印文淵閣四庫全書》，台北：臺灣商務印書館。

3. 張彥遠：歷代名畫記，北京：人民美術出版社，2005 年。

4. 鄧椿：畫繼，收於張彥遠等著《歷代名畫記》，北京：京華出版社，2000 年。

5. 宣和畫譜，收於張彥遠等著《歷代名畫記》，北京：京華出版社，2000 年。

6. 俞崑編：中國畫論類編，台北：華正書局，2003 年。

7. 李來源、林木編：中國古代畫論發展史實，上海：上海人民美術社，1997 年。

三、**當代文獻**（按出版年為序）

（一）研究專書

I. 蘇軾相關研究

1. 凌琴如：蘇軾思想探討，台北：臺灣中華書局，1964 年。

2. 游信利：蘇東坡的文學理論，台北：臺灣學生書局，1981 年。

3. 黃鳴奮：論蘇軾的文藝心理觀，福建：海峽文藝出版社，1987 年。

4. 鍾來因：蘇軾與道家道教，台北：臺灣學生書局，1990 年。

5. 曾棗莊：三蘇文藝思想，台北：學海出版社，1995 年。

6. 唐玲玲、周偉民：蘇軾思想研究，台北：文史哲出版，1996 年。

7. 孔凡禮撰：蘇軾年譜，北京：中華書局，1998 年。

8. 王水照：蘇軾研究，石家庄：河北教育出版社，1999 年。

9. 衣若芬：蘇軾題畫文學研究，台北：文津出版社，1999 年。

10. 曾棗莊：蘇軾研究史，南京：江蘇教育出版社，2001 年。

11. 陶文鵬：蘇軾詩詞藝術論，上海：上海古籍出版社，2001 年。

12. 黃啟方：東坡的心靈世界，台北：臺灣學生書局，2002 年。

13. 王水照、朱剛：蘇軾評傳，南京：南京大學出版社，2004 年。

14. 張惠民、張進：士氣文心——蘇軾文化人格與文藝思想，北京：人民文學出版社，2004 年。

15. 冷成金：蘇軾哲學觀與文藝觀，北京：學苑出版社，2004 年。

16. 陳中浙：蘇軾書畫藝術與佛教，北京：商務印書館，2004 年。

17. 中國人民大學中文系編：中國蘇軾研究（第一輯至四輯），北京：學苑出版社，2004 年、2005 年、2007 年、2008 年。

18. 王啓鵬：蘇軾文藝美論，廣州：中山大學出版社，2007 年。

19. 戴麗珠：蘇東坡詩畫合一之研究，台北：文津出版社，2007 年。

20. 王友勝：蘇詩研究史稿（修訂版），北京：中華書局，2010 年。

II. 詩文書畫相關研究

1. 陳文華：杜甫傳記唐宋資料考辨，台北：文史哲出版社，1987 年。

2. 饒宗頤：畫顟——國畫史論集，台北：時報文化，1993 年。

3. 陳華昌：唐代詩與畫的相關研究，西安：陝西人民美術社出版，1993 年。

4. 王小舒：神韻詩史研究，台北：文津出版社，1994 年。

5. 朵雲編輯部編：董其昌研究文集，上海書畫出版社，1998 年。

6. 王更生：韓愈散文研讀，台北：文史哲出版社，1998 年。

7. 張伯偉：鍾嶸詩品研究，南京：南京大學出版社，1999 年。

8. 蕭麗華：唐代詩歌與禪學，台北：東大圖書，2000 年。

9. 朱光潛譯：詩與畫的界限，台北：駱駝出版社，2001 年（原文譯自 *Laocoon： An Essay on the Limits of Painting and Poetry*）。

10. 何寄澎：典範的遞承——中國古典詩文論叢，台北：文史哲出版社，2002 年。

11. 陳振濂主編：中國書法批評史，杭州：中國美術學院出版社，2002 年。

12. 畢彬：中國宮廷繪畫史，瀋陽：遼寧美術出版社，2003 年。

13. 陳師曾著、徐書城點校：中國繪畫史，北京：中國人民大學出版社，2004 年。

14. 曾棗莊：宋代文學與宋代文化，上海：上海人民出版社，2006 年。

15. 袁行霈：中國詩歌藝術研究，北京：北京大學出版社，2009 年。

III. 藝術美學相關研究

1. 黃河濤：禪與中國藝術精神的嬗變，北京：商務印書館，1994 年。

2. 滕守堯：道與中國藝術，台北：揚智文化，1996 年。

3. 朱剛：唐宋四大家的道論與文學，北京：東方出版社，1997 年。

4. 徐復觀：中國藝術精神，台北：臺灣學生書局，1998 年。

5. 姜耕玉：藝術辯證法，南京：江蘇教育出版社，2002 年。

6. 劉墨：禪學與藝境，石家莊：河北教育出版社，2002 年。

7. 張文勛：儒道佛美學思想源流，昆明：雲南人民出版社，2004 年。

8. 顏崑陽：莊子藝術精神析論，台北：華正書局，2005 年。

9. 張乾元：象外之意——周易意象學與中國書畫美學，北京：中國書店，2006 年。

10. 陳琪瑛：《華嚴經‧入法界品》空間美感的當代詮釋，台北：法鼓文化，2007 年。

11. 王大智：藝術與反藝術——先秦藝術思想的類型學研究，台北：國立歷史博物館，2008 年。

12. 黃黎星：易學與中國傳統文藝觀，上海：上海三聯書店，2008 年。

13. 李青：以藝觀道，北京：中國社會科學出版社，2010 年。

　　　　※※※※※※※※※

14. 韓林德：境生象外——華夏審美學與藝術特徵考察，北京：生活‧讀書‧新知三聯書店，1995 年。

15. 宗白華：美從何處尋，台北：駱駝出版社，2001 年。

16. 寧稼雨：魏晉士人人格精神——「世說新語」的士人精神史研究，天津：南開大學出版社，2003 年。

17. 陳育德：靈心妙悟——藝術通感論，合肥：安徽教育出版社，2005 年。

18. （法）余蓮著，卓立譯：淡之頌——論中國思想與美學，台北：桂冠圖書，2006 年。

19. 張少康：文心與書畫樂論，北京：北京大學出版社，2006 年。

20. 王振復、陳立群、張豔豔：中國美學範疇史（第一卷），太原：山西教育出版社，2009 年。

21. 趙建軍、王耘：中國美學範疇史（第二卷），太原：山西教育出版社，2009 年。

22. 楊慶惠、張傳友：中國美學範疇史（第三卷），太原：山西教育出版社，2009 年。

　　　　※※※※※※※※※

23. 虞君質：藝術概論，台北：大中國圖書，1981 年。

24. （日本）神林恆道、潮江宏三、島本浣主編，潘襎譯：藝術學手冊，

台北：藝術家出版社，1996年。

25. 何懷碩：苦澀的美感，台北：立緒文化，1998年。

26. （英）Herbert Read 著，梁錦鋆譯：藝術的意義，台北：遠流出版社，2006年。

IV. 哲學思想相關研究

1. 施友忠：二度和諧及其他，台北：聯經出版，1976年。

2. 楊亮功等註譯：四書今註今譯，台北：臺灣商務印書館，1984年。

3. 譚戒甫著、杜學知校：莊子天下篇校釋，台北：臺灣商務印書館，1985年。

4. 勞思光：新編中國哲學史，台北：三民書局，1991年。

5. 牟宗三：才性與玄理，台北：台灣學生書局，1993年。

6. 吳汝鈞：游戲三昧——禪的實踐與終極關懷，台北：臺灣學生書局，1993年。

7. 張立文主編：道，台北：漢興書局，1994年。

8. 陳來：宋明理學，台北：洪葉文化，1994年。

9. 陳大齊：論語臆解，台北：臺灣商務印書館，1996年。

10. 夏傳才：十三經概論，台北：萬卷樓，1996年。

11. 夏金華：佛教與易學，台北：新文豐出版，1997年。

12. 聖嚴法師編著：禪門修證指要，台北：法鼓文化，1997年。

13. 張清泉：北宋契嵩的儒釋融會思想，台北：文津出版社，1998年。

14. 印順法師：空之探究，新竹：正聞出版社，2000年。

15. 錢穆：宋明理學概述，台北：蘭臺出版社，2001年。

16. 湯用彤：魏晉玄學論稿，上海：上海古籍出版社，2001年。

17. 鄭開：道家形而上學研究，北京：宗教文化出版社，2003年。

18. 劉榮賢：莊子外雜篇研究，台北：聯經出版，2004年。

19. 熊十力：體用論，北京：中國人民大學出版社，2006年。

20. 錢基伯：讀莊子天下篇疏記，台北：臺灣商務印書館，2006年。

21. （法）弗朗索瓦‧于連著、閆素偉譯：聖人無意——或哲學的他者，北京：商務印書館，2006年。

22. 侯敏：易象論，北京：北京大學出版社，2006年。

V. 其他

1. （德）Max Weber（韋伯）著、簡惠美譯：中國的宗教——儒教與道

教，台北：遠流出版社，1996 年。

2. （美）約瑟夫‧列文森著、鄭大華、任菁譯：儒教中國及其現代命運，桂林：廣西師範大學出版社，2009 年。

（二）單篇論文

I. 學術期刊

1. 蔡英俊：東坡謫居黃州後的心境，鵝湖，第 2 卷第 4 期，1976 年 10 月。

2. 曾棗莊：從《毗陵易傳》看蘇軾的世界觀，四川大學學報叢刊，第 6 輯，1980 年。

3. 崔光宙：先秦儒道兩家的藝術精神，國立編譯館館刊，第 12 卷第 2 期，1983 年 12 月。

4. 鄭志明：老子「人法地、地法天、天法道、道法自然」的義理疏證，鵝湖，第 137 期，1986 年 11 月。

5. 高友工：試論中國藝術精神（上），九州學刊，2 卷 2 期，1988 年 1 月。

6. 郎紹君：詩畫一律的內涵與外延──蘇軾與中國繪畫美學，中國美術，第 9 期，1988 年 6 月。

7. （美）高居翰原著，傅立華譯：論「寫意」是晚期中國畫衰弱的一個原因，台北評論，第 5 期，1988 年 5 月。

8. （日本）宇佐美 文理：蘇東坡の繪畫論と『東坡易傳』，日本中國學會報，第 42 集，1990 年。

9. 吳汝鈞：印度中觀學的四句邏輯，中華佛學學報，第 5 期，1992 年 7 月。

10. 張善文：論王弼《易》學的「得意忘象」說，學術界，1994 年 1 月。

11. 林顯庭、張展源：莊學、禪、與藝術精神之關係──由徐復觀「禪開不出藝術」之說談起，中國文化月刊，182 期，1994 年 12 月。

12. 余敦康：蘇軾的東坡易傳，收於《國學研究》第 3 卷，北京：北京大學出版社，1995 年。

13. 周裕鍇：游戲三昧──從禪宗解脫到藝術創造，收入《中國第十屆蘇軾研討會論文集》，山東：齊魯書社，1999 年。

14. 劉瀚平：宋易佛學關係考，國文學誌，第 3 期，宋代文化專號，1999 年 6 月。

15. 衣若芬：寫真與寫意──從唐至北宋題畫詩的發展論宋人審美意識

的形成，中國文哲研究集刊，第 18 期，2001 年 3 月。

16. 衣若芬：臺港蘇軾研究論著目錄（1949~1999），漢學研究通訊，總 78 期，2001 年 5 月。

17. 劉衛林：蘇軾詩法不相妨說初探，新亞學報，21 期，2001 年 11 月。

18. 冷成金：從《東坡易傳》看蘇軾文藝思想的基本特徵——兼與朱熹文藝思想相比較，文學評論，2002 年第 2 期。

19. 楊星映：劉勰論「味」蠡測，西南師範大學學報，第 28 卷第 6 期，2002 年 11 月。

20. 杜道明：從「物中之道」到「味外之旨」——中國古代的直覺思維對象從哲學向藝術的演化，中國文化研究，2003 年，冬之卷。

21. 謝佩芬：三蘇研究論著目錄（1913~2003）（上）及（下），分見書目季刊，38 卷 4 期，2005 年 3 月；書目季刊，39 卷第 1 期，2005 年 6 月。

22. 李百容：論寫意與詩畫融通之關聯性，元培學報，第 12 期，2005 年 12 月。

23. 李倍雷：「詩畫一律」——「理一分殊」的背景理路，美術研究，2005 年第 2 期。

24. 周裕鍇：詩中有畫——六根互用與出位之思——略論《楞嚴經》對宋人審美觀念的影響，四川大學學報（哲學社會科學版），2005 年第 4 期。

25. 阮堂明：論蘇軾對「水」的詩意表現與美學闡發，文學遺產，2007 年第 3 期。

26. 劉千美：範疇與藝境——文人詩畫美學與藝術價值之反思，哲學與文化，第 35 卷第 7 期，2008 年 7 月。

27. 李百容：從「群體意識」與「個體意識」論文學史「詩言志」與「詩緣情」之對舉關係，新竹教育大學人文社會學報，第 2 卷第 1 期，2009 年 3 月。

28. 蔣麗梅：王弼玄學中的莊學精神，中國哲學史，2009 年第 4 期。

29. 李百容：論道與藝——以《莊子》心齋「氣」觀念與「氣韻生動」之關聯性為考察核心，鵝湖，第 36 卷第 2 期，2010 年 8 月。

30. （法）Jean-Jacques Wunenburger 著、黃冠閔譯：揭露自然的想像力，哲學與文化，第 37 卷第 4 期。

II. 論集論文

1. 林麗真：東坡易傳之特質，收於《鄭因百先生八十壽慶論文集》（上

冊），台北：臺灣商務印書館，1985 年。

2. 林麗眞：東坡易傳中的「一」，收於《毛子水先生九五壽慶論文集》，台北：幼獅文化，1987 年。

3. 林麗眞：東坡易傳之思想及朱熹之評議，收於《宋代文學與思想》，台北：臺灣學生書局，1989 年。

4. 鄭琳：從蘇東坡的禪心來參讀其在赤壁賦中的悟境，收於中國古典文學研究會主編《文學與佛學關係》，台北：臺灣學生書局，1994 年。

5. 陳昌明：宋代美學中「道」與「藝」的辯證，收於國立成功大學中文系所主編《第一屆宋代文學研討會論文集》，高雄：麗文文化，1995 年。

6. 狐安南（Alan D. Fox）：《莊子》中的經驗形態——感應與反映，收於楊儒賓、黃俊傑編《中國古代思維方式探索》，台北：正中書局，1996 年。

7. 康有爲：萬木草堂論畫，收於顧森、李樹聲主編《百年中國美術經典（第一卷）——中國傳統美術：1896~1949》，深圳：海天出版社，1998 年。

8. 水天中：中國畫革新論爭的回顧，收於顧森、李樹聲主編《百年中國美術經典（第二卷）——中國傳統美術：1950~1996》，深圳：海天出版社，1998 年。

9. 陳傳席：「南北宗論」的基本精神，收於朵雲編輯部編《董其昌研究文集》，上海書畫出版社，1998 年。

10. 古添洪：論「藝詩」（ekphrastic poetry）的詩學基礎及其中英傳統——以中國題畫詩及英詩中以空間藝術爲原型的詩篇爲典範，收於《框架內外——藝術、文類與符號疆界》，台北：立緒文化，1999 年。

11. 趙中偉：東坡的柔道——解析東坡易傳的思維結構，收於《千古風流——東坡逝世九百年紀念學術研討會論文集》，台北：輔仁大學中文系出版，2000 年。

12. 伍至學：老莊之自然現象學，收於張燦輝、劉國英主編《現象學與人文科學——現象學與道家哲學》，台北：邊城出版，2005 年。

13. 蕭麗華：從莊禪合流的角度看東坡詩的舟船意象，收於張高評主編《宋代文學之會通與流變——近世文學國際學術研討會論文集》，台北：新文豐出版，2007 年。

14. 蔡榮婷：禪宗啓悟文學的典範與創意——以《景德傳燈錄》爲觀察核心，收於張高評主編《典範與創意學術研討會論文集》，台北：里仁書局，2007 年。

15. 張高評：詩畫相資與宋詩之創造思維──宋代詩畫美學與跨際會通，收於陳維德、韋金滿、薛雅文主編《唐宋詩詞研究論集》，彰化：明道大學中文系，2008 年。

16. 蔡芳定：蘇軾「詩畫一律」說的當代詮釋，發表於國立台北大學中國文學系主辦「第四屆中國文哲之當代詮釋學術研討會」，2009 年 10 月 31 日。

（三）學位論文

1. 楊雅惠：兩宋文人書畫美學研究，臺灣師範大學國文研究所博士論文，1992 年。

2. 劉昭明：蘇軾意內言外詞隅測，東吳大學中國文學研究所博士論文，1994 年。

3. 謝佩芬：北宋詩學中「寫意」課題研究，臺灣大學中國文學研究所博士論文，1997 年。

4. 涂美雲：朱熹論三蘇之學，東吳大學中國文學研究所博士論文，2004 年。

5. 凌欣欣：意在言外──對中國古典詩論中一個美學觀念的研究，中國文化大學中國文學研究所博士論文，2005 年。

6. 壽勤澤：北宋蜀學與文人畫意識的興起，浙江大學中國古典文獻學博士論文，2008 年。

7. 楊娜：王維畫史形象研究──以蘇軾文人畫論為中心，中央美術學院美術學博士論文，2008 年。

8. 林盛彬：孔子「美」論思想研究，淡江大學中國文學學系博士論文，2010 年。

9. 李百容：杜甫題畫詩之審美觀研究，臺灣師範大學國文研究所碩士論文，2003 年。

後 記

　　撰寫這部博士論文的同時，我也正進行著與內在尋索世界意義的
對話。

　　探討「蘇軾詩畫通論之藝術精神」的思考過程，在長期伴隨意欲
建構一條核心思維而開展之詮釋理路，圈豢了自我在妥協與突圍的研
究衝突之中。由於相關蘇軾詩、畫之研究範疇，目前成果豐盛，前行
著述亦汗牛充棟。就一個研究者而言，研究若只是學術產業的價值優
劣評比，那麼思索探討的終極意義是什麼？所以，放下所有牽掛，自
在地以文本詮釋，成了當下一種素樸的選擇。而所謂「自在」，也就
意味著研究者對文本通貫性的把握，因此得以自然而然表達出其中精
神。「自在」，因而成了我研究過程中所嚮往體現的精神狀態，而在此
狀態之下，我方始感到研究的趣味。

　　雖然，我並非時刻感到「自在」。研究的苦悶，時而與喧嘩的資
本社會風潮形成諷刺性對比，人文研究在競逐遊戲中，顯然也可能是
一種工具，更可能成為產品。可是，重要的是人文研究於我的意義是
什麼？「自在」地看待世界的「變」，也成了自我觀照的功課。如果
識清世界實相，心的自在或苦悶，無非是自我對應世界心識的反射。
研究，或許在某種程度，是自我存在的表述，而透過的媒介載體是文
獻，自我與被研究的對象之間，必然也存在著對談，而這種精神交流，

往往提供了「自在」的可能。研究的樂趣，似乎也就潛藏在這其中。

在尋索研究於我之間，樂趣、趣味變得非常重要，一種自在的心情，近乎「遊」的狀態，成了我依止的心靈故鄉，也成了穿透困頓朗現清明的途徑。「山重水複疑無路，柳暗花明又一村」，此語雖然簡樸，欲也道盡人追尋自我千迴百轉的心路歷程。蘇軾豐富多變的人生，體驗浮沉百況，嘗盡悲歡離合、喜怒哀樂，他的藝術精神也就是他心靈精神之所在。以「道一」應萬變，成就他靈敏多感卻又終能無所不自在的人格特質，在這其中，我欣賞他安頓自我、尋索生命意義之獨立不羈的思維。畢竟，價值評斷雖來自群體共識，然生命的終極意義卻歸向主體心靈所決定。

幾經山重水複、柳暗花明，這部論文始終還是以微笑的姿態與我相對應。從發想到初稿完成，從青壯時期走向中年，寒暑更迭、或晴或陰，靜默的當下，終究是澄澈的喜悅湧上心頭，「意義」具足於燈火闌珊處，不必苦苦追尋。

辛卯年立秋　李百容　謹誌於淡江大學

出 版 附 記

　　《杜甫題畫詩之審美觀研究》一書，是我於 2003 年完成的碩士論文，現稍作審訂，隨同博士論文《蘇軾詩畫通論之藝術精神研究》付梓，算是對我這十年的讀書生涯作了交代。這兩部論文，在論述面向上有不同的側重，但在中國古典詩歌與文人畫之相涉的關注卻是一脈相承的。在研究意識上，可以說是有意識地以不同的觀察視角，所進行對詩畫關係多元詮釋的一種努力，期能開拓一條回歸文本、主體精神的文化歸屬之路。此外，除了要對指導我博碩士論文的陳文華教授表達致敬之外，在學習請益過程中，顏崑陽教授、蕭麗華教授、王邦雄教授……等諸位老師，皆曾給予我無私的教導，在此一併誠摯致謝。人生有涯，學而無涯，最後尙祈方家不吝指教。

　　　　　　　　　　壬辰年立秋　李百容　謹誌於台北